一朵花的归宿

孙克艳 著

北京日报出版社

图书在版编目（CIP）数据

　　一朵花的归宿 / 孙克艳著. — 北京：北京日报出
版社，2023.2
　　ISBN 978-7-5477-4551-9

　　Ⅰ.①一… 　Ⅱ.①孙… 　Ⅲ.①散文集—中国—当代
Ⅳ.①I267

　　中国国家版本馆CIP数据核字（2023）第004404号

一朵花的归宿

出版发行：北京日报出版社

地　　址：北京市东城区东单三条 8–16 号东方广场东配楼四层

邮　　编：100005

电　　话：发行部：（010）65255876

　　　　　　总编室：（010）65252135

印　　刷：北京军迪印刷有限责任公司

经　　销：各地新华书店

版　　次：2023 年 2 月第 1 版

　　　　　　2023 年 2 月第 1 次印刷

开　　本：710 毫米 × 1000 毫米　1/16

印　　张：18

字　　数：240 千字

定　　价：79.80 元

目 录

第 3 辑　人生百味　127

第 1 辑　故园风物

天窗

现在很少看到天窗了。关于天窗的记忆，其实也是关于老屋的记忆。

在我的老家，三间正房一定要修得方方正正的，坐北朝南。挨着东边的那间正房向南，还要盖一排的偏房，用来作为厨房、牛屋和杂物间。西边是院墙，可以挨着墙垒个鸡窝或羊圈、猪圈。南边，是与院墙相连的大门。整个庭院连起来，就是个端正的"口"字。三间正房，中间的用作客厅招待来人，我们叫作堂屋；东西两间是卧室，各有一面朝向为南的窗户。

为了减少宅基地的浪费，东边的正房与坐东面西的厨房之间，一般只留下一个狭窄的过道。如此一来，势必会影响正房东卧室（东房）的采光。特别是在以前，房屋普遍是土坯房或砖瓦房修筑而成的"尖房"，房间局促，窗户狭小。即使是白天，正房东卧室也是阴暗的，翻箱倒柜找寻个物件，就得点烛开灯。若遇上阴雨天，一进入东房，就像进入了黑夜。

于是，"天窗"应运而生。所谓的天窗，就是在房顶上预留或开凿出约一尺见方的空间，用明净的玻璃嵌上。如此，"一窍仰穿，天光下射"。天窗不但解决了采光问题，还具有令人遐思的美学价值。实在是老祖宗大智慧的细微体现。

童年时，我只在两处看到过天窗。一处是在同宗族的四太奶奶家，一处是在外婆家。

高大壮实的四太奶奶，有一双走起路来颤巍巍的"三寸金莲"。她常年穿着自己亲手裁缝的对襟上衣和布袋裤，两条细长的深色裹腿把裤腿裹得整整齐齐的，那双严重变形的小脚就显得特别扎眼。四太奶奶精干利索，总是把房间和自己拾掇得干净利落，庭院里也总有应时的四季花卉绽放。因而，孩子们都愿意去她家玩耍。

四太奶奶东屋的天窗，就像是房间望向天空的眼睛，又像是一块夺目的宝石，不但照亮了阴暗潮湿的房间，也吸引了孩子们好奇的眼眸，并在我们心中投下了奇妙的磁石，它连接着充满奥秘的浩瀚宇宙。

晴天，阳光透过天窗照进来，形成一道笔直立体的光柱。在光柱的区域里，无数纤细的尘埃像变幻莫测的神秘来客，聚拢来又散开去，赶不完也抓不住，如流水一样缠绵不绝，像时间一样永不停歇。当乌云遮住了太阳，那片令人心醉的区域就和整个房间融为一体。当太阳冲破乌云的隐蔽，那道光柱便再次闯进孩子们的眼睛，再次撩拨着他们稚嫩而灵动的心。

我总是和四太奶奶的孙女——大我一岁的堂姑英子一起躺在床上，直视天窗外的高空。棉絮一样柔软飘逸的白云，透过天窗看去，像硕大的棉花糖，肆意地漫天飘荡，并随着风儿，不时地变幻出各种模样。我和英子一边看，一边推敲它们的形状和味道。似乎只要我们一张嘴，它们就能飞下来，穿过天窗，进入我们的嘴巴，滋润我们的味蕾。

只是，年代久远的土坯房，在时光和风雨的侵蚀下，总是散发出一缕无以言说的气味，潮湿中夹杂着旧家居的霉气和空气不流通带来的陈腐之气。任凭怎么清扫打理，也根除不尽，那大概便是岁月沉淀下来的气息吧？

因而，总会有虫子窝藏在房间的旮旯里。有时，它们在天窗的光亮下显露身形。我和英子就像捉妖师一样，拿着各种"法器"，比如扫帚和鞋子，或者随手抓起的什么东西，对虫子们围追堵截，并在室内洒下一串欢笑声，银铃似的，与室内的物件碰撞着。那些虫子，有蚂蚁、蜈蚣、蚰蜒、土鳖虫等。然而，只要虫子们逃离了光柱照射的亮区，我们就只能任由它们狂奔而去，无可奈何。

下雨时，天窗就更有趣了！数不清的雨点像豆子似的，噼里啪啦地砸在天窗上，甩出或轻或重清脆而密集的鼓点，与窗外的风雨声，合奏成一曲磅礴的天籁之音。那点点滴滴连绵不绝的鼓点，好似敲打在我们心坎上，愉悦而轻快。我和英子光着脚丫，和着天窗上雨滴的奏鸣，在床上又唱又跳。有时候，我心中会隐隐不安，担心雨点和冰雹会将天窗击穿敲碎。那大概是我人生中，第一次印象深刻的"杞人忧天"吧。

彼时的我们，就像两只无忧无虑的小青蛙，快活地躺在昏暗狭隘的房间里，对天窗外面的高空，充满无尽的向往与憧憬。也许，正是在那样特定的环境里，天窗里面的潮屋和天窗外面的世界，形成了强烈的明暗对比，这才激起了我们浓烈的兴趣。如此，天窗就像是一个放大镜，更是一道架在孩子们与外面世界之间的桥梁。

夜晚的天窗，是另外一幅奇幻深邃的景象。我当时是在外婆家，才有机缘于夜晚见识到天窗的另类魅力。那是与白天完全不同的另一个世界。

那天晚上，玩耍了一天的我与外婆一起躺在东房。熄灯后，月亮透过天窗，将银辉泻进来，像乳白色的天柱，又像是潺潺的溪流，静穆而恬淡，温馨而雅致。房间因有了缥缈唯美的月光，而变得梦幻起来，犹如置身于童话世界。我看着月光漏下来，脑海里萌生出许多奇妙的幻想，思绪从房间飞到嫦娥的月宫，从银河飞到变幻莫测的云朵……月光洒在地上，投下一个大大的光斑，明净如白霜。我想起了李白的《静夜思》："床前明月光，疑是地上霜。"刹那间，我仿佛看到李白站在天窗下的月色中，举起一杯酒，冲我微笑。

透过天窗，是广袤深邃的夜空。寂寥的夜空，在月光下，显得幽远而神秘。许多小星星，像顽皮的孩子，不停地眨着眼睛。也许，它们就是看到了我，才没了睡意吧？月亮好似有脚，慢慢在天窗上空挪动。

看着天窗，我越来越兴奋，脑袋里不停地编织着种种奇思妙想，它们像火花一样噼里啪啦地点亮，并稍纵即逝，犹如坠入湖面的雨点。然而我一点儿也不慌乱，因为有更多的幻想飞出来……

躺在我身边的外婆起初迷糊着，一边轻轻拍着我，一边哼着古老的歌谣。她大概永远不会知道，就在她鼾声如雷时，我的心思早已飘到了太空，并在那里畅游。

第二天醒来，天窗和天窗下的房间，已没了前夜的神秘梦幻。我不禁疑惑：莫非昨晚看到的，全是在梦境中？

后来，大家陆续推倒老屋修建新房，天窗便跟着消失了。那些因为天窗而带来的奇特经历，也被时光湮没，尘封在岁月的河底，等着我去打捞。

吃春

在我的记忆中，母亲总是对春天怀着极大的期待和感恩。她总要不时地翻看墙壁上的日历，查看节令；或者带着我在村庄和田野里漫步，观察万物的生长情况。这不但关乎庄稼的生长态势和农活，还关乎一年中不可忽视的大事——吃春。

在母亲眼里，无论是生长在路边和田野里的荠荠菜、蒲公英、枸杞芽，还是村庄外的树上长着的榆钱、陈刺芽、洋槐花、构树棒棒，只要处理得当，它们都能变成美味佳肴，让人回味无穷。

母亲最喜欢的是香椿，不仅因为它那独特的香郁气味，还在于它吃法的多样和采摘的便利。为了吃到香椿，母亲特意在庭院外面种了两棵香椿树。不过几年，香椿树就繁殖了不少幼苗。每到春季，离得老远，香椿那浓郁的气味就会随风飘荡，直扑人的鼻息，吸引人走过去，采摘几片嫩芽，带回家去一饱口福。

香椿的做法，主要有香椿凉拌豆腐、香椿炒鸡蛋、油炸香椿拌面等。在母亲看来，香椿凉拌豆腐是最地道的做法，也是最能保持香椿原汁原味的做法。如此，才能真切而细腻地品尝到香椿的味道。而其他做法，往往会淹没它本身的独特滋味和气息。

香椿凉拌豆腐的做法很简单，将香椿焯水和豆腐切碎了，再加上调料凉拌即可，快捷又方便。做好后吃上一口，豆腐的嫩滑与香椿的爽脆交织在一起，唇齿间散发出丝丝缕缕的香椿味儿，那是世间任何一种调味品，都无法复制的大自然的味道。

香椿好吃，可惜具有强烈的时令限制。过了那阵子，再想吃就难了，只能等到来年。因为望而不得，于是对香椿的惦记，就像尘封的老酒一般，随着日子而变得醇厚浓烈，让人刻骨铭心。即使一年只能吃上几次香椿，它的特别味道也被烙在了脑海中。

长大后，去异地求学，到外地工作，离开了故乡，也就离开了家乡的味道。香椿，和与香椿有关的一切事物，全都随着匆忙的脚步与沉重的压力，而被抛诸脑后了。只是有时候，在孤独的夜里，在思乡的月光下，会想起家乡。随之而来的，是与家乡有关的一切事物，断断续续地涌现，那些零星的片段串成了我的童年，我的故乡，我的思乡之情。

那天，偶然在菜市场闻到了一股熟悉的味道，接着就看到了亲切的香椿。买来香椿，仔细清洗焯水后，切碎了，搭配上弥漫着豆香的嫩豆腐，撒上葱花和芫荽，以及各种调料，拌匀了……

我一边忙活着，一边揣度着当年母亲制作这道小菜时的心绪。不知为何，原本恬静的内心突然变得温暖而充盈。我想，当年母亲在做这道菜时，她的心里一定在默想着什么，就像我在思念着她一样。我忽然意识到，我从母亲手中学会的这道香椿拌豆腐，它不仅仅是一道菜，更是一种传承，一种对家乡味道的接力和承袭，一种思念之情的表达方式。

孩子看着饭桌上陌生的香椿，闻着那浓郁而独特的味道，好奇地尝了一口后，皱起了眉头："妈妈，这个味道，好奇怪呀！"

我看着孩子复杂的表情，笑了。我想，也许多年后，当她看到或吃到这道菜时，大概会回想起自己第一次吃香椿的情景，以及与它相关的人和事吧。

站在阳台上，看着窗外盛开一树的白玉兰，我暗想着：算算日子，家乡也到了吃香椿的时节了。不知道远在千里之外的母亲，打算怎么吃呢？她在采摘香椿和制作菜肴的时候，大概会想起远在异地的儿女吧？就像我看到香椿时，总会想起她一样。

收麦

那天给母亲打电话，她告诉我，还有一周就要收麦子了。我劝慰她和父亲不要太辛苦了。

母亲笑着说："不辛苦！现在收麦都用收割机了，收割机一进地，麦子就直接进入收割机的仓里，一排割过去，一块地就收拾了，既省事又省时。我们只要把麦子拉回家就完事了，可不像过去那么麻烦受苦……"

挂了电话，我的心久久不能平静。少年时代收麦的情景，像电影里的蒙太奇似的，一幕幕浮现在眼前。

我的家乡在豫西南，种植冬小麦。每年5月底6月初，是收割麦子的时节。那时候，烈日当空，大地被金灿灿的麦田覆盖着，微风一吹，麦田就变成了一片金色海洋，一波接一波的麦浪在眼前涌动。

收割麦子有极强的时令性。特别是在高温的烘烤下，已经成熟的麦子只要被风一吹，就能听到麦子炸裂的声音，噼里啪啦乱响。那声音，听得庄稼人心惊。为了尽可能减少损失，为了和"娃娃脸"一样善变的老天爷抢时间，家家户户都在收麦时起早贪黑地忙活着，每天天不亮就有人下地，总有人顶着星辰摸黑收麦子。

匆忙吃过早饭，穿着长袖上衣、长裤子和千层底布鞋的我，和父亲、弟弟拿着镰刀拉着车，迎着红彤彤的朝阳，在微凉的晨曦中奔向田野。一路上，不是看到有人已经在地里割麦，就是遇到邻居走向田野。大家脚底生风，匆忙赶路。

到了地头，看着长势喜人的麦田，父亲总是开心地说："咱们加油干，麦子拉回家就有一年的馍吃了！"他弯下腰，挑选一些长得高深的麦子割下来，双手快速地拧几下，就拧成了一个"麦要子"。而后，父亲右手握着镰刀，左臂伸开与左腿合力将几垄麦子固定并偏向左边，只听得镰刀"沙沙"响起，挺直的麦秆倒在父亲脚下。他利索地用镰刀和左手将倒下的麦子搂起来，放在麦要子上。

起初，我和弟弟不会拧麦要子，父母总是不厌其烦地教导。直到我们终于学会了，父母的额头便舒展开来，眉眼里溢出藏不住的喜悦。

父亲是割麦子的一把好手，他一个人要排很多垄，而我和弟弟只割三垄，才能跟得上他的速度。

不久，佝偻的身体就觉得酸痛了。这时，燥热的空气闷得人汗水下淌。可是谁也不敢用手去擦汗，因为手上和衣衫上早就沾染了一层麦灰，只要一碰，皮肤就会奇痒难耐。大家只得偏转脑袋，用肩头的衣服或衣袖上稍微干净的地方去蹭汗。只有极细致的人，才会在肩头搭一条毛巾。

而没有被袖子包裹住的手臂和手背上，早已布满了被麦芒扎出的血印子，被汗水沁了后，火烧火燎地痛。刺眼的太阳像巨大的火炉，让人不敢仰视。极目远眺，前方的麦田上空流动着清泉一般的水汽，似是一汪清凉的碧潭，让人想要一头扎进去尽享无边的清爽。

这时，收拾完家务的母亲来了。她带着自己煮好的茶蓊（即半枝莲）水，招呼着大家喝几口，稍作休息。一看到那熟悉的红茶水，我们哪里还顾得上矜持，直接对着塑料水壶的壶口，"咕咚咕咚"地牛饮起来。然而肚子里装满了水，却仍然觉得干渴——太阳实在太过毒辣了。

不过，庄稼人还是希望这样的天气，可以持续到收完地里的麦子。不然，什么时候老天爷阴下脸，天空吹过来几片乌云，大家就要更忙乱了。天一阴，大家就得手忙脚乱地将割下的麦子垛起来，堆成一个密实而坚固的麦垛，并覆盖上塑料布。等到天晴了，再把麦个儿一个一个地翻开晾晒。

麦地里，父母一直弯着腰，远远地将我们甩在后头。镰刀"沙沙"的声响从未间断，他们身后躺得整整齐齐的麦个儿像是士兵列队，展示着他们的劳动成果。我和弟弟互相看着对方被晒得黑红的脸，连互相加油打气的力气都没了，只是彼此扬扬下巴，指指眼前依然坚挺的麦田，示意继续战斗。

我和弟弟憋着一口气，既想把对方比下去，又想追赶上父母，以获得他们的一声称赞。然而，当我们终于追赶上父母并被表扬后，累得一屁股坐在地上，再也不想起来。这时候，父母总是微笑着看向我们，说："看看，干活多累！现在知道上学读书是享福了吧？"

弟弟叹一口气，有气无力地说："我想上学。"

可惜，他的愿望一时不能实现：当时我们那边所有的中小学都要放麦假，因为老师们也要回家收麦。在那个时候，收麦可是头等大事！

是呀，在那一览无余的田野里，连一棵遮阴的树都没有。流动的热风，一波接一波地烘烤着人们的身体，让人倍感焦躁，甚至痛苦。因而，一镰刀一镰刀地收割麦子，重复着那个千百次的动作，确实是种煎熬，也是对少年们意志的一种考验和磨砺。

父亲直起身体，将镰刀刀尖戳进地里，双手手掌压在镰刀把儿上，疲惫地微笑着："知道学就好！希望将来有一天，你们能实现农业现代化，到时候收麦子就没有这样辛苦了。"

"肯定有那么一天的！"弟弟咬着一根麦秸秆，语气坚定地说，"到时候，别说一家才种十来亩地，就是几十亩上百亩，收起来也比现在轻松容易！"

我们听了，都笑了。

在母亲的建议下，大家停下来，喝了茶蓠水，又吃了煮鸡蛋。一番休整后，大家再次挥舞镰刀。

"冰棍——好吃解渴的老冰棍哎！"一个十几岁的半大小子，骑着老旧的二八自行车，车后座上放着一个泡沫保温箱，一边骑行一边卖力地吆喝着。他的声音在广阔的田野上，像百灵鸟一样动听，像山泉水一样清澈。

我和弟弟忍不住看向他，母亲眼睛的余光捕捉到了我们的异样，马上会意。她放下镰刀，从口袋里翻出几张皱巴巴的零钱，交给弟弟，让他去给家人买冰棍。

冰棍的凉意进入嘴巴，从喉咙向下冲进肠胃，让身体感受暂时的冰爽。然而，一根冰棍的力量何其渺小？何况高温下，它融化得很快。不过几分钟，冰棍的神奇魔力就消失了，我们要再次面对酷暑，面对像针刺一般的麦芒，面对已经酸涩得似乎要折断的腰，咬着牙，一镰刀，一镰刀地将成熟的麦子割下，捆好，码到拉车上，拉回麦场，等待着脱粒和收仓。这一系列的步骤，一环扣着一环，每一环都需要辛勤劳作。家家如此。

临近中午，大家都放下镰刀，开始捆麦。捆麦时，身体要蹲下来，双腿膝盖对着麦捆儿，双手各拽着麦要子的一头，使劲一拉一拧一塞，整个动作流畅如流水。捆好了麦子，将麦个儿一个一个地码到拉车上，拉到打麦场上，这半天的工作才算结束。

回到家，吃上一碗母亲用"拔凉拔凉"的井水冰过的凉面条，休息一阵子，大家再次奔向麦田……

结束一天的劳作后，我和弟弟一头栽在舒适的床上，沉沉睡去，连翻身的力气都没了。

两天后，我和弟弟已经习惯了如此高强度的劳动，不再像第一天那般娇弱了。不管是在耐力上，还是在速度上，我们都有了一点进步，这让父母很欣慰。有时，父亲会望着像大海一样辽阔的麦田，说："如果将来你们上不了大学，就回来跟着我们种地吧。只要肯吃苦，总不会饿着人的！土地最实在了，你咋对它，它就咋对你。"

我和弟弟听了，面面相觑，互相冲对方吐着舌头：人生几十年，每年收一次麦子都要像这样子，那才遭罪呢！

连接几天的抢收后，十来亩的麦子全都进了打麦场。它们被父亲垛成一个偌大的圆锥体，天晴时晾晒，下雨时码垛……所有人，都在排队等着脱粒机的到来。

当脱粒机终于转运到我家的打麦场时，全家都打起了十二分的精神。母亲买上啤酒凉菜，请来亲朋邻居，大家伙一齐上阵，几个小时后，像小山一样高大的麦垛消失了，变成了一堆麦子，一座秸秆堆积的小山。

这时，众人的脸上、身上，到处都是麦灰。大家凑合着在附近的水塘边胡乱洗几下，就围坐在打麦场的地上，一边吃菜喝酒，一边聊着今年的收成。

一连多日，村庄都被脱粒机工作的声响笼罩着，白天黑夜，鲜少停歇。到处飘荡着麦灰，很多人也被灰黑色的麦灰包裹着，他们的脸上、鼻孔里、手臂上……到处都是麦灰，冲你一笑，显得牙齿白极了，看起来又滑稽，又让人心疼。

当脱粒机的声音渐渐消失的时候，麦收也就结束了。金黄的麦浪消失了，田野里光秃秃的。不过要不了多久，当农民们种下秋庄稼，诸如黄豆、芝麻、苞谷、绿豆、棉花……经过一次透墒的及时雨后，大地又将呈现出新的生机，各样的绿色：嫩绿，翠绿，深绿，墨绿……那些只有画家才能调出来的纷繁的绿色，将再次来袭。而这，就是另外一个关于收获的故事了。

我站在阳台上，遥望家乡的方向，心潮澎湃。我感恩大型农业机械进入我的家乡，让父母和乡亲们享受到了科技现代化的恩惠，减轻了他们的辛劳，也扩大了农业种植的规模化和精细化。同时，我也感恩少年时代跟随父母一起收麦的时光，这份像麦穗一样沉甸甸的经历，教会了我很多，比如吃苦耐劳，比如坚韧，这些品质，将陪伴我走向更广阔的天地。

掐辫子

　　每到夏天，草帽就成了父亲不可或缺的配置。一项简单又略显破旧的草帽，上面沾染着风雨的痕迹，与父亲饱经沧桑的脸庞很是相衬。正是那些寻常的草帽，为父亲，和千千万万的像父亲一样的农民，遮蔽田间的烈日、雨水和尘埃。

　　一看到草帽，我总是想起"掐辫子"这件尘封多年的往事。因为一顶顶草帽，先得用小麦秸秆掐成长长的"辫子"，再加工制作而成。童年时，那些目睹奶奶和母亲掐辫子的时光，恍如昨日。

　　在20世纪八九十年代，或者更早一些年月，掐辫子在故乡的村镇，是一件颇为盛行的事情，几乎家家户户都要掐辫子。下至七八岁的孩童，上至七八十的老妪，都会掐辫子，也都乐于掐辫子。因为掐辫子，不但可以打发当时过于枯燥的日子，还可以挣钱。集市上，有专门收辫子的人。那些收购了的辫子，用于制作草帽、坐垫等。在我的老家，当时流传一句话："但凡一家有个会掐辫子的人，就不会少了吃盐的钱。"

　　要想掐辫子，得先收集用于掐辫子的小麦秸秆。每年割麦前，先挑选用于掐辫子的小麦秸秆。最好选择那些长得又长又有韧性的秸秆。将长势好的小麦择出来，收割并捆成麦个儿。割下麦穗后，选取和麦穗相连的那一节，那是最适宜掐辫子的一节，长，光滑，有韧性。若是没有充足的秸秆，第二节也可以凑合用，它相对粗短些，掐出来的辫子，没有用第一节秸秆掐出来的细致好看；卖价也相对低一些。

　　掐辫子前，将备用的秸秆放在水里浸泡。泡秸秆是有诀窍的。一般选在清晨或中午，将秸秆泡在盛着清水的盆里或桶里，并用石头将秸秆压住，使秸秆完全浸泡在水里。浸泡的时间，需要根据秸秆的粗细、水温、气温等情况而定，会有些许的时间偏差。在泡秸秆的时间里，要不时地用手捏一下秸秆，看看是否泡好了。泡的时间不够，秸秆还是硬的，不好掐辫子；泡的时间久了，秸秆就会变得稀软而失了韧性，甚至整捆秸秆都要报废。等到秸秆泡好了，捞出来控了水，用湿毛巾包裹起来，以防秸秆失去水分。

在炎热的盛夏，得空的大姑娘小媳妇老婆婆们，各自从家里拖出一把椅子，腋窝里夹着一捆秸秆，来到大家常聚的大树下，分散在清凉的树荫里。大家一边听着聒噪的蝉鸣，一边说笑着，手里的秸秆不停地翻飞。那几个简单的动作，不知重复了多少遍，闭着眼睛都不会出错。甚至，在漆黑的夜晚，也不会影响大家掐辫子的水准。

不过，可不要小瞧了掐辫子的功夫，双手用劲儿要均匀，不能太紧，也不能太松，不然会影响辫子的品相和质量，从而影响价格。掐得长了，就把辫子一圈一圈地盘起来，用绳子捆好。等掐好一挂，就截断它，再从头开始。手快的人，一天就能掐几挂出来。

掐的数量多了，大家相约着拿到集市上卖，赚个零钱，买些生活必需品。在那个物质生活相对清苦的年代，那一挂挂的辫子，不知道成为多少家庭贴补生活的来源，成为多少人心中的希望之光。

我印象最深刻的，是奶奶掐辫子的情景。奶奶长着一双修长的大手，用凤仙花染红的指甲惊艳醒目。夏日里，只要一得空，奶奶就拖着一把椅子，坐在门外的大树下，腋下夹着泡好的秸秆，漂亮的红指甲随着掐辫子的动作不停地舞动着，好看极了。陪着她的，是几个常来往的妇女，大家有一句没一句地扯着闲话，手中的辫子不停地吞食着秸秆……一捆秸秆掐完了，泡在水里的秸秆又接上了。

而关于掐辫子的最美丽的场景，要数那一年的秋天了。母亲和婶子端坐在遍地金黄的野菊丛中，眼睛直视几十米外的戏台。戏台上，生旦净末丑演绎着人间百态；戏台下，到处是金灿灿的野菊花，弥漫着清幽的香气。母亲和婶子身边，不断变长的辫子，也沾上了野菊花的清香。那绚丽的一幕，灿烂了我稚嫩的心灵，被我珍藏了几十年。

　　如今，大家的生活水平提高了，各式各样的帽子琳琅满目，让人眼花缭乱。而曾经质朴单调的草帽，也变得时尚靓丽了。可是，不管身处何地，只要一看到草帽，那些关于掐辫子的尘封岁月，就会穿越时空隧道，纷沓而来。

溜庄稼

我的老家在豫西南，一年收两季庄稼。5月底6月初收割冬小麦，秋季收获玉米、花生、黄豆、红薯、芝麻、棉花等作物。

被遗落在田野的粮食，若是没及时收拾，就会腐败变质，不但造成一定的经济损失，还让人心疼。乡亲们最是明白"粒粒皆辛苦"，他们对脚下的土地和土地上的庄稼，有着深切的眷恋和敬畏之情。因而，庄稼收割后，大人孩子都要忙里偷闲，在已经收割过的地里"溜一溜"，淘淘宝。

小时候，每年的两次收割季里，中小学都要放假——老师们回家收庄稼，孩子们回家"溜庄稼"。

拾麦穗是一件简单却辛苦的事。大家顶着炎炎烈日，被炙烤过的热浪包裹着，一边扛着箩筐，一边弯着腰眯着眼，巡视着广阔的土地。攥在手里的麦穗多了，就用麦秸秆捆扎好放在筐里。一捆捆扎好的麦穗，像一簇簇别致的花，更像是光荣的劳动得到的奖章。一天下来，勤快的人总能拾几斤、十几斤麦子，甚至更多。

孩子们拾来的麦子，要放在一边单独碾出来，过秤约了，报个数。这个数字，是对孩子们的劳动最直接的总结，褒奖都在里面了。这个数字，会让孩子们记很久，甚至是一辈子。

相比拾麦穗，秋季溜庄稼可就有趣多了。那时候，天高气爽，风轻云淡。加上秋季庄稼种类多，溜庄稼的快乐，也更丰富些。大家相伴着，逮住什么溜什么。

收割过的黄豆地，露出一排排整齐尖锐的根茬儿，一不小心就会戳破鞋子扎到脚。即使穿上千层底布鞋，也得加倍小心。而遗落在地里的黄豆，除了带着秧子的，单独的豆荚或黄豆粒，是很难被发现的。即使被发现，一个个地捡拾起来，也是极其辛苦的。不过这时黄豆地里，总有很多成熟的麻包蛋，鹌鹑蛋大小，黄澄澄的，散发着诱人的果香。咬开，酸中带着香甜，是孩子们喜爱的野果之一。

溜苞谷（即玉米）对不少人，特别是皮肉娇嫩的孩子来说，是一件苦差事。溜苞谷的时候，每个人拿一个蛇皮袋，一边拎着走，一边四处搜寻被遗落在苞谷秆上的苞谷。稠密的苞谷地里，空气是凝固的，闷得人透不过气。苞谷的叶片上又长着一层毛，刺挠得让人难受极了，又痒又疼。钻出地，站在空旷的田野里，顿时觉得自由的呼吸和凉爽的风无比惬意。

溜花生时，带一个蛇皮袋或竹筐，和一个小钉耙。蹲在地上，用钉耙细密地翻着地垄。灰黑色的土地上，刨出来的黄白色花生很是显眼。馋嘴的孩子，总是禁不住把溜出来的花生塞进嘴巴。溜花生时，若是逮住一个老鼠洞，那就美了。刨开老鼠洞，里面白花花的都是花生，十几斤，甚至几十斤，都是有可能的。

而我印象最深刻的，却是母亲跟随邻居的姑婶们，骑车去几十里外的沙地溜花生。那时候流传着一个说法：花生只能在沙地上种植，我们家乡那边的岗地不适合。因此，那几年深秋，母亲一忙过农活，就带着干粮和水，跟大家骑车去沙地溜花生。天擦亮就出发了，到披星戴月再赶回来。那些饱含着母亲辛劳的花生，晒干后装袋被悬在屋顶。等到过年时，母亲才舍得拿出来，炒熟了，让大家开怀吃。

后来，随着花生广泛种植，并成为秋季的主要作物，大家就不用跑远处溜了，能把自家地里的花生溜干净，就不错了。

而溜红薯就是一件大体力活了，要用钉耙把瓷实的土壤翻开。有时，刨了半天，累出一身汗，才能溜出一个红薯。一不小心，还会把红薯刨断了。这活儿，孩子们通常干不来，干了也不长性。

在乡约里，溜庄稼的人，只能待在已经收了庄稼的田地溜，不能去尚未收获的庄稼地。瓜田李下，泾渭分明。因为，一个叫溜，一个叫偷。越了界，是要被人戳脊梁骨的。已收获过的田地，除非主家特别说明，一般谁都可以去溜庄稼，因为颗粒归仓，是庄稼人的愿望。

在广阔的田野上，溜庄稼的人，零星地散布着，点缀着显出本色的土地，像一个个辛勤的蚂蚁，寻觅着田间遗落的粮食。肩头上或筐里，那或多或少的收获，都是对土地的回应和敬重。

现在日子好了，很少有人会揣着当年的热情，起早摸黑去溜庄稼。那些被遗落在田间的粮食，或是沤烂发霉，或是出芽长成野草。它们，再也到不了一粒粮食梦寐以求的粮仓了。而我已经有二十多年，没有溜过庄稼了。那些关于溜庄稼的往事，就像曾经吃过的麻包蛋一样，逮住一个，就扯出了一条藤。

捉豆虫

　　秋天的风，是金色的。它一吹，苍茫的田野里，就散发着芳郁而成熟的香气。

　　在物质生活相对贫乏的童年时期，秋季是我最喜欢的季节。因为，厚重而无言的大地，会在秋季极大地满足馋嘴孩子们的口腹之欲。除却饱满新鲜的粮食，馨香甜蜜的水果和随处可见的野果，还有秋收后，随着犁铧翻动的土壤中，蠕动不止的豆虫。于是，由豆虫带来的一年一度的美食盛宴，便在孩子们灼灼的目光中，一天天地迫近了。

　　已经收获的田野，到处都是光秃秃的，裸露出大地的本色。在略显凉意的秋风里，母亲在前面牵着耕牛，父亲一手扬着鞭子，一手扶着犁。我和弟弟跟在犁后面，挎着盛着化肥的篮子，将熏得人睁不开眼睛的化肥，均匀地撒在犁开的地里。

　　如果有风，就要弯下腰身，避免撒下的化肥被风吹走。即使没有风，我和弟弟也愿意不辞辛苦，弯腰撒肥。在撒肥时，我们总是目不转睛地盯着被翻开的土壤，期盼沾着一身泥土的豆虫，在我们眼中翻滚蠕动。

　　豆虫，即豆天蛾，其幼虫以黄豆叶片为食，黄绿色，头部长有黄绿色的突起，尾部也有黄绿色的尾角，身上还有黄色或白色的条纹，长相甚是骇人。很多人，特别是女孩子，望上一眼就要尖叫起来。年幼的我，也是一看到豆虫就头皮发麻。可是，却仍要跟着父母去黄豆地里捉豆虫，一是为了减少豆虫对农作物的危害，二是喂养家禽。

　　每次去地里捉豆虫，我总是带着一把剪刀，用剪刀把爬着豆虫的叶片剪下来，丢进蛇皮袋里。在捉豆虫的整个过程中，全身都处于高度警戒状态，感觉身上的汗毛都竖了起来，脊背发凉，并时常疑心衣服上或皮肤上，爬了一条胖乎乎的大豆虫，在蠕动着前行。那感觉，像排雷一样紧张。

到了八月份，近十厘米长、手指粗细的豆虫，基本上长定型了。看一眼，心里就发怵。若是不小心触碰到了豆虫，我总要一边尖叫，一边触电般缩回手臂。偶尔，顽皮的弟弟，会捏着一条长而粗壮的豆虫，猝不及防地出现在我眼前。随着我一声尖叫，他看着我落荒而逃，得意地大笑。

秋收前，曾经浩浩荡荡耀武扬威的豆虫，一下子就销声匿迹了。它们都钻进了土壤里，蛰伏起来，准备化蛹产卵，开始生命的更迭。

那时候，几乎每家人在犁黄豆地时，总会喊上家里的孩子们，跟在犁铧后面，一边撒肥，一边捡拾被翻出来的豆虫。这时的豆虫，早已不进食，体内的脏东西也已排泄干净，身体由之前的黄绿色转变为浅黄色，皮肤也较之前粗糙了，视觉上便少了几分凶恶。可是，在捡拾豆虫的时候，它们总要剧烈地挣扎和伸缩，仍然让人膈应。

结束劳作回到家里，母亲把豆虫泡在菜盆里，用刷子洗刷干净，控好水分后，放进油锅里炸。不一会儿，一大盘香喷喷外焦里嫩的炸豆虫，就端上了饭桌。去掉干硬的头部，细细地咀嚼着，在焦脆的外皮下，柔嫩酥软的脂肪散发着独特的香味，那是其他肉类无法比拟的美味，细腻却不油腻。

然而，再好的美食也不可贪多，因为豆虫是不易消化的。特别是豆虫的外皮，粗糙厚实，对老人和孩子来说，咬都不好咬，更不要说消化了。若是晚饭时吃豆虫，就一定要管住自己的手和嘴，因为吃进去的美味，可能会变成磨人的石头，煎熬你的胃，让你在清冷的秋夜里，不能安眠。

有一年秋天，我和弟弟捡了很多豆虫，母亲用油炸过后，我一时贪嘴，没有听从父母的劝告，吃多了。结果那一夜，我的肚子疼了一晚，就像吃了秤砣一样难受。但是，听着母亲因为辛劳而沉稳的酣眠声，羞愧的我又不好意思叫醒她。辗转反侧中，硬是煎熬了一夜。

前几天，打电话询问母亲秋收事宜。闲聊间追问母亲，今年的黄豆收成如何，是否有过虫害。母亲说近几年，几乎都没有豆虫了，大概是农药威力凶猛吧。

听罢，我心中不禁五味杂陈。想来，捉豆虫和吃油炸豆虫，到底已成为往事，以后怕是不能够了吧。

星河依旧

我见过很多地方的夜空。简单地说，大概可以将那些不同的夜空分为两类：城市的夜空和乡村的夜空。

城市的夜空，大约都是相似的。闪烁的霓虹灯，连成一片璀璨的灯海，华丽而迷幻的光芒，吸引了为生计奔波的人那迷离的目光，连天上的繁星也失去了光华。而让我印象最深刻的，仍是故乡的夜空，那里的夜空，值得回味一辈子。

故乡的夜空是多样的。既有伸手不见五指的漆黑，也有星河灿烂的瑰丽，还有明月朗照的浪漫；既有小雨淅沥的宁静，也有虫鸣唧唧的清幽，还有大雪纷飞的寂寥……于四季中，我尤其喜欢夏季的夜空。

小时候的夏季，我最期待的，便是晚霞燃烧后夜幕徐徐降临的时刻。傍晚，我总是早早烧好绿豆汤，然后端一盆清水浇湿楼房上的楼板。待楼板降下温度后，细心地铺好床铺。等到父母从地里干活回来，一家人坐在楼上的床铺边，乘着习习凉风，喝着解暑的绿豆汤。眼前，是像铁一样沉重而广袤的田野；抬头，是无边的苍穹和缀满夜空的繁星。

饭后，洗了澡，一身清爽地躺在松软的床铺上，直视眼前浩瀚的夜空，心中总是涌动着莫名的情愫，宛如一条河流，或是汹涌澎湃，或是淙淙恬静。那是世间任何一种事物，都难以比拟的安然。在那样的夜空里，人变得渺小而纯粹。白天的烦扰，也都被无声的夜空清扫了，人像星光一样柔和而平静。耳边，在细微的虫鸣里，还有睡在打麦场上的村民们此起彼伏的说笑声。那些粗犷而浓重的乡音，于夏风中，透着莫名的亲切。

在这样的夜晚里，劳累了一天的父母显得特别和蔼可亲。他们你一言我一语，指着广袤的星空，告诉孩子们那些关于星星的传说和故事。在浩渺的星空下，我知道了数星星的孩子和他长大后的成就，我知道了七夕的来历，我知道了北极星的特别……那些触不可及的传闻和过往，为眼前的星河，增添了别样的神秘色彩，也为我稚嫩的心灵，插上了通往太空的翅膀。

若是遇到皓月当空，银色的月光泻下来，天地间笼上了一层迷蒙的纱，星星们也被月光遮蔽了，只漏下几颗稀疏的星，陪伴着孤寂的明月。月亮它长着一双小脚，慢慢地从一片云彩挪到另一片云彩边。月光透过树叶漏下来，随着风儿，筛下斑驳的光影。

在多少个沉静的夜晚，我对着斑斓的星河，或皓皓明月，听着夏虫的低吟，不知疲倦地看着壮阔的星空，深恐一睡着，那些梦幻般的画卷就会消逝。于是，伴着家人的鼾声，我和星星一起眨着眼睛，心儿脱离了躯体，在星河中畅游。有时，我会在月光中醒来。月光下，天地万物都浸着一层唯美的浪漫色彩。皎洁的月光是清凉的，像潺潺的溪流，润泽着大地，清爽着我的心。

在那些数不尽的夏夜里，我见过最离奇的景象，大概要数那次偶然看到的红月亮了。深夜里，红彤彤的圆月，像清晨初升的朝阳，绚丽灼目，连它周边的云朵也被染上了美丽的绯色。只是，漂亮的红月亮散发着清凉的光。那赤艳夺目的红，与它清凉的温度，犹如水火交融，激烈奇异，又是那么和谐。那是怎样惊心动魄的画面啊！若不是夏季睡在空旷的楼上，我怎会看到如此奇幻的场景呢？

那些绚烂的星河，陪我度过一个又一个漫长的夏季，成为我心中不可或缺的乐园，并丰润了我的眼睛、脑袋和心胸。

可惜，成年后离开家乡的我，辗转于多个城市，却再也没有看到过像家乡那样美丽的夜空了。更多的时候，我只顾着当下不停赶路，却失去了抬头仰望星空的诉求。其实，仰望星空是一种能力，也是一种追求。遗憾的是，我丧失了那样的能力和追求。

前几日回到老家，我再次看到了头顶上的烂漫星河。它和以前一样绮丽辉煌，令人沉醉。原来，无言的星河，一直不曾变化，它一直在等待归家的游子抬头仰望。我凝视着寂寥的星河，终日烦扰的内心，一时平静了。

直到那一刻，我才明白：当我们抬头与星河相望时，又何尝不是在洗涤自己的灵魂呢？时时仰望星空，既是与自己对话，也是拥抱自己孤寂的心灵。因此，即使陷于凡尘俗世，也不要忘记抬头看一看璀璨的星河。

星河依旧。你是否知道？

寂寞的柿子

寒露一过，柿子就熟了。柿子和叶片，经过风霜浸染，从青色变成黄色，再变成漂亮的橙红色。"柿叶翻红霜景秋，碧天如水倚红楼。"在空旷而萧瑟的深秋里，这一抹红，成为一道灼目的风景，温暖着人的心，也刺激着人的味蕾。

霜降前后，密密挤挤的树叶被寒风吹落，高大的柿树上，只剩下一串串灯笼似的红柿子。抬头仰望，累累红柿，压弯了横斜随意的枝干，构成一幅绚丽的中国画。透过火红的柿子和遒劲的枝干，是瓦蓝瓦蓝的深邃清澈的天空。

半大的孩子们，猴儿似的，灵活轻巧地攀爬在柿树的枝杈间，扭动着身子，摘下一个又一个红柿子。地上，大大的竹筐，慢慢地盛满了耀眼的柿子，一团火似的，衬着灰色的地面，特别耀眼。树上，踩着枝杈的孩子，遇到红彤彤的软糯的柿子，便倚靠着树枝，对着软糯的柿子皮，轻轻地咬开一个小口，悠悠地吮着掌心里的柿子，细细品味着柿汁，让那经过岁月酿制的香醇，丝丝缕缕地入口下胃，甜蜜滋润着身心，幸福直抵心间。只一会儿，原本饱满的柿子就被吸得只剩下一张皮。

不远处，屋檐上、房顶上、树枝间，总有几个馋嘴的鸟雀，不甘心地观望着柿树上的情景，焦急地跳跃着，期待摘柿子的人们手下留情，遗留给它们几个甜美的柿子，也让它们尝个鲜儿。

鸟儿们的担忧大抵是多余的，总有一些鲜美红润的柿子，高傲地悬在人们无法触及的枝杈上，在秋阳下闪烁着迷人的色彩，招摇地随风摇曳。

等到摘柿子的孩子们下了树，那些一直在旁边窥探的鸟雀，一哄而上，快活地在枝头间跳跃，啄食甜美的柿子。这难得的美味，是鸟雀们的盛宴。鸟儿们一边享受美食，一边欢快地歌唱，那美妙的歌声，像珍珠似的，在庭院中洒了一地。

多少年，一茬儿又一茬儿的红柿子，带给孩子们和鸟雀们无数的欢乐。那些曾经在柿树下的欢声笑语，成为多少年甜蜜的记忆，成为多少人梦回故土的思念。

前几日，我回老家探望亲人。在村子里，看到了几棵柿树，枝干伸出了长满野草的院墙，枝条上挂满了耀眼的红柿子，像旗帜，像火焰，在寒风中灼灼而华。然而，高大的围墙将柿树圈了起来，无缘看到它们的全貌。那探出围墙的侧颜，似是"犹抱琵琶半遮面"的哀怨女子，在瑟瑟秋风中，用浓重的色彩和丰硕的果实，撩拨着围墙外的人，也渲染着"秋扇被弃"的无奈与寂寥。

大门上锈迹斑斑的铁锁，落了灰，结了蜘蛛网，像一道封印，尘封了曾经的岁月。人迹罕至的庭院，连鸟雀都觉得寂寥，不愿落脚，不愿停留。只留下果实累累的柿子树，独自在深秋里，在惨淡而恍惚的秋阳里，一树繁华，兀自惆怅。这情景，竟似一个芳华绝代的女子，被关在了无人问津的庭院里，无人识其国色天香，她便一个人，在时光里，寂寞地老去。

有人的地方，就有水井；有柿树的地方，必有人家。可惜，背井离乡的人们，带不走水井，也带不走早已根深蒂固的柿树。于是，每到深秋，在曾经的故乡，那些无人采摘的果实，在风雨中落入尘土，化成肥料，滋养着蔓延的野草。久无人居的庭院，就成了废墟。

于是，在深秋里，光秃秃的柿树上悬挂着的红彤彤的灯笼，便成了柿树一年一次的独自狂欢。它像一幅美丽而妖娆的画，在寂寞中暗自神伤。

又是三月三

在严冬里，隐忍了许久的生命，在春风的吹拂下，一日一新。阳春三月，草长莺飞，姹紫嫣红，正是踏春的好时光。

我的家乡在一片无垠的平原上。在这片古老却充满活力的土地上，绿色是三月的主色调。每年春天，一眼望去，尽是充满生机的绿色。近的柳树，是鹅黄色的嫩绿，那颜色可爱得让人心生怜爱；远处的麦苗，绿得发黑，连成一片，壮观得像片绿色的海洋。田间地头，黄色的蒲公英，白色的荠荠菜，紫色的地丁……这些缤纷的野花，就像大地母亲发间的装饰品，漂亮而鲜活。

走在松软的土地上，感觉自己像是在海洋中畅游，身心愉悦，连空气都是清新的，吐纳之间，自己也像是朵新生的花儿。

三月的春天，是如此美丽，无怪乎"踏春"的习俗承古至今。春光明媚，春光多情，欣赏春景，是一年中的一大快事。

每年的三月三，家乡总要唱春戏。在村子里，找一片空旷地，搭个简易的戏台子，就敲锣开唱了。那颇有韵味的唱腔，那花团锦簇的服饰，那悠远的乐声……都让我们这些孩子着迷，仅仅几米之外的舞台上，便是另外一个神秘又美妙的世界，它吸引着我们，去审视它，探究它，仰望它，迷恋它。

和唱春戏相连的，就是戏台周边各种让人艳羡的特色小吃：糖葫芦，米花团，糖人，玉米棍……没有零花钱的孩子，只能站在一边，眼巴巴地看着嗅着馋着。不过，单是静静地看着，心中也是甜的，荡漾着小小的满足。

于是，在孩子们的心中，每年的三月三，成了一个值得期盼的日子。那是一个与平淡的日子相比，别有意味的好日子。虽然仍挤不到戏台最前面，无法近距离地端详演员们的服饰和妆容；虽然仍吃不到想要吃的东西……这些都不重要。重要的是，我们怀着莫名的憧憬和希望，欢快地奔向每年的三月三，就像心中揣着一只鸽子，它向往未知却美好的地方……

三月三，除了看春戏，还要吃春。我们那里的春天，可以吃的野菜，实在太多了，不过最让我怀念的，却是荠荠菜包饺子，蒸洋槐花，凉拌香椿……

每年的三月三前后，母亲都要带着我们姐弟，去田间挖荠荠菜，回去收拾收拾，和着猪肉包饺子。咬下一口饺子，荠荠菜清香的味道便扑鼻而来，连唇齿间都充盈着那独特的味道，它总让人想起三月的田间，那充满勃勃生机的景象。那个味道，多年来一直尘封在我的记忆中。那既是童年的味道，更是春天的味道。

我时常站在阳台上，眺望对面连绵的大山，和山上三三两两的杨柳。柳树实在是春天的使者，它似乎是所有的树木中，最早感受到春意的树种。在春风里，它一天一个样，不过几天，就长成了一树的绿色。正是那飘逸可爱的绿色，它召唤着我们走下楼去，走进自然里。

我们一家三口，一边走一边说笑。我说起了小时候的春天，以及春天里大家做过的那些事情：挖野菜，看桃花，听春戏，折柳吹笛……如今，那些记忆中的往事，有的难以重温了，但是挖野菜还是可以的。

这里，是西北的黄土高原。然而，它似乎和我的家乡，和我家乡的土地，有一种让人惊喜的相似性，就连它们在春风中散发出来的气息，也是一样的。那是散发着大自然的芬芳与生命力的气息。更让我喜悦的是，就连很多野花野草也是一样的。这里，也有黄色的蒲公英，白色的荠荠菜，紫色的地丁……

在一片阳光充沛的地带，到处是绿油油的荠荠菜，有的已经长出了白色的小花，在春风中摇曳，这可真让人欢喜。我们一家三口，欢快地挖了起来。不大一会儿，就收获颇丰。闻着那熟悉的味道，感觉自己似乎回到了童年，跟随母亲，挎着篮子，在无垠的田野里挖野菜。

女儿也很兴奋，她大概想不到，野菜竟然也能吃，她欢喜于大自然的馈赠，也沉浸在自己动手的快乐中。是了，现在的孩子们，从小就生活在像鸽笼一样的高楼里，吃着大棚里长出来的果蔬，看着人为修饰的风景……他们的成长里，到底少了纯粹的自然。

走在崎岖的山路上，看着春光如画，听着潺潺的山泉和鸟儿欢快的叫声，身体也跟着轻盈起来。大自然给予我们的，不仅仅是如画般的美景，和土地上的资源，还在于它能够慰藉人类的心灵，甚至能够净化我们的灵魂使我们暂时脱离世俗的尘嚣，从而获得力量，甚至是新生。我想，这就是我们亲近大自然的原因，也是我们爱上它的原因。

回家后，一家人开心地收拾着荠荠菜，一起劳动，包好了饺子。咬下去，果然还是以前的味道，有着淡淡的清香，有着春天的气息，有着大自然的味道。这个味道，让我想起了我的童年，想起了我的家乡，想起了我的母亲，和家乡里的一切……

就是这个味道，就是荠荠菜的味道，勾起了我的思乡情结，勾起了我的家国情怀。我想，所谓故乡，不就是那个生我养我的地方吗？所谓家国情怀，不就是在平淡的一日三餐中，慢慢地沉淀并积累起来的，对脚下的这片土地，那深沉的热爱之情吗？

荠荠菜，连同关于三月三的一切，都成了我内心深处，抹不去的记忆。

童年夏趣

城市的夏天，时常闷热到无处可逃，也难以找到令人愉悦的乐趣。于是，总是回想起小时候家乡的盛夏和那时的夏趣。

那时的太阳，并非不毒辣。年幼的孩子们，即使被夏阳晒得黝黑，也仍然觉得夏日是很好的季节。这自然是因为夏天有它的独特魅力。

清晨，睡在楼房上的我，总是被太阳晃了眼睛才惊醒过来。耀眼的阳光，透过斑驳的树叶，洒在脸上。下楼来，一边吃着母亲放在灶台上的饭菜，一边随意地看向庭院。火红的凤仙花，在绿叶的衬托下，朴实中自有一分灼灼其华的明媚。灿烂的喇叭花，迎着朝阳，缠绕成别致的花藤，为小院增添了一丝妩媚。爬满墙壁的葡萄架上，缀满了串串青葡萄；茂盛的枝叶，堆砌出一片诱人的阴凉。

高昂的蝉鸣，在烈日下，尤其显得聒噪，那却是孩子们乐于追寻的天籁之音。结伴的孩子们，迎着阳光，在村庄里到处游荡，试图用长竹竿粘知了。只要一听到知了的叫声，就抬起头来，眯着眼睛，四处搜寻它们的身影。至于能否粘到知了，粘到多少，那似乎都不在考虑之列。年幼的我们，即使把脚踮得再高，把胳臂伸得再长，也总是够不着那些在高高的枝头上引吭高歌的知了，它们自有自己的得意与张扬。夏天是属于我们的，也是它们的。少了知了的鸣唱，夏天这首交响曲，大概要丢失几分韵律吧。

中午，劳累了半天的母亲，总喜欢用冰凉的井水沁透出锅的面条，并洒上切好的黄瓜丝和小葱，再将捣好的香油蒜泥淋上去。一看一嗅，便迅速激发起食欲。这，正是适宜夏天吃的主食之一。端着一碗凉面，坐在庭院外树木成荫的微风中，听着收音机里抑扬顿挫的评书。这样的日子，怎一个"妙"字可言？若是肚子还有空余，再吃上一块用井水冰镇过的西瓜，那就更爽快了。

傍晚，太阳渐渐收敛了热量，在西天幻化成绚烂瑰丽的五彩晚霞。犹如一只看不见的大手，挥舞着神奇的画笔，将无边的天空当成一块画布，随意地挥洒颜料，泼成种种奇幻的画作。热烈而喧腾，奇丽而飘逸。那些神来之笔，必定得在夏季，在太阳沸腾了的时节里，才能看到那样的鸿篇巨制。

彼时的我，不过是个懵懂的孩童，却一次次被天边燃烧的云霞，震撼了心灵。那时，已做好晚饭的我，时常坐在村口的草地上，凝视不停变幻的晚霞。看它随着夜幕降临，一点点褪去光彩，一点点消逝。有时，我会暗想：有没有哪个画家，也能画出如此激荡人心的作品？

晚饭后，在明亮的月光下，村里的孩子们，总是呼朋引伴地聚集在一起嬉戏，捉迷藏、丢手绢、老鹰捉小鸡……那些简单又花样繁多的游戏，总是玩不够。直到母亲们扯着嗓子呼唤，大家才依依不舍地散去，各自回家睡觉。

不过，即使乖乖在家睡觉，于夏季的夜晚，也是浪漫而充满兴味的。那时候没有空调，连风扇也极少，而且时常停电。为了乘凉，很多人家纷纷将床铺移到楼上，铺上凉席和被子，睡在硬邦邦的楼板上。吹着习习夏风，遥望眼前的浩瀚苍穹。一边看着星光闪烁，一边听父母讲故事和传说。而有些故事和传说，就是关于星空的。偶尔，有蝙蝠飞过，有飞机驶过，有流星划过。那些一闪而过的来客，丰富了寂寥的夜空，也为那些故事和传说，增加了奇幻色彩。

在睡不着的夜晚，我常常盯着熠熠群星，或明净的圆月，奇思幻想仿佛鱼儿似的，不停地跃出脑海。在沉重的夜幕烘衬下，梦幻的夜空，散发着诱人的魔力，看似遥不可及，又似乎唾手可得。好像只要一伸手，就能与神仙相逢；一声呼唤，就能惊醒天上人。那些奇妙的遐想，载着我，飞过高山与河流，驶向太空。

此外，白天在清澈的溪流里洗澡、挖贝壳；夜晚，打着手电筒摸知了和蝎子，都是极快乐的事情。而最让人欢喜的事情，除了捉萤火虫，就是在村边的流水里捉鱼虾了。那时，水中有一种奇特的虾，在夜晚的水中，能发出微弱的光芒，像闪灯似的，一闪，一闪。

童年的夏趣啊，似一串夺目的珍珠，缤纷了我的童年，常忆常新。

家乡的端午

我们那里把端午，叫作"五月当午"。老家的端午，有着浓厚的地域色彩。记忆中，儿时的端午节，有趣极了。

端午那天，庭院的大门上，插好的艾条显示了这一天的不寻常。

早上起床后，母亲从窗台上拿来配好颜色的"五色线"，搓成紧致的五股绳，给我们姐弟戴在手腕上、脚脖上。有时候，忙里偷闲的母亲，还会用碎布做成一串两个的小辣椒，或鲜艳的红色，或青翠的绿色，给我们戴在手上，可爱又别致。

如果再隆重一些，母亲还会用花布做成鸡心形的香囊，里面塞满新鲜清香的艾草，再用漂亮的丝线做成璎珞点缀起来。孩子们将它戴在脖子上，艾草的清香很快就沾染了全身。这样的行头，充满浓郁的节日气氛。

捯饬好了，我们在母亲的带领下，来到清澈的池塘边，掬一捧水洗脸，传说这样便能祛除灾邪保平安。为什么呢？因为月宫里的玉兔，在嫦娥的授意下，于月宫的那棵桂花树下，将捣了一整年的神药，在端午这天的凌晨洒向人间的江河湖海。人们在那天用"活水"洗了脸，就能一年平安无恙了。

这天早饭的餐桌上，必定有两道特别的食物，煮蒜和煮鸡蛋。煮熟了的大蒜，不但不辛辣，反而有一种特别的口感和味道。至于煮鸡蛋嘛，孩子们一般都会在饭后，带上一个到学校，与别的孩子手中的熟鸡蛋碰架。谁的鸡蛋最后仍完好无损，谁就赢了。于是那天，最后一个吃煮鸡蛋的孩子，总是带着胜利者的欢愉，能开心一天呢！

我们那里不产糯米，粽叶少有种植。因此，一般大家不会自己包粽子，多是从集市上买来几个，一家人尝个鲜。若是某个细致的媳妇动手包了一锅粽子，她必会将这锅粽子散给各位亲朋，让大家一起分享了。

我们那里的粽子没有南方那么多口味，多是"白粽子"，就是整个粽子的材料，只有又糯又黏的糯米。粽子的吃法也很单一：在碗里倒一些白糖，拿粽子蘸了白糖吃，又糯又甜。

大人们总要叮嘱孩子们，手脚上的五色线，不可以随意丢弃，要一直戴到"六月六"这天。到了那一天，把五色线剪下来，放在菜园里的小南瓜上。据说，这样南瓜长大后，就会变成彩色的。可惜，谁也没有见过那样的南瓜。大多数时候，剪下来的五色线，会被大人丢进水流中。如此，水流就会将疫病带走，以期保孩童们安康。

"彩线轻缠红玉臂，小符斜挂绿云鬟。"特别的日子，要有特别的仪式，用于区别其他或平淡或精彩的日子，留下一抹奇特的记忆。

如今，离开家乡多年的我，总是凭借着幼时记忆里的情形，复制母亲曾经的做法，陪伴家人度过一个又一个，貌似重复又有细微差别的端午节。在那些琐碎而忙碌的时光里，我仿佛回溯时光的河流，看到年轻时的母亲，一边劳作着，一边微笑着。

我期望，等到我的孩子长大后，她会在艾草的清香中，在香甜的粽子里，在五色线的斑斓中，感受亘古不变的深情，并能将这份深情用特别的仪式，延续下去。

牛屋印迹

每年春节，都是由父亲负责贴春联这事。哪里贴啥，怎么贴，他都亲力亲为。然而这几年，父亲对贴春联的热情大减。好几次，他手中拿着"六畜兴旺"的大红春联，茫然地对着曾经的牛屋摇头叹息："哎，又糊涂了！牛都没了，哪来的牛屋？还贴啥'六畜兴旺'？"

牛屋及耕牛的存在，是一个时代的印记。对很多人来说，特别是我们的父辈，影响之深是我们无法体会的。

在农村实行土地承包责任制之前，耕牛是集体财产，也是重要的劳动工具，每个生产队都有各自的牛屋。那时，牛将土地和农民紧紧地联系在一起。

那时，我们村里生产队的牛屋，是一排高大结实的土坯房，足有百十平方，养着牛、马、驴和骡子等牲口，却偏偏叫作牛屋，大概是因为牛的数量最多吧，也或许是种习惯叫法。队里派遣最擅长侍弄牲口，又最认真细致的人住在牛屋里，照料着众多的牲口：清理打扫，担水拉料，拌和饲料……一年四季都待在那里。

一到农闲，特别是冬天，牛屋成了村里最受欢迎的地方。因为那时柴火金贵，只有牛屋可以经常烤火。虽然烤火用的多是一些细碎的柴火末，黑烟弥漫起来，能把人呛出眼泪。等到黑烟散尽，屋子里就暖和起来了。

饭后，劳力（男人）们领着孩子，围着牛屋里的火堆分散开，大家一边烤火，一边听着"能人"们，闲扯着那些流传千古的故事和传说。

《聊斋》《水浒传》《封神榜》《三国演义》最受欢迎了，随便捞出来一部，就够大家听上一阵子了。呼啸的东北风蛇一样地钻进来，将昏暗的煤油灯吹得忽明忽暗，大家的心都被故事牵引着，随着灯火一起跳动。

每当夜深人静散场时，孩子们总是恋恋不舍。一走出牛屋，就紧紧地扯着大人的衣角追问："那故事里说的，都是真的吗？"

"都是真的，比针还真呢！"大人们应付着回答。

第二天晚上，牛屋里继续讲着昨天的故事。一样昏暗的煤油灯，一样温暖的火堆，孩子们睁着一样好奇的眼睛……流传千古的故事，就在散发着牲口粪便味的屋子里，讲了一遍又一遍。就在这一遍又一遍的故事里，有人来了，有人去了，有人长大了，有人老了。村民们对牛屋的感情，像血脉似的，传了一茬儿又一茬儿。

土地承包责任制实行以后，各家各户自我管理土地和农具，包括耕牛。那时，牛仍然是重要的劳动力和生产工具，几乎家家户户都要养牛，自然也都有牛屋。将一间偏僻的房屋改造一下，架上食槽，绑一根系牛的木棍，就是一个简易的牛屋了。

父亲是一个木匠，他将牛屋打理得很得体。牛食槽横向靠着南墙，牛屁股对着后窗，后窗挨着厕所，如此便于从窗户里直接清理牛的粪便。在牛屋的西北角，父亲支了一个悬空的床板，足有一米多高。床板下是收拾整齐的土坷垃，大小均匀。每当父亲清理完牛的粪便，就将土坷垃均匀地铺撒在牛屋里。然后，给牛拌上丰盛的饲料。收拾完毕，这才将在庭院外面放风的黄牛牵进来。我每次牵黄牛进屋时，总能感觉到它的急切。它总是还没站稳，嘴巴就对着食槽大快朵颐了。

冬季的夜特别漫长，北风肆虐下，人一躺下就沉入梦乡。因此，漆黑的冬夜容易招贼。一旦丢失了牛，那绝非是庄户人能轻易承受的。于是，但凡养牛的人家，总要有人陪着牛住在牛屋里。

临睡前，先在牛屋里点上火，一家人围着火堆，一边聊天一边烤火。

等到通红的火堆失了光彩，夜已经很深了，大人们的故事也告一段落，孩子们的眼皮也沉重起来。于是，母亲揽着孩子们，与父亲作别。

次日清晨，大人起床后的第一件事，就是给牛拌和饲料。等牛吃完了草料，将牛系在庭院外的树桩上，清理牛屋。一天，就这样拉开了帷幕。

没多久，堆积的牛粪就攒够了一车，父母一人牵着牛，一人驾着拉车，将牛粪洒在田地里。回去的路上，顺便再拉回一车土坷垃。

农忙的季节，犁地耕种、拉车收粮……哪一片土地，没有留下黄牛沉稳的足迹呢？

而放牛和割草的任务，就落在了日益长大的孩子们身上。放学后或者假期里，孩子们总是相约着，一起去田间地头放牛。大家找到一块青草茂盛的地方，将牛系好，一边嬉闹一边割草。等到晚霞铺满了西天，牛吃好了，筐里的草也满了。孩子们赶着牛，背着筐，在霞光里走向回家的路。识途的老牛，走在主人前面，默默地走过一条又一条路，拐进庭院，踏进牛屋。

每年春节，牛屋的食槽上，谁家都要贴上"六畜兴旺"的条幅。那四个大字，和"开门大吉"一样重要。

时过境迁，曾经的农耕时代已湮没在历史长河中。不过几十年的光景，以往家家户户不可或缺的耕牛，已被现代化农具所取代，牛屋也被改造或废弃。然而，人们曾经和牛一起耕耘的时光，却深深地刻在几代人的心中，成为不可磨灭的时代烙印和无法取代的美好记忆。

如今，只要一想到家乡那片辽阔的田野，就不由地想起曾经的悠悠时光：夕阳下，随着袅袅升腾的炊烟，孩子们在霞光中牵着牛走向村庄。"牧童归去横牛背，短笛无腔信口吹"的画面，到底定格在了古诗中。

一碗凉面

面条，是我们老家的主食。在炎炎夏日里，吃一碗筋道清爽的凉面条，是对酷暑的最好回应。母亲最拿手的，是用黄瓜汁和面做出来的西红柿鸡蛋卤凉面条，这是全家人喜爱多年的夏日美食。

临近晌午，母亲从菜园里摘下几根绿油油脆生生的黄瓜，就着冰凉的井水冲洗干净，将黄瓜切碎后用笼布包裹住，使劲将黄瓜汁拧出来。绿色的黄瓜汁盛在白瓷碗里，像翡翠一样绿莹莹的，闻起来有一股特别的清新和甘甜。用黄瓜汁和出来的面，也是绿色的，经过轧面机反复碾压后，筋道的绿面条，像一条条绿丝带，漂亮极了。

面条下锅煮熟后捞出，放进盛着"井拔凉"的盆子里，冰上两回，直到面条吸收了井水的清凉后，用笊篱将面条捞进碗里，再浇上炒好的西红柿鸡蛋卤，倒上自家芝麻榨的香油，用筷子搅拌均匀。如此，一碗香喷喷的西红柿鸡蛋凉面条就做好了。白净的瓷碗里，呈现出红黄绿三种具有强烈视觉冲击的食材，只是看一眼，就要流口水了。

一手端着碗，一手拿着小板凳，一家人陆续走出庭院，坐在外面的洋槐树下，对着无垠的田野，就着习习凉风，一边听评书，一边"吸溜吸溜"地扒着面条。收音机里的评书娓娓动听，碗里的凉面条清爽美味。现在回想起来，那时再平常不过的日子，竟舒展滋润得像神仙一般。

一碗不过瘾，那就再捞一碗吧。返回厨房的母亲，从厨房的窗口里，接过大家的碗，为大家续上一碗，让大家吃个痛快。

这时候，回碗的父亲，总是微笑着咂咂嘴说："哎，这日子，还不好吗？"他的语气，像是疑问，又像是自问自答。

那当然是好日子了。

据说，凉面条是在唐朝时，由宫廷盛行开的一道美食。

那时，凉面叫作"冷淘"，为宫廷食品，后来流传于民间。"冷淘"这个名字，很是生动形象；它的口感，连"诗圣"杜甫都赞不绝口，并写诗《槐叶冷淘》表达其盛赞之情。杜甫在诗中说："青青高槐叶，采掇付中厨。新面来近市，汁滓宛相俱。入鼎资过熟，加餐愁欲无……经齿冷于雪，劝人投此珠……万里露寒殿，开冰清玉壶。君王纳凉晚，此味亦时须。"

在此诗中，杜甫不但交代了冷淘的制作方法，还生动地勾勒出了一个"吃货"诗人形象——"加餐愁欲无"。连大诗人都害怕如此美味不够吃，怕不能回碗呢！可不是嘛，在酷热的夏日里，一口凉面在嘴巴里，"经齿冷于雪"，就像夏天吃了冰雪一样爽快。诗人品尝到了这人间美味，便想着赶紧分享给世人，甚至想要奔赴万里，为君王进献这道美食。诗人以为，即使九五之尊的皇帝，住在大殿里，吃尽天下美味珍馐，这道凉面也是他在夏日里不可错过的一道美食——"君王纳凉晚，此味亦时须"。

烈日炎炎，来一碗凉面条吧，不管是西红柿鸡蛋凉面，还是青菜凉面，或者肉臊子凉面，甚至是只浇着蒜泥的白凉面……端起一碗凉面，或蹲或坐，或大口大口地狼吞虎咽，或悠悠地细嚼慢咽，都能咀嚼出不一样的夏天来，冰凉，舒展，清爽。

母亲的茶

母亲是个没什么文化的乡村妇女。可是，她却把生活安排得精致而丰富；单单在喝茶这件事上，就可窥见一斑。不过，母亲的茶，并不是普通的"茶"。

初春，在柳条抽出柳穗之前，碧色的丝绦随风招摇，母亲就开始折柳制春茶了。她用镰刀割下一筐的柳枝，摘取下柳叶后，用清水淘洗干净，放在蒸屉上大火蒸熟。熟透的柳叶出锅后，放在阳光下通风晾晒，晒干后密封保存。这就是柳叶茶了。

被热水冲泡的柳叶茶，慢慢舒展开原来的形态，并随着缕缕热气，散发出幽幽的清香和轻微的苦涩。柳叶茶具有清热解毒、止痛利尿等功效。若是怕苦怕涩，可在茶水中添加冰糖。如此，清苦中有淡淡的甜，淡淡的甜中又透着一丝苦涩。味道在舌尖与喉间，反复交错，令人回味。

不久，漫天遍野的蒲公英开花了，鲜艳的小黄花朴实耐看，大片大片地散布着，醒目而震撼。母亲带着我，挽着篮子拿着小铲子，在一马平川的原野上挖蒲公英，一会儿就收获满满。把蒲公英带回家清洗，焯水后通风晾晒。然后，再把根部和枝叶分开切碎，先把根部放在锅里用小火炒，再把枝叶放进去一起炒干。等到叶子微卷，闻起来有一股淡淡的香气，蒲公英茶就做好了。炒后的蒲公英没了原有的青涩，也去除了其内在的寒性，反倒多了一股清香。

每当家人上火的时候，母亲总会说："快去喝几杯蒲公英茶下下火吧，它清热解毒，可是个好东西呢！"

夏季的时候，茶荑（学名半枝莲）开花了，小小的茶荑像棵小小的茶树，全身都顶着紫白色的小灯笼，直直地伸向天空。它们扎堆生长在田边或水流旁，一簇一簇的，远远地就能辨认出来。

母亲顶着炎炎烈日，采摘回茶荑，像做柳叶茶一般如法炮制。和柳叶茶与蒲公英茶相比，茶荑更像是茶，也更有茶的味道，冲泡后是清淡的红汤，像红茶，口感好，具有清热降火、增强免疫力等作用。

紧接着，母亲又要忙着采摘荷叶了。制作荷叶茶相对简单，采收荷叶后晾晒收藏备用。每当母亲改善伙食，大家吃了荤腥后，她总是体贴地冲泡好一锅荷叶茶，让大家喝了去油腻。

霜降后，母亲总是带着我去采摘那些经了霜的桑叶。那时的桑叶已经变成了金黄色。她说被霜打后都不肯掉落枝头的桑叶，是"神仙叶"，有很多神奇的功效，比如清肝明目、疏散风热、养肺润燥等。

一年中，母亲总会根据不同的时令，采摘制作不同的茶，并根据家人的身体状况，搭配喝不同的茶叶，这不仅有益于我们的身体健康，也给平淡的乡村生活，添加了浓厚的仪式感。此外，这还让我感受到了大自然的丰厚馈赠，并由此生出深深的敬畏，对自然，对四季，对母亲。

如今，定居异乡的我，总会在不同的季节里，收到母亲从故乡寄来的各种茶。喝着不同的茶，品着不同的味道，追思着曾经的过往，感动于母亲的深情。

今天，我喝着杯中的柳叶茶，心中暗想：此时的母亲，又在做什么茶呢？

想来，母亲的爱，在经年的茶汤中，随着各种茶的味道，流进我的身体和血液，并铸造了我的精神和魂魄。母亲的茶，早就刻在了我的骨血里。

洋姜情思

那天，我迎着凛冽的寒风上班。在一个路口，看到一个穿着棉袄的乡村阿姨缩在路边。在她面前，是一小堆鲜灵饱满的洋姜和一个电子秤。洋姜并没有多少，不过十多斤。

扫了一眼，继续前行。可没走几步，我又退了回去。

"阿姨，洋姜咋卖？"我问。

"一块钱一斤。"阿姨混沌的眼睛里，忽然有了神采，"买点吧，好吃又不贵，可以炒肉吃，可以凉拌，还可以腌咸菜——咋个都好吃，脆生生的！"

"可是的，咋个都好吃！"接过阿姨的话，我蹲下身来挑选洋姜。脑袋里回想起在家乡的菜园边，每年都会开花结果的洋姜。

它们亭亭而立，开出向日葵一般鲜艳的花朵。那朴素却明艳的金色花朵，彰显着恣意而旺盛的生命力，比阳光还灿烂。池塘边、沟渠边、房前屋后，总有它们的身影，挤挤挨挨的。那一片绚丽的风景，装点着纯朴的村庄。不用细心打理，不用施肥浇水，凭借其顽强的生命力，洋姜自会开花结果，自会繁衍不息。一年又一年，在原来的位置欣欣向荣。它们像一棵树，坚守着足下的土地，却有着一岁一枯荣的更迭；它们像一丛花卉，却以果实供养人们。

顽皮的孩子们路过它们身边时，总会采上几朵小花，插在凌乱的发间，嬉笑着离去。这一朵金黄的小花，会让他们开心半天。

等到深秋，洋姜枝叶干枯的时候，挖土刨出鲜嫩的洋姜。沾着土壤的洋姜像葫芦藤似的，一根主茎上总有许多大小不一的洋姜，奇形怪状；但是个个饱满鲜润。洗干净咬一口，清冽脆爽，又润又甜，还带着土壤的清新。除了凉拌和炒菜，洋姜最传统也最受欢迎的吃法，就是腌制成咸菜了。

不过十来天，腌的洋姜就会入味，时间越久入味越深。等到白雪飞舞的寒冬，一边喝着软糯甜润的红薯粥，一边看着窗外漫天的大雪，一边嚼着脆生生的洋姜，便觉得恬淡闲适岁月静好，幸福感油然而生。

洋姜是一种小范围种植的蔬菜。如今，种植洋姜的，都是上了岁数的乡村老人。他们在庭院周遭种植一片洋姜，留下自家吃的，就拿到路边或集市上卖，换取几个零钱。他们可能不会知道，那一小堆新鲜的洋姜，带给多少人浓郁的乡愁和甜蜜的回忆。

洋姜的身姿，洋姜的花朵，洋姜的滋味……像一道突破时间和记忆闸门的洪流，将人拉回曾经的故乡。那些徜徉在瓦蓝天空下的奔跑，那些母亲深情的呼唤，那些带着家的味道的朴素的三餐……全都随着唇齿间那淡淡的，伴着泥土芳香的洋姜铺展开来。点滴如水的往事，汇集成一条记忆的河流，纷至沓来，将我裹挟。我看到曾经的自己，在熟悉的村庄里奔跑；又看到自己在喧嚣的都市里，对着明月思念故土。

洋姜和它的滋味，带着家的温馨和故乡的温情，像天上的圆月一样，成为我思乡的载体。见一次，便勾起一次浓浓的乡愁，总让我不由得回想起家乡的一切：那片辽阔的原野，以及生长在那里的生灵，熟悉的乡音，以及那些已经模糊的面孔……

可惜近几年，洋姜越发少见了。或许，是因为愿意种洋姜的人老了，也少了吧。也许，在不久的将来，洋姜，以及和洋姜一样的，带着浓重故土乡情乡味的许多事物，都会随着时光悄然而逝。没有了它们的身影，漂泊在外的我们，于殷实而丰盛的生活中，犹如随波而流的无根浮萍，内心深处大约会埋藏着淡淡的哀伤，那是乡愁无法寄托的悲凉。

洋姜炒肉上桌后，细细地咀嚼着那熟悉的味道，泥土的新鲜在空中荡开。恍惚中，在故乡的土地上，一片灿烂的洋姜花在阳光中闪耀着夺目的光彩；一群无忧无虑的孩子，围着它欢快地嬉戏……

红薯

　　深秋，早市上肥硕的红薯堆得像一座座小山似的。小贩的吆喝声不绝于耳："大红薯面又甜呀，便宜又好吃……"

　　看着充满亲切感的红薯，我的心中总是涌动着浓郁的乡愁，和红薯相关的那些事物，如潺潺的溪流，清晰而明朗。

　　小时候，在乍暖还寒的初春，家家户户都要育红薯苗。在淅沥的雨天，人们冒雨将秧苗扦插在早就整理好的田埂上。红薯秧吸足了水分和土地的养分，很快就生根发芽，长成一片绿色的海洋，葱郁而茂盛。开出的浅紫色或白色的花朵，像喇叭花似的，点缀着绿色的田野。然而，红薯花没有喇叭花的张扬与攀附，它们像红薯一样朴实而谦虚："百卉邀功争宠闹，薯君务实不求名。"

　　结束了田间劳作，村民们总是顺手掐下一把鲜嫩的红薯叶，和着几瓣蒜或几个朝天椒，几把柴火后，一盘鲜美的红薯叶就炒好了。带着大自然的清新，或就馒头，或下面条，都很美味。母亲还做过凉拌红薯叶、红薯叶蒸菜，每一种做法，都有不同的滋味。在物资匮乏的年代里，红薯叶丰富了一日三餐，也充盈了我们的生活。现在每每回味起来，竟然是幸福的味道。

　　深秋，当地面掉落一层干枯的红薯叶时，就要刨红薯了。顺着田畦，用镰刀把红薯藤沿着根茎割下，并将红薯藤理顺，卷成一捆，收起来放到拉车或拖拉机上运回家，挑到树干上晒干，那将是牛羊入冬后的饲料。

　　用犁顺着田畦犁一遍地，或者用钉耙将地翻开，顺着藤蔓，揪出一串串肥硕圆润的红薯，沾着些微湿润的土壤，沉甸甸的，是朴实无华的红薯埋藏在土地里的累累硕果。

洗去红薯表皮上的泥土，咬一口，又脆又甜，那是农村孩子们最爱吃的"水果"之一，鲜润水灵，既解渴又止饿。把红薯切成块，丢进粥里慢慢地熬起来。掀开锅盖，香喷喷热腾腾的粥散发着红薯的香甜，熬得软糯的红薯让粥变得更加美味，喝上一碗，温润又香甜，滋润又惬意。就着自家做的咸菜，温暖与舒展浸泡着每一个细胞，连呼吸都是甜美的。

做好饭，挑选一个细长圆润的红薯，将它丢进仍然闪着火光的灶膛里埋好。等到肚子稍有空闲，再把红薯扒出来。一扒皮，随着袅袅的烟气，黄灿灿的红薯散发着诱人的香甜，轻轻咬一口，又甜又糯，用舌头搅拌几下，甜美的红薯容不得人细嚼慢咽就进了肚子。

除了煮红薯、蒸红薯、烤红薯、红薯粥这些常规吃法外，母亲还用红薯面做过窝窝头，用红薯丝炒菜，用红薯丁蒸馒头，用红薯干煮粥……红薯的吃法，被勤劳朴实的人们开发到了极致。

收获回来的红薯堆成山，保存红薯就成了一个重大任务。保存红薯一般有两种方法。一种是挑选个儿大的红薯，将它们用红薯擦擦成薄片，晾晒在田野里，等到干透了再捡拾回去，这样可以保存很久。这样的红薯干，可以打成面，也可以丢进锅里熬粥。一种是挑选完好的红薯，放入红薯窖里储藏，可以保存到来年开春。

几乎每家每户都有自己的红薯窖，那是庄户人的粮仓。将红薯用竹筐小心翼翼地吊进窖里，一层层码好，用板子盖上洞口。等到要吃红薯的时候，父亲打开板盖，通风后，用一根绳索紧紧地系在我的腰间，将我放进红薯窖里。捡好一筐红薯后，再将我拉上去。我喜欢在寒冷的冬天下红薯窖，温暖的热气从窖口冒出，窖里暖和得像春天一样。

等到来年开春，人们挑选好的红薯培育成秧苗，那便是又一个轮回了。

后来，随着人们生活水平的提高和富饶，红薯也渐渐淡出了人们的生活，父亲掩埋了红薯窑，也掩埋了那段难忘的岁月。

现在，每当我看到红薯，就不由得想到关于红薯的那首诗："不似百芳春绚烂，只和藤叶共云霞。寒来愿向炉中烤，一捧丹心到汝家。"

童年乐园

小时候，我家刚搬到村东头时，四周一片空旷。庭院外有两棵高大的桑树，一棵是公的，一棵是母的。

谁也不曾想到，那两棵桑树，竟成了我的乐园，我的安乐窝。

那两棵桑树，不知是谁栽种的，也不知它们历经了多少岁月与风霜。那棵母桑树，只有两层楼那么高，树干只有一个海碗粗。那棵公桑树，有四层楼那么高，树干粗得要一个成年人才能抱得过来。两棵桑树的树干上，都裂开了又宽又深的口子，似在诉说着它们历经的沧桑。

春天，母桑树在花期后会结出诱人的桑葚，从青色变成红色，再从红色变成紫黑色，一个个吊在枝头，吸引着我去采摘。每天放学后，我总是利索地写完作业，快速地爬上桑树，一遍又一遍地清点着桑葚，期待着它们快点成熟，以满足我的口腹之欲。

多少次，年幼的我，到底抵挡不了桑葚的诱惑，在它们还是青色的时候，就摘下来塞进嘴巴里。青涩的味道充斥口舌，我总是皱着眉头吐出来，并暗暗告诫自己：一定要管住自己的手和嘴，再也不摘未成熟的桑葚了。

那棵母桑树上的桑葚，成了我魂牵梦绕的神仙果。每天总要仰望数次，并见缝插针地爬上去，视察它，端详它，探究它……这情景，就和《西游记》里数人参果的小仙童一般无二。

当桑葚成熟时，我就像个富足的地主，端坐在茂密的枝叶间，用"点豆豆"的游戏，来决定吃那些桑葚的次序。这时候，我一边吃着饱满甜蜜的桑葚，一边悠然地欣赏着大自然的瑰丽风景。或是平视眼前一马平川的碧绿田野，或是仰望广袤无边的蓝天白云……风在耳边吹过，它像一双温柔的大手，熨帖了我的身心。我觉得我是如此富有，如此幸福，欢快得想要歌唱。我也果真唱了起来，哼着时兴的歌曲，心波随之荡漾。桑树似是听懂了我的快乐，枝叶随风摇曳，跟着我的节奏一起摇摆。

当桑葚过了时令，我依然要爬上桑树，因为桑树是个动物王国，上面有许多有趣的虫子，而我最喜欢观察的就是天牛了。呆头呆脑的天牛伏在桑树枝叶上，它们长长的触角威武极了，像美猴王的野鸡翎。它们身上的白色斑点，在黑色外壳的映衬下，特别显眼。我常常捉来两只天牛，观察它们打架，看着它们严肃认真的模样，又总是忍俊不禁。

深秋来临时，桑树叶子已凋零殆尽。父母拉回已经干枯的红薯藤，用叉子把它们挑上桑树枝杈储存起来。当一车的红薯藤全都堆放到桑树上后，原本空洞的桑树竟成了一个柔软舒适的"跳跳床"。于是，萧条的桑树，变得丰满起来。只是，当天气越来越寒冷，当树上的红薯藤越来越稀薄时，我就不得不减少爬上桑树的频率，因为桑树上凛冽的寒风，像刀子一样刮在脸上，吹得人泛起泪花。这时候，我就总是期盼着：春天快点到来吧！

而那棵公桑树就不同了，它只会开花却不会结果。因此，我对它并没有太大的兴趣。何况，那棵高大的公桑树对我来说，实在太富有挑战性了！我曾多次独自一人站在那棵伟岸的桑树下，试图攀爬上去，以眺望远方的风景，宣扬自己的势力……可惜，从未成功过。

几年后，因为村民纷纷向村外搬迁，那两棵桑树就被放倒了。它们的根茎盘踞错杂，彰显了它们繁盛的生命力。我曾对着它们粗壮的根黯然落泪。因为我知道，属于我一个人的安乐小窝，即将成为过往；而属于它们的生命，亦戛然而止了。

目睹了那两棵桑树的消逝，懵懂的我，猝然明白：我的童年，结束了；属于我的曾经的欢乐，也一去不回了。

冬藏

在我国北方，霜降前后，大家就开始为冬藏做准备了，特别是农村。在我小时候，冬藏简直称得上冬天的头等大事，因为它关乎着一家人整个冬季的一日三餐。即使是在物质生活相对充盈的当下，冬藏也有着不可或缺的意义。

幼时，在我的老家，最具有冬藏典型性的事物，当属红薯窖了。在庭院附近，找一块土质良好的偏僻处，挖一个口小底阔的洞穴。修整完毕后，将挑选的红薯整整齐齐地码垛好，窖口盖上盖子，盖子上铺上柴火。即使白雪覆盖了大地，红薯窖里却温暖如春。

红薯窖里除了放红薯，还可以放萝卜、土豆、大白菜等。这个不过几立方的窖，是很多家庭冬季新鲜蔬菜的保温箱。

另外，在庭院里挖下一个土坑，将成堆的萝卜、土豆、白菜依次码好，埋上土，也是常见的蔬菜保鲜方法。

除了以上两种办法外，将新鲜蔬菜制作成便于保存的形式，比如西红柿酱和各种干菜，也是冬藏必不可少的方法。

真正好吃的西红柿，一定要有"太阳的味道"。需要西红柿在成长过程中，吸收足够多的阳光照射，才能达到那样的口感。可惜，大棚里的西红柿缺少这样的条件，往往果肉不饱满，硬邦邦的，吃起来如同嚼蜡。

幸而，充满了智慧的国人，在多年的生活中，积累了丰富的冬藏经验，研制出了能够保存其原有风味的西红柿酱。当大小不同的玻璃瓶子，装着鲜艳诱人的西红柿酱，高低错落地摆放在橱柜里时，总会让人涌出莫名的知足与幸福。

在冬天，我们可以吃到可口的西红柿炒鸡蛋，或者西红柿酱面条、西红柿酱豆腐，西红柿炖排骨……那一抹艳丽的红色，在寒冷刺骨的冬天，如同暖阳一般，滋润着人的胃，温暖着人的心。

而各种干菜的制作，则可能要早一些。比如，黄瓜干、萝卜干、干豆角、芝麻叶、梅干菜……都要在这些蔬菜长得最茂盛的时候，采摘下来，清洗了，个头大的要切片或切段，放在锅上蒸熟后再晒干。等到吃的时候，放进温水里泡开，仍保留着它的营养和味道。

腌制而成的咸菜、酸菜，和豆豉与辣椒酱等，更是冬季不可缺少的菜品了。咸菜咸，酸菜酸，豆豉香，辣椒酱辣。咸菜就馒头，酸菜就稀饭，豆豉拌焖面，可拌一切饭菜的辣椒酱……光是想想，口水就流了下来。

一个坛子，一种做法；一个坛子，一种味道。每一个坛子，都是长辈言传身教，留给后辈们的宝贵财富和生活经验。那些或大或小的坛子，经过岁月的打磨和长辈的抚摸，带着时光的痕迹和对生活的敬畏与珍惜，在数不尽的一日三餐里，在平淡如水的欢声笑语里，慢慢地沉淀进晚辈们的内心深处。

母亲的豆豉做得极好。她有一个诀窍：采来新鲜的青蒿，用它来铺盖待发酵的黄豆，等到黄豆发酵好了，也就吸收了青蒿的独特气味。在寒风凛冽的冬季里，香辣的豆豉含着夏季太阳的炽烈，带着青蒿的奇特清香。于是，氤氲缭绕的厨房里，不但充斥着丰富的味道，还将几个季节的风味都保存起来了。

冬藏，蕴含着朴素的智慧，是人们千百年来，在与天地抗争的历史中，遵循大自然的法则与规律，积累而来的生活经验。它让我们的日子，在萧瑟的寒冬，也变得丰硕而充盈；让我们日复一日的三餐，吃出别样的滋味。

就是这年复一年的冬藏传承，使我们在万物凋敝的冬季里，内心殷实而知足，并对未来充满憧憬和可以触摸的安全感，好像将春的蓬勃、夏的奔放、秋的丰收，全都藏在了内心深处。于是，在雪花飞舞的寒冬，我们隐隐地期待着"翩翩堂前燕，冬藏夏来见"。

吃桌

在我们老家，每到腊月，婚嫁迎娶的喜事就特别多。这不，还没进入腊月，姑姑就打电话说表弟将在腊月娶亲，希望我们到时能回家"吃桌"，跟着搭把手，凑个热闹。

在我们老家，"吃桌"也叫"坐桌""上桌"，是吃酒席的意思。但是，并不是任何一场酒席，都有资格称得上是吃桌。只有婚嫁迎娶、添丁进口等大事操办的酒席，才称为"吃桌"。

民以食为天。吃桌这等大事，主要内容就在吃上，却又不仅仅只是为了吃。

吃桌的日子，是主家请人看过皇历定好的黄道吉日。接着，主家特意请来村里识文断字的先生，并备好文房四宝，让他用毛笔书写帖子。帖子，用裁好的大红纸书写。帖子上，主要写上主家姓名、置办酒席的农历日期及事由。寥寥数语便道尽一切，言简意赅又庄重肃穆。写好帖子，主家要派人专程给亲友们"下帖子"。特别是嫁娶及满月酒，一定要送请帖。

送帖子的，多是主家家里的年轻人。他们骑着自行车或摩托车，穿梭在亲戚们所在的村庄。送到喜帖唠两句喝口茶，就要赶紧折返，因为帖子一般要在上午送达。光是送帖这件事，就要花几天时间。而且，即使亲友们知道了吃桌的时间和缘由，主家也须将请帖送达，是为郑重和礼数。

吃桌前几天，主家就要上街张罗着酒席所需的各种物品。如果是孩子的满月酒，还要准备红鸡蛋和面饼，作为谢礼以回馈前来吃桌的亲友。

吃桌前一天，主厨带着伙计和工具来到主家，在庭院里寻一处上风上水的位置，用土坯糊上几个大灶台，用来蒸菜和炒菜。那灶台有多大？要能放得上一米多宽的大锅和蒸笼！

砌好灶台，主厨和伙计们就忙开了，起落的菜刀在临时搭架的案板上翻飞，合奏出一首饱含节律和乡村韵味的小曲儿。不多时，袅袅烟气中，就弥漫着诱人的香味，在村庄里飘荡，连馋嘴的猫和狗也引来了。本家和邻居的孩子们闻到肉香，扯着大人问："啥时候吃桌？"大人们总是笑着应答："明儿就吃桌了！今儿你可要空空肚子！"

下午，强壮的小伙子们，接二连三地去租赁餐具和桌椅的人家，拉回吃桌用的成套的餐具和桌椅。什么菜装什么盘什么碗，都有讲究。桌子多是方方正正的八仙桌；坐的则是长条凳，一条能坐二三人。而碗盘和桌椅的清洁工作，自然就落在了姑娘和媳妇们的肩上。此外，她们还要负责所有食材的洗清工作。

晚上，主家将负责宴席相关责任的人员聚在一起，再次明确次日宴席的分工和整个流程，各人领了自己的任务，回家早睡早起，迎接次日的宴席。

吃桌这日，亲朋好友们陆续到来，大家三五成群地聚在一起拉着话，或是彼此问候祝福，或是畅谈今年的收成和来年的打算。穿着新衣裳的孩子们猴儿似的，在庭院和房间里嬉戏，为这日的喜庆增添了几分热闹。

中午，"噼里啪啦"的鞭炮声响过，庭院周遭落下一地红色的炮纸，空气中弥漫着火药的味道。亲友们在这红火的氛围下，依次到账房桌上"递礼"。

终于，宴席正式开始了。男客与女客分桌而坐。若是娶亲，堂屋的主桌坐的便是男客们；若是姑娘回门或满月酒，堂屋的主桌坐的便是女客们。

陪客的人，招呼大家按辈分落座。各位亲朋，总要客套着推辞一番。等到大家一一落座，不知要耽误多少时间。这让站立一旁，早就饥肠辘辘的孩子们很是不解。他们眼馋地看着已经摆放在桌子上的菜肴，按捺不住心里眼里的迫切。

大家坐定后，端盘的小伙端着浇凉菜的调料汤，为每一道凉菜浇上调料。亲朋们在客气声中，举筷夹菜，一边吃，一边谈论着菜的味道。

吃桌的酒席分为"上场"和"下场"。上场，先是八道凉菜铺场，接着是六道或八道热菜。下场就是蒸菜、汤和主食。这些不同的菜式和数量，要什么时候上，怎么摆放，都有讲究和说道，主厨是要交代清楚的。

在上场，男人们通常要喝酒划拳觥筹交错。认识的亲朋要一一举杯喝过，不认识的喝一杯就认识了，有过误会的酒过三巡曾经的疙瘩也就解开了，晚辈要给长辈敬酒，陪客的要陪主客喝好，主家要到每一桌上敬酒……这么走下来，上场总要一个多小时，甚至更久。孩子们吃饱了，抹抹油腻的嘴巴，一哄而散跑去玩耍。他们通常吃不到下场里的美食，因为肚子已经没空儿了。

等到男人们面红耳赤地喝舒畅了，桌子上的菜早就凉透了。这时候，下场菜式隆重登场。蒸菜一出锅，就飘逸着浓郁的肉香：鱼、整鸡、肘子、炸肉、扣肉、狮子头……各有各的别致，各有各的风味，伴随着主食——米饭、面条，或是饺子和馒头，足够让你大快朵颐，吃得痛快又欢畅。如果还不够，再来一碗咸的三鲜汤或甜的水果汤，再加一个被俗称为"滚蛋汤"的鸡蛋汤，热热地喝下去——咦，饱了！

等到大家酒足饭饱，桌子上一片残羹冷炙，惨淡的太阳已经偏西了，腊月的天气也越发冷冽了。亲朋们拉扯几句，与主家话别。等到回了家，天已经擦黑了。于是晚上，就省下一餐饭了。

主家这边，还要忙着收拾剩菜剩饭，分散给族人和邻居们，并将桌椅和餐具还回去。另外，晚上还要宴请前来打帮的亲朋好友。但是这餐晚饭，只能说是"请客"或"喝酒"；无论如何，是称不上"吃桌"的。

冬至

冬至，又称为冬节、拜冬、日短至等，它既是一个重要的节气，也是一个流传久远的传统节日，对国人影响深远，以至于很多地方都流传着"冬至大如年"的说法。

冬至到，标志着天气即将进入严寒。《数九歌》云："一九二九不出手，三九四九冰上走。"即是对即将到来的寒冬的生动描绘。

我的老家，一直流传着冬至吃饺子的习俗。老人们在冬至前夕就会念叨着："冬至不端饺子碗，冻掉耳朵没人管。"因此，冬至这天，几乎家家必吃饺子。

我家的冬至饺子，多是萝卜猪肉馅儿的，再就是白菜猪肉馅儿的，偶尔还会有萝卜羊肉馅儿的。萝卜和白菜实在是冬季最常见的蔬菜了，而萝卜又是平民百姓的"人参"，最宜冬季食用。否则，"冬吃萝卜夏吃姜，不找郎中开药方"这句谚语，不会流传至今。冬至这天，吃过早饭，母亲就开始为中午的饺子做准备了，买肉剁馅儿、洗菜切菜、拌馅儿、和面等。在轧面机上轧出饺子皮，则是父亲的活儿。等到饺子馅儿和面皮都准备妥当，一家人齐上阵，一起包饺子。

盛出的第一碗饺子，自然是由我或弟弟，一路小跑着送到奶奶家。人还没进庭院，就喊一句："爷，奶——饺子来了！"

返回家中，饺子没了刚出锅时的热度，正好下嘴。全家人围坐在一起，就着醋，吃着香喷喷热腾腾的饺子，实在是冬日里的一桩美事。

长大离家后，每逢冬至，母亲总要打来电话，问一句："吃饺子了吗？"她这一问，我的鼻头和喉咙总是酸涩不已，让我无以回复。多少次，看着身边行色匆匆的人们，我心中暗想：冬至的饺子，哪里只是一餐饺子呢？曾经与家人一起包冬至饺子的时光，又哪里只是为了吃一碗饺子呢？

这时候，想着没有吃上的饺子，我总是对家乡和亲人，生出无尽的思念。我想，远在千里之外的父母，也在思念着我吧？

冬至又至，我要用母亲教导的方法，煮一锅香气飘飘的饺子。每一口，都飘溢着家的味道，以宽慰我"冬至至后日初长，远在剑南思洛阳"的思乡之情。

儿时的团圆年

现在的年味儿，似乎越发寡淡了。过年的时候，总是忍不住回想起儿时过年的情景。

回溯记忆的河流，猛然发现，童年时代的新年，似乎是一场隆重而烦琐的大戏，我们不但是看戏的观众，也是用心演戏的局中人。大人孩子，各有分工，大人负责忙碌，孩子听从指令。不管是采购置办年货，还是年前年后每一天的精心安排，都仿佛是早就设定好的声势浩大的戏码，每个人都能精准地找到自己的位置，用心地扮演好自己的角色，并甘之如饴。

年前，父母忙碌着采办年货，制作新衣，打扫卫生，烹制美食……此外，他们还要叮嘱孩子们关于过年的规矩。对我来说，最喜欢的规矩，莫过于大年初三这天，去外婆家拜年了。

外婆家和我家不过三五里地，但是中间却隔着一条几十米宽的河流。因此，去外婆家就显得特别曲折，不但要翻越堤坝，还要渡河。光是这一路上的波折，就充满令人抑制不住的惊喜。

初三这天，两辆"二八"自行车上驮着丰盛的礼物，一家人像飞鸽一般飞出了村庄。随父母来到巍峨的土堤前，仰望高耸雄壮、蜿蜒如龙的大堤，我心中总是掩藏不住莫名的震惊。多少次，我在心中偷偷把这段大堤与长城画上了等号。父母在前面推着自行车，我和弟弟在后面使劲。一家人要一鼓作气，才能爬上陡峭的大堤。一不小心，就会人仰马翻的。

登上大堤，就像登上了一座高山。极目远眺，万里河山尽收眼中。土堤两侧，长着密密挤挤的斑茅；即使经过了收割和烧根，依然壮观。看到这些衰败的斑茅，我总是回想起，曾经穿梭在曲折的堤坝上，被锋利的斑茅叶片划破皮肤的惊心往事。但是，斑茅遮掩下的大堤，充满无法言明的神秘，甚至是诡秘，这样的场景，足以让一个孩子为之沉迷。

　　倘若年前下一场雪，站在大堤上，看千里冰封的天地，别有一番韵味。冰雪覆盖的河流，孤寂的树木，沉静的村庄，连同远处因为缥缈而显得虚无的背景，组合成了一幅生动的水墨画，清冽而幽远。下了大堤，一行人小心翼翼地乘坐渡船，看着冰雪在河流中飘浮，落叶碎屑被河中的旋涡卷走，心中总是惴惴不安。

　　进入外婆家的大门，路途上的惶恐与波折，迅速被喷香的饭菜和闹腾的欢声笑语淹没。外婆家原本宽敞的庭院，在四个女儿携家带口回归后，变得局促狭窄。十来个孩子，立即自动分成几拨人，像纷扰的江湖一般充满了不可言说的玄奥。中午，两桌酒席，爷们坐一桌，喝酒划拳；女人和小孩坐一桌，吃喝唠嗑。孩子们不安分地在酒席与庭院里流窜，嬉笑着，吵闹着。饭后，大人们坐在屋里喝茶聊天，孩子们在庭院外嬉戏。

　　就在我们玩累的时候，外婆掏出用手绢包裹着的钞票。每个孩子都有份，每个孩子都一样。收到压岁钱后，大一点的表姊妹们就想着开溜回家了。这时候，表姊妹们相约同行一程。一路上大家说说笑笑，一步步走向回家的路。冬阳发出昏黄而迷离的光芒，打在身上，暖融融的。于是，步行回家的路途，因为有了大家的欢笑而变得生动起来。到了家，回味起这一天的经历，总期盼着新的一年快快到来。

　　时光匆匆而过，如流水不可追。外公外婆先后离世，曾经的孩子们也早已长大并各奔东西，散落在大江南北。于是，曾经一年一度的大团圆，成为不可复制的幻梦。我们再也收不到外婆的红包了，再也没有吃过那样热闹而丰盛的团圆饭了。而那条通往外婆家的大堤，也鲜少行走了。

那条依然雄壮的堤坝，仍然坚守着它足下的土地，依然逶迤连绵，并时常出现在我的脑海中，春日葱茏，夏日繁盛，秋日飘逸，冬日萧瑟。它以它的存在，提醒着我逝去的童年和岁月，和曾经意识不到的美好与幸福。

第 2 辑　往事悠悠

割草的少年

　　我对青草，有一种特别的感情。那是没有生活在乡下的人，甚至是没有过割草经历的人，难以理解的情愫。正是在少年时期，年复一年的割草经历，让我一看到那些蓬勃生长的青草，就禁不住想起曾经少年时，与小伙伴们割草的那些时光。

　　那时候，农业现代化远不如现在普及得深广，很多农活都要靠农民的双手和一身的力气，大家靠这两样在祖辈生活的田地里刨食。而耕牛则成了家家户户最大的财产与劳动工具。于是，饲养耕牛就成了庄户人的重中之重。新鲜的青草外加饲料，是那时候饲养耕牛的普遍方式。

　　除了牛要吃草，家里养的羊、猪、鸡、鸭、鹅、兔子……都是要吃草的。一筐筐的青草，可以省下不少饲料，从而减少饲养家畜家禽的成本。所以，那时候割草，实在是一件不可忽视的日常大事。而割草的活儿，一般都落在了半大不小的少年身上。因为大人们，总有其他忙不完的农活与家事。

　　走出村庄，人们总能看到割草的少年们，每人扛一个大竹筐，握着一把闪亮的镰刀，顶着烈日而出，迎着晚霞而归。家乡的田野上，哪片土地长了什么草，哪里的青草最是鲜肥，哪种草牛羊最喜欢吃，他们心中自有一杆秤。他们风吹日晒的脸庞和身体，黢黑发亮，衬得淳朴的眼睛格外清澈。

　　割草最好是在晴朗的下午。因为，下午的青草没有露水，牲口吃了不伤身体。并且，没有露水的青草相对轻一些，方便扛回家。毕竟，不是每一个割草的少年，都有一辆自行车可以把草驮回去。没有车子的割草少年，只得靠自己稚嫩的肩膀，扛起自己一镰一把割下来的那筐瓷实沉重的青草。

少年们肩头上的负荷，宛如一面旗帜。随着割草少年的脚步，那些冒出筐子的青草，有节律地舞动着。眼尖的庄稼人，只需瞄一眼草筐，就知道那筐草的分量，并会说出或赞许或揶揄的言辞。少年们就在一声接一声的评论中，或是开心地微笑，或是羞赧地苦笑。

那筐绿油油的鲜嫩青草，压在少年们的肩头，就像少年们当下品尝的日子一样，在真实的幸福与快乐里，也有清晰而明朗的苦涩与深沉，它压弯了少年们原本挺直昂扬的身躯；也让他们原本高昂的脑袋，不得不微微低下，以直视脚下的土地和土地上的花草与道路。

我从小学起，就有了割草任务。特别是周末和暑假，这项任务就是默认的。所幸，村子里多的是同龄的孩子。大家相约上，一边玩耍一边割草，等到太阳西下，筐子也差不多满了。望着无垠的原野和西天上璀璨的晚霞，与放羊的老羊倌一起，听着田间的虫鸣，嗅着田野的清新，扛着略显重实的青草，一步步迈向家的方向，满载而归。那是一种简单而知足的幸福。

对很多孩子来说，割草是一件苦差事：既要辛苦地寻觅青草，还要一边割草，一边拖着草筐前行。不小心碰上长刺的野草，诸如刺角芽、拉拉秧等，可能还要遭受皮肉之苦。而被镰刀割到手指，则几乎是每一个割草的孩子，都会遭遇的苦楚。哭，大概是免不了的。一边哭泣，一边摘取刺角芽的叶子，揉搓好并包裹在伤口上，用手按住，是割草的少年们都知晓的止血土方。几年下来，很多孩子左手的食指和中指上，都有明显的伤疤，似一枚枚勋章，彰显着孩子们的成长。

当时，野草忙着生长，以满足迎接它的一把把镰刀和镰刀背后的一张张嘴巴。在野草来不及生长的日子里，割草的少年们跑得越来越远，他们跑遍了田野的每一个角落，将足迹一次次留在了那里。

如今多年过去了，曾经割草的少年们，已是人到中年。那些曾经被一把把镰刀收割过、被一张张嘴巴啃食过的土地上，长出连成绿海的野草，肥美而恣意，却早已无人问津，令人无端生出莫名的凄凉与萧瑟。每每看到那些繁茂的野草，我都渴望手中有一柄闪着光泽的镰刀和一个大大的竹筐，以及一张张渴望青草的嘴巴。可惜，都没有了。于是，乡下的野草，长疯了，长出了一种令人望而生畏的姿态。它告诉我们，那些曾经的时光，都远去了。

然而，曾经割草的经历，却于无声中，沉淀在时光的河流中，让我常常怀念那些割草的少年和那些有哭有笑的岁月，以及我们布满伤痕的、劳动的双手。

露天电影的时代

童年时，村里没什么借以消遣的娱乐。那时，电视是极其稀罕的物件，一个村里也就一两台，还是 14 英寸的黑白电视。想要看电视，就要厚着脸皮，穿越大半个村庄，前往陌生的村民家里。立在人头攒动的庭院里，踮起脚尖，伸着脖子，前后左右地晃动身体和脑袋，才能瞧上几眼夹杂着"雪花"的镜头。何况那时村里时常停电，经常看得正爽快，屏幕就黑了。这样的体验，实在不美。

幸好那时候，村里偶尔会放电影。遇到村民去世或者过寿，主家就会放场电影。在主家附近空阔的场地上，支起宽大的荧幕，就是露天影院了。放映那天傍晚，放映员早早地开始放流行歌曲或戏曲，大喇叭震山响，喧闹得很。村民们听到动静，就知道要放电影了。早早地吃饭收拾，相约着看电影。

甚至邻村里放电影，也会吸引爱热闹的人摸黑前去。有月亮的夜晚还好，三五成群的人，在月光下说笑着就到了。若是碰到黢黑的夜，打着手电筒，一人拖一把椅子或腋下夹个马扎，一行人马，仿佛是乘着夜色的扁舟，缓缓地航行在凝重黑夜的河流中。身边是被浓重的夜幕包裹的田野和村庄，无垠的大地像一头沉睡的巨兽，深邃而神秘。

每当放映台射出白色的光束，人们就沸腾了。在光束里招手、尖叫、晃脑袋、扔衣服、吹口哨……尽情地宣泄着心中的炽热和对露天电影的渴望。

那时的人们，对电影有一种深切的感情。为了看一场电影，可以做出很多不可思议的事情。我堂叔和发小们，为了去河对岸的村庄看电影，硬是泡在深秋冰凉的河水里，蹚水到对岸。而我那个爱热闹又风趣的三叔，就更离谱了。他在一个漆黑的夜晚，和同伴骑车去十多里外的村子看电影，结果两人摔倒在坎坷不平的土路上。但他们硬是忍着疼痛，看完了整场电影。于是，三叔的脸上，永久地留下了一块暗红色的伤疤。那是他青春的印记，也是时代的痕迹。

我的父母为了看电影，总是把年幼的我和弟弟撇给奶奶。当我们哭闹着找父母时，奶奶就会认真地说："你爹妈跟着人们去打狼了！你们再闹，就把狼巴子招来了！"奶奶这话很管用，我们听了马上就安静下来。因为在父母讲给我们的很多故事里，"狼巴子"实在是一种让小孩惊悚的存在。

长大后，父母总是戏谑着说："哎，当时真不知为啥那么魔怔，为了看场电影，咋个都愿意。即使那些电影看了一遍又一遍，连台词都背下来了，还是愿意走几里地，在夜里深一脚浅一脚地跑过去。"

是呵，曾经的露天电影，对很多人确实有着无尽的诱惑。在我的印象里，但凡在我们村里播放电影，我几乎从不放过。若是遇到旧片子，就跟着重温一遍。荧幕上，那些熟悉的故事和镜头，那些呼之欲出的台词，都让人觉得亲切而隽永。

印象中，我在星河灿烂的苍穹下看过电影，我在乌云密布的阴天看过电影，我在细雨淅沥的雨夜看过电影，我在白雪纷飞的冬夜看过电影……那些在不同地方，不同情景下看过的露天电影，如同一颗颗璀璨的珍珠，串起了我曾经的美好时光。

儿时，有一次看电影时睡着了。等我醒来时，正躺在父亲的臂弯里。鼻子里是父亲的味道，身边是密集的人群，耳边是电影里悠扬的插曲，头顶是浩瀚的星空……在那一瞬间，我体会到了幸福的含义。幼小的我，觉得知足而安稳，只希望那一刻，能够定格永驻。

而关于露天电影，"最美丽动人"的情形，是在我小学五年级那年的冬天。那天晚上，穿着棉袄蒙着头巾的我和姑姑，各自踩着一个脚蹬火炉，相互依偎着，坐在人群稀疏的空地上。不久，火炉里的炭火熄灭了，脚冻麻了，耳朵也快冻掉了。可是我们却不舍得离开，眼睛仍痴迷地盯着前方的荧幕。直到天空飘起漫天的雪花，我们一边跺着脚，一边瑟瑟地等着电影的结局。至今，我仍记得那天夜里飞舞的雪花，仍记得放映机射出的那道光，却独独忘记了电影的情节。

如今，丰富多彩又眼花缭乱的娱乐方式，时常让人觉着乏味。就在叹息着无聊的时间里，那些关于露天电影的往事，那些令人热血沸腾的一个个夜晚，却记忆犹新，恍如昨日。已然逝去了的，那个贫瘠而又特别的时代，时常令人怀念并动容。

外公的船

外公去世那一年，我刚读小学三年级。因此，对外公的所有印象，除了他那张饱经沧桑而略显严肃的脸，就是停泊在唐河岸边，外公那几经风霜的残破渡船了。

外公家与我家只隔了几里地，中间却奔腾着一条蜿蜒的河流——唐河。而距离外公家不过四五里地的郭滩街，曾是繁荣喧嚣的唐河码头之一。据说在东汉时，郭滩已为河运码头，这里曾集聚豫、湘、川等地商贾，天下货物集散于此，财源滚滚如汩汩唐河水，享有"银郭滩"的美誉。后来，陆运发达，河道的影响力急剧下降，加上年久失修，曾经盛景不再。

然而，即使河运早已没落，多年来郭滩街一直是方圆几十里最大的集市，店铺林立，商品繁多，美食云集。饱经沧桑的老戏院，正宗的牛杂汤、胡辣汤、郭滩烧鸡，以及有几百年历史沉淀的老茶馆文化……这些，都是其他集市所取代不了的，并对周围的百姓充满诱惑。

但对周边的许多村民来说，想要去郭滩街，必要渡河。

外公是个面冷心热的人。听母亲讲，外公在造船前，水性极好的他，经常背着河对岸的村民渡河。夏天还好说，水没有那么凉。春秋时节，特别是冬季，刺骨的河水阻挡了人们前行的脚步，要么绕路远行，要么干脆舍弃外出的念头。

几经犹豫，外公最后决定：修造一条船。那条六七米长，两米多宽的船一修好，就停泊在唐河岸边，开始了它的使命。从此，外公就有了另外一个身份：撑船人。

这条船，方便了两岸的人，两岸村民的来往频繁了，交流也更深入了，联姻也多了起来。逢年过节，我们一家四口带着礼品来到河边，随着别人一起，欢喜地踏上外公的船。下了船，直奔外婆家。

外婆家宽敞干净的院子里，欢声笑语不时溢出。这时候，坐在角落里寡言的外公，也总是随着大家笑起来。他的脸因为笑意而显得温和亲切，与平日里严肃的他大不一样。

外公十几岁时就挑起了生活的重担。直到他去世前，他的心中仍堆积着无法排解的愁闷和苦楚。那是无法向外人倾诉的悲苦和不甘。总之，外公的一生，是苦涩的，酸楚的。然而，他把压在心上的石头凿开了一道缝隙，让阳光透进来。而背人过河和造船撑船，就是进入外公心中的一米阳光。

年幼的我，每次在跳上外公的船之后，心总是揪着。我和弟弟总是牢牢地抱着父母的大腿，或者紧紧地扯住他们的衣角，紧张地盯着河水或飘摇残破的渡船。外公站在船头，将长长的竹竿插入河底，静静地等待人们依次上船站好，并将随手携带的物品和自行车摆放好，这才开船。

外公将竹竿收起，船缓缓开启。外公不停地使劲儿将竹竿插入河水中，拔出来，再插进去，船便徐徐前行。这时候，外公的脸在阳光下，泛着黝黑的光泽，他好似一尊塑像那般庄重，又像沐浴在春光里的庄稼，由里到外，升腾起一股难以诉说的肃穆和恬静，安详而满足。我看着撑船的外公，觉得他与在家时的外公，分明不是一个人。可是再眨眨眼睛细看，他们有着一样的面容，一样的骨肉。唯一不同的，就是他们的眼睛。撑船的外公，眼睛里神采飞扬，像阳光一样灿烂。

我喜欢撑船的外公。小小的我，默默地看着外公掌舵撑船，纯粹的心田里，一股自豪感油然而生。我扫视着船上众人，很想大声告诉他们：

"看，这个撑船的，是我外爷。"

转过头来，我喜欢看急速流逝的河水。只见清澈的河水上，漂浮着杂草和泡沫。深不见底的河水里，不时有小鱼游过，它们顽皮地探出脑袋，吐出一个个泡泡，在人们的惊喜和惋惜声中散去。河中央总能看到几个深深的旋涡，不停地打着漩儿，将附近的杂物都吞噬进去，没了踪影。外公总是巧妙地避开这些旋涡，将船平稳地驶到河对岸。船靠了岸，外公率先跳下来，双脚蹬住地，身体后倾，使劲拉住船头上粗笨的绳索，等候船上的行人依次下船。

自从有了这条船，外公就把自己绑到了唐河边。一年四季，历经风霜，一日复一日，一年复一年。所以，在我记忆中，饱受风吹日晒的外公，他的脸部和裸露出来的皮肤，总是黝黑的，黑得发亮。那是岁月刻在他身上的印记。

直到七十出头，外公还在撑船。外公和他的船，成了唐河上一道别致的风景。外公七十二岁时，因高血压得了偏瘫，半年后就离世了。外公出殡那天，我随大人走在哭丧队伍中，充斥于耳膜的是连绵而嘈杂的哭喊声。彼时，年仅九岁的我，还不懂得死亡的意义。但猛然想到从此以后，再也看不到外公撑船了，再也吃不到外公从河里摘下的菱角了，一时，巨大的悲痛从心中升起，直冲到喉间和鼻头，泪水就这样无声地流了下来。

外公走后，舅舅接过外公的那根竹竿，撑船渡人。

后来，附近的几个村庄集资，在唐河上修建了一座坚固的混凝土桥，人们便不用坐船了。自此，外公那条陈旧残破的船，终于结束了它的使命，默默地停泊在唐河边，看着人来人往，看着日月如梭，花开花落……它就静静地泊在岸边，替外公静静地看着这世界，看着这热闹的人生。

现在，外公的船，早已沉淀为一代人遥远的记忆。不过，它见证了一段历史的演变与发展和一个时代的崛起与腾飞。我想，泉下有知的外公得知这些，一定会欣慰的。

人世间，本没有路。人们想要到达彼岸而披荆斩棘创造道路。走的人多了，那条布满荆棘的路就宽阔而平整了。人们只记得通向自己目标的道路，却总是忘记开辟出道路的人。然而我想，开辟出道路的人，并不在意这个，因为他们的初衷，就是渡己和渡人。想来，外公造船撑船，渡的不仅仅是别人，也是他自己。

至今，外公已去世三十年了。然而，外公的船和他的音容笑貌，不仅铭记在我的脑海中，也刻在很多人的心中。

奶奶的蔷薇

十多年前，爷爷奶奶为了将老屋腾出来给二叔翻盖新房，他们搬到了偏僻的村头，并修了一座简陋的庭院。

奶奶在庭院里种满各类花卉，还在墙根种了一排蔷薇。每到春末，许多姹紫嫣红的花朵，早已凋谢殆尽；而满院的蔷薇，却在默默地积蓄着力量，枝条上尽是含苞待放的花骨朵。

5月，蔷薇渐次开放了，红的、粉的、黄的、白的花朵异彩纷呈，庭院中飘荡着怡人的幽香。蔷薇花像是姗姗来迟的美人，带着无限的旖旎与娇柔，又像是精心装扮的少女，盛装出现在众人眼前。

蔷薇花很是招摇，它的枝条和花朵毫不吝啬地跨过篱笆墙，对来往的行人抛着媚眼。路过的行人，总是忍不住折下一朵花别在发间，嬉笑着离开；或是摘下一簇，捧着花束愉快地远去……

每每看到这样的情景，我总是不理解他们为何如此糟蹋花儿。奶奶看到我生气的模样，总是微笑着开导我说："有人喜欢它，蔷薇才高兴呢，明年它们会开得更卖力。"

奶奶看着那片繁盛的蔷薇，目光里闪烁着星光。她说："你看，每到蔷薇花开的时候，你来我这儿就特别勤。还有你姑、你妈和婶子，也都喜欢过来了。这么好看的花儿，我一个人哪能看得过来？人老了，就好热闹，我就盼着你们都来看花儿呢！"

在蔷薇的整个花期里，奶奶的庭院内外一直都弥漫着蔷薇的馨香。每个来到奶奶庭院中的人，脸上都洋溢着欢快的笑容。奶奶总是用她那双浑浊的双眼，不停地捕捉着每一张笑脸，似乎笑意盈盈的后辈们，才是她心中最美的花朵。而当大家逐渐离去时，奶奶的双眼就变得越来越落寞。

当庭院里只有奶奶一个人时，她总是留意着是否有赏花人来。一听到庭院附近有响动，她就走到蔷薇架前，踮起脚尖，冲着外面的人温和地喊："进来看花呀，院子里的花开得更好看！"

那时，年幼的我不懂，奶奶为何会对那些被蔷薇吸引过来的邻居和陌生人如此热情，更不明白她为何会纵容那些人，粗鲁地对待她用心栽培出来的花儿。

当众人散去后，奶奶总是弯着腰，仔细清理落在地上的蔷薇花。仍显鲜润的花枝，她会精心地放在盛着清水的瓶子里；已散落在地的花瓣，她会清扫后埋在蔷薇花藤下。每次狂风骤雨过后，奶奶总会在打扫一地的落花后，怜惜地抚摸着枝头上的花苞，喃喃自语说："还能开多久呢？"微风吹过她花白的银发，她显得更苍老了。

当蔷薇褪去一身的华裳，枝叶凋零时，奶奶的庭院也变得越来越寂寥了，她却忙着给蔷薇施肥、修枝、浇水……

在奶奶的精心打理下，蔷薇每年都开得很漂亮。全村的人，都知道住在村子一隅的奶奶，有一个漂亮的庭院，有一面美丽的蔷薇花墙。

可是，奶奶的愿望终究落了空。孙辈们一年年长大，曾经萦绕在她膝下的孩子们，像长出翅膀的雄鹰，一个接一个地离开了家乡。满院的蔷薇开得再热烈芳郁，也少了曾经看花儿的人。

很多次，在电话里，奶奶总会跟我说："妞妞，今年家里的蔷薇开得特别好，你抽空回来看看吧！"

挂了电话，奶奶慈爱的脸庞和记忆中美丽的蔷薇，总是在我脑海中挥之不去。看着窗外的车水马龙，我想：是时候回去看看奶奶的蔷薇花墙了，少了赏花人，它该有多么寂寞。

"歪脚"外婆

"歪脚"外婆是母亲的干妈，也是母亲的奶妈。因此，母亲和她之间，有一种别样的母女情。

我记事时，歪脚外婆已经六十多岁了。她有着深邃的大眼睛，高挺的鹰钩鼻，皮肤白皙，颇有异域风情。虽然她身躯佝偻，满脸的褶皱像榆树皮一样粗糙，却隐约可见她年轻时的容貌，大约是个美人。

可惜，她有一双丑陋的小脚。她的两只脚因为缠足而严重畸形，右脚的整个脚掌向内侧翻，接近九十度，而且两条腿长度不同。因此，她的右脚脚掌不能着地，只能靠右脚外侧和脚踝着地，以支撑身体和行走。于是，她只能穿自己特制的布鞋。而她右脚的鞋子，总是在右侧鞋帮上先破出一溜的洞。"歪脚"的名号，由此而来。整个村庄，甚至方圆十几里，都知道这个与众不同的老太太。至于她的姓名，却少有人知。

尽管母亲反复交代，看到歪脚外婆时，千万不要盯着她的脚看，但我的脑袋总是管不住眼睛。我很好奇：长着这样的一双脚，她是如何走路和干活的？

当母亲翻着白眼冲我示意时，我才赶紧转头。这时，歪脚外婆总是茫然地瞥一眼自己那双丑陋的小脚，微笑着问我："难看吧？我也觉得难看！妞呀，你们赶上好时候了，不用包脚了，不用受那罪了，真好！大脚好，脚大江山稳，走路都能带风……"

听着歪脚外婆的话，年幼的我总是诧异：什么人那么傻，要把好好的一双脚，折磨成那个样子！

听奶奶讲，歪脚外婆年轻时可漂亮了，大眼睛水灵灵的，"有脸盘、有身架"，手脚麻利，干活利索，是难得的好姑娘。就因为那双丑陋的小脚被多次退婚，最后嫁给了一穷二白的外公。奶奶的话，慢悠悠的，像久远的故事。

尽管有那么一双脚，歪脚外婆的生活却和其他人一样。她生育了四子三女，将孩子们养育成家后，把自己的生活打理得井井有条。

歪脚外婆有一座特别的庭院，三间高大的瓦房和一东一西两间偏屋，没有围墙。宅基地周围，全都种上了各色花草树木，有枣树、皂角树、石榴树、柿子树，有月季、一串红、指甲花、大丽花等。此外，她还沿着宅基地栽了一匝陈刺，作为天然篱笆。春天，陈刺开出一片洁白无瑕的花朵，秋天挂满酸涩的臭橘。

于是，茂盛的花草和树木，吸引了蜂蝶和鸟儿们，蜂蝶在花丛中流连，喜鹊在树枝间筑巢。听到蜜蜂的嗡鸣声，歪脚外婆就笑着说："蜜蜂来采花粉了，秋天的果实肯定又香又甜！"听到喜鹊在枝头间跳跃歌唱，她就抬起浑浊的眼睛，微笑着自言自语："今天，谁会来呢？"

除了花木，歪脚外婆还养了很多动物：鸡、鸭、鹅、猫、狗、鸽子等。于是，这里又成了动物王国，各种动物的鸣唱交织在一起，"咕咕——""嘎嘎——""汪汪——""喵——"这可真是个难得的动物庄园。

遇到动物们大合唱的时候，你最好不要开腔，因为即使你甩开腮帮子呼喊，也压不住那群七嘴八舌的动物。而动物们抢食的时候，也是它们最凶的时候，它们不但会大声吵闹，还会龇牙咧嘴地向前冲锋：猫会露出锋利的爪子；狗会露出尖长的牙齿；大白鹅会伸出长长的脖子驱逐入侵者；鸭子最笨拙了，除了乱叫一通，就只能扭动着肥胖的身体，委屈地被强敌驱赶。

到了晚上，鸡群灵巧地跳跃到树枝上，鸭子和鹅各自进了窝，狗趴在房前的小窝里看家护院，猫咪则跟着外婆钻进温暖的被窝里。清晨，站在枝头的公鸡"喔——喔——"鸣唱，新的一天又开始了。

动物们的粪便，被外婆小心翼翼地收拾好，挖了个坑掩埋在树下，成为树木的肥料。

我之所以喜欢去歪脚外婆家，除了欣喜于那些缤纷的花朵和那些诱人的果实外，就是喜欢看那些无拘无束的小动物们，像主人似的，骄傲地漫步在宽敞的庭院里，斗嘴争食，好不热闹！那样生动欢腾的情景，我只在这个庭院里看到过。

整个村庄，再也找不出第二个如此丰富多彩又别致的庭院了。别人家的庭院，都用高高的围墙圈起来，好看的花儿，香甜的果实，都被圈住了；美丽的风景，也被围墙截断了。唯有歪脚外婆的庭院，是触目可及的，是看了一眼就不想移开，看了一眼就想把心儿留下的。

所以，几乎在每个晴朗的日子里，总有妇人带着孩子，坐在那个带着花香，也带着动物歌唱的庭院里，做着针线活，谈笑风生。太阳暖烘烘地晒着，风儿轻轻地吹动着花香；树木和孩子们，在悠悠的时光里，慢慢成长。

在那繁茂的庭院里，我包过指甲花，吃过柿子和石榴，用皂角做过肥皂，折过蔷薇和月季，爬过树掏过鸟窝，被刺儿扎过手，被蜜蜂叮过包……那些带着欢笑和眼泪的经历，只在这个庭院里发生过。

这个庭院既小又大，虽然望过去一览无余，却像一座神奇的迷宫，它蕴藏的奇妙和惊喜，让我们这群孩子，总也挖不完。树下，一个小小的蚂蚁洞，就够我们研究半天了。而那棵高耸入云的皂角树，简直成了孩子们膜拜的对象。那么高大挺拔的一棵树，怎么长得那么稀奇古怪？它从哪里来？为何又单单长在歪脚外婆的房屋后？

我不知道歪脚外婆为何喜欢种那么多的花草树木，养那么多的小动物，更不知道她为何，多年来一直不肯建造高高的院墙。但是我知道，她有一颗仁慈而包容的心，就在她那宽敞而开阔的庭院里，就在她对庭院里每个生灵的呵护里。

也许，在歪脚外婆的内心深处，她一直渴望自由而舒展的生活。花草也好，树木也罢，就应该扎根在深深的土地里，尽情地吸收大地和雨水的滋养，长成自己想要成为的样子，春天开花，秋天结果，夏日热烈，冬日收敛。既然长成了一朵花，就要不惧他人的目光，美也好，丑也罢，总要迎接他人审视的目光，不必躲藏，更不必哀伤。

也许，这就是多年来，歪脚外婆的庭院，之所以没有围墙的原因吧。

父亲的音乐世界

父亲是个地道的农民，却对音乐有着浓厚的兴趣。可是，父亲的这个爱好，在精神生活相对贫瘠的 20 世纪的农村，是难以得到满足的。但是，他却想尽办法去丰富和充沛自己的这个爱好，让音乐滋养着自己和我们一家人。

印象中，即使父亲在干活的时候，我家的庭院里，也时时飘荡着欢快的音乐。不是父亲轻快的口哨声，就是那台笨重的录音机里，播放着的流行歌曲。比如：邓丽君的《小城故事》，罗大佑的《明天会更好》，费翔的《冬天里的一把火》……

父亲的口哨吹得极好。有一段时间，他特别钟情于苏联歌曲。诸如，《小路》《喀秋莎》《红莓花儿开》《莫斯科郊外的晚上》……这些都是他的拿手曲目。我和弟弟对国外音乐的认知，就是从父亲这里启蒙的。也是在那个时候，我们才知道：原来音乐，是世界共通的语言，它不需要翻译，我们都能体会其中流淌的情感。

除了吹口哨，父亲还擅长吹笛子。他总是早起，拿着笛子跑到离村庄几里外的河边，对着缓缓的河流吹奏自己的新作。等到技艺成熟了，再热切地给一家人演奏。他甚至在农闲时，特意骑着老旧的自行车，去十多里外的村子，请教一位擅长吹笛子的老音乐教师。我坐在父亲自行车的后座上，一会儿听他吹口哨，一会儿听他兴高采烈地说着音乐的妙处。我虽然不能完全理解他的言语，心情却很愉悦，并觉得音乐应该是一个奇妙的世界。

那时，父亲还鼓励我好好学习，将来考音乐学院，学音乐，教音乐，让更多的人享受和领略音乐的美妙和愉悦。在那个陌生的村庄里，我站在一边，看着父亲认真谦逊地听着那位白发苍苍的音乐教师的指点，恭敬得像个小学生。只见他一会儿紧皱眉头，一会儿茅塞顿开地点头微笑，他知足的神情像个单纯的孩子，让我今生难忘。

　　闲暇时，父亲还联络了几个村里的年轻人，大家组建了一个没有名字的临时乐队，一起排练一起演奏。有人吹唢呐，有人拉二胡，有人吹箫，有人敲鼓，有人吹笛子……远远听着，甚是热闹有趣。只是，他们几人水平参差不齐，仔细听，却漏洞百出，经不起推敲。不过，演奏的人乐在其中，听曲的人也图一个热闹，大家都很欢喜，脸上都洋溢着快乐的笑容。

　　后来，我和弟弟都大了，上学了。父亲为了不影响我们学习，悄悄地收起了录音机和成箱的磁带，尘封了那只他吹了多年的笛子。只是，当他听到那些熟悉的旋律时，总是忍不住侧耳倾听。

　　再后来，电子产品快速更新换代，淘汰了带给父亲和我们无限欢乐的录音机和磁带。流行歌曲也换了一波又一波。曾经的经典音乐和歌曲，虽然已经深入骨髓，但是回头追望，却模糊成抓不住的幻影了。

　　所幸，在父亲的熏陶下，弟弟考进了音乐学院，成为一名职业 DJ，并把音乐当作自己的职业，这让父亲很是欣慰。

　　"音乐是个好东西！我们除了考虑吃喝，还得想一想，吃喝之后，做点别的什么，比如一个有益的爱好。"质朴的父亲如是说。

　　我虽然没有走上职业的音乐之路，但是却深刻地认识到：音乐确实是个好东西，是可以慰藉我们的内心并获取力量的源泉。而我通过音乐，也感受到了深沉的父爱和曾经属于父亲的青春世界。

爷爷的故事

爷爷八十多了，依然精神抖擞，嗓音洪亮。只是岁月把他原本高大挺拔的身躯，雕刻成了一座拱桥，一头连着往昔，一头连着当下。他脸上那些深深浅浅的沟壑，彰显了他近一个世纪以来，经受的风霜雪雨。如今，爷爷当年的那些或平淡或激烈的过往，都成了故事。

从小到大，我和弟弟都喜欢听爷爷讲故事。那些他亲身经历的，或是听来的故事，对我们来说，虽然陌生，却充满奇幻。

爷爷七八岁时，曾祖父就因病去世了。一家四口，只有爷爷一个男丁。除了他，还有他尚在襁褓里的妹妹，和他那裹了"三寸金莲"，连走路都打颤摇晃的祖母和母亲。

"那时候哪有自来水？吃水都成问题！下雨天吃雨水，下雪天吃雪水，无雨无雪的时候，才七八岁的我，就要挑着水桶，去村西头的西井挑水，能挑多少是多少。打的水少了不够吃，打的水多了挑不动。扁担把肩膀磨得生疼，一路挑着水，一路悄悄哭。水洒出来了，心疼得打自己。多少回，我在心里问自己：啥时候才能长大呢？长大了，就有力气干活了。"爷爷面无波澜地说着，好像他说的，是别人的过往。

"爷，那后来呢？"我问。

"后来？后来我就一边长个儿，一边学着干活：地里的庄稼活，家里的杂活，啥都学着干。种庄稼收庄稼，洗衣做饭，缝缝补补，编筐子、织毛衣、掐辫子……我会的可多了！"爷爷骄傲地说。

其实，爷爷的才艺远不止这些。为了赡养太奶奶和曾祖母，养育五个孩子，爷爷还种过西瓜，弹过棉花，养过蜜蜂，做过生意……至今，爷爷家里还有几个蜂箱呢。为了养家糊口，爷爷硬是逼着自己学会了"十八般武艺"，他经受住了生活的考验，活成了很多人艳羡的"有福气的人"。

"可不是有福气嘛：儿孙一大群，个个都排场又孝顺；重孙子也一大群了，这叫啥——四世同堂！光是看着孩子们在眼前转，我心里就美得很呐！"爷爷笑着说，"想当年，哪里敢有这奢望？"

"爷，'当年'是啥时候？"弟弟问。

爷爷眯起眼睛，似乎在摸索岁月的棱角："当年呀，我才十来岁，日本鬼子来了，看见人就逮，又打又杀的，根本不把人当人看。我们得了信儿，一家人藏到野外。你太奶奶说：'咱娘几个得分开，不然死在一块儿，咱家就绝户了。'我们就分开藏起来。日本人的飞机飞得真低呀，感觉就在我们脑袋边飞过，还不时扔个炸弹……"

"天啊，太险了！"我和弟弟惊叫起来。

"可不是！咱们这儿是块宝地，日本人来过，国军来过，杆儿上的（土匪）来过，哪拨儿人来了，都要折腾折腾，抓壮丁，烧杀抢掠，大家都得东躲西藏。在旧社会，别说吃饱穿暖了，连个安稳觉都睡不了，乱得很！谁敢奢望现在这样的太平？"

"爷，那好日子是啥时候开始的？"弟弟又问。

"一解放就跟以前不一样了。虽然大家还是穷，可是太平了，安稳了。我也长大了，生活算有奔头了……你奶奶嫁过来，先后有了五个娃，一大家子都要张嘴吃饭。日子是苦，一年都在劳动，可是心里舒坦，身上有使不完的劲儿。忙完了农活，大家就到公社里修水渠、修大堤、修公路……天天都在忙，天天都乐呵！"

"那时候多年轻呀！一百多斤的碾盘，扛起来就走，一直从你舅爷家扛回来，那可是十多里的路程呀！"爷爷说着，脸上又现出了得意的神情。

"爷，你就没有自行车，或者拖拉机来拉东西吗？"我疑惑地问。

"娃呀，那时候谁见过自行车？自行车是你爹结婚的时候，才流行开的时髦东西。至于拖拉机，那就更晚了。哪像现在，连坐汽车和飞机，都流行开了！"爷爷笑着说，"娃呀，你们可是生在蜜罐里了，好日子是芝麻开花节节高！我们那一辈人吃的苦，你们想都想不来，听了也不信。是不是感觉像在听故事？"

我和弟弟听了，都笑了。

"现在的日子太好了，天天像过年！"爷爷郑重地说，"可是娃呀，咱们得记住：咱们的好日子，它不是天上掉下来的，是多少人流血流汗挣下来的。过日子是要往前看，可也要记得回头看一眼！"

爷爷的故事和他的话，都刻在了我的心上，让我经常回味，时时警醒。

货郎老金山

现在的日子太好了，好到很多时候，我们很难从寻常的日子里，扒拉出来令人怦然心动的瞬间。小时候我却经常有这样的感觉，在它们击中我柔软的内心之后，我将它们封存进记忆的深海，即使历经岁月的沉淀，仍能熠熠生辉。

逆着岁月的河流，我总是不禁怀念曾经的日子。特别是在那些原本清苦的日子里，却能得到简单纯粹的满足与快乐。

在我童年时，物资极度匮乏，甚至称得上是清贫。那时候，大家都很穷。过日子除了吃喝，似乎就没有别的大事了。而吃喝，基本上是自给自足的。粮食，是自己种的；菜园里，一年四季都有对应时令的新鲜蔬菜。于是买东西，便成了一件奢侈的事情。何况，那时候大家手里都没有什么"活钱"。于是，买东西这件事情，就成了一件愉悦甚至幸福的事情了。对作为孩子的我来说，哪怕只是买一块清凉的薄荷糖，一支好看的铅笔，一张漂亮的贴画……都能让我开心好几天，甚至显摆一阵子。

彼时，村里可以买东西的地方，除了合作社，就是货郎老金山那里了，他一年四季都待在村小学大门口。

合作社，大约是我小时候见过的最为壮观气派的建筑了。高且大，深而阔，贯通成一个方正的长方形。人一走进去，无形中就觉得自己变小了，并让人产生莫名的压迫感，心也不由得提了起来。

不过，那里的东西很是齐全。日常用品，学习用具，应有尽有。走进来，醋的酸味，酒的清香，糖果的甜腻，塑胶的刺鼻……混杂在一起，刺激着人的五感，令人生出莫名的兴奋。好像只是闻一闻那个混合的气味，心里就乐开了花。

只是，那一米多高、一米多宽的水泥柜台，将买东西的人和卖的东西，远远地隔开。大人们买东西时，扫几眼，就看到了。而小小的孩子们，每每买东西时，总要趴着柜台，吃力地踮起脚，一格一格地扫视柜子里的货物。更多的时候，我们是看不到想要买的东西的。这无疑消减了买东西的快乐。

在中学里，读到年幼的鲁迅辗转于当铺和药铺之间，不得不面对高大的柜台而心生波澜，甚至产生深深的卑微时，我对此颇有感触。直到那时我才明了，那道沉默而冰凉的柜台所隔开的，哪里只是买家和卖家这两种身份呢。

无知的孩童，不懂得尘世的规则，却懂得欢喜和不悦。相比高大的合作社，我们这些孩子，更喜欢每日在校门口卖东西的货郎老金山。确切地说，是喜欢老金山身边的那两个箩筐里，零碎而丰富的物件，有吃的，有玩的，有用的，花花绿绿，琳琅满目。在阳光下，闪烁着缤纷的光彩，吸引着年少的我们。

每日里，只要路过老金山的货担儿，我就总是忍不住停下脚步，蹲下来，一遍又一遍地审视货筐里的宝贝儿，看看是否又增添了新品，并暗暗地掂量着自己的财力，经过一番内心的激烈挣扎后，在买与不买，买这个还是那个之间，犹豫半天，进行一轮又一轮的天人交战。

那两个货筐，见证了少小的我，面对人生的诱惑时，历经的一次又一次的选择与取舍，以及由此带来的遗憾和对下一次选择的期待与憧憬。

这时候，货筐旁的老金山，就像一尊慈祥的雕像，他就那么温和地坐在他的马扎上，一边吧嗒吧嗒地抽着旱烟，一边饶有兴趣地看着眼前的一堆孩子，拿起这个放下那个，麻雀似的叽叽喳喳地讨论着。他浑浊的双眼，和蔼而慈爱。好像他坐在那里，就是为了看着孩子们，那带着雀跃的清澈目光，在他面前说着笑着，吵着闹着。

他的脾气不是一般的好。不管是对村里的大人们，还是对拿着一毛钱甚至几分钱，不停地翻弄着货担里的货物的孩子们，他总是笑眯眯的，不催促，不懊恼。在面对因为选择困难而紧皱眉头的孩子们，他总是微笑着说："不急，慢慢儿选，不喜欢了拿来退换就是了，多大的事呢？"他说话的时候，下巴上的银色山羊须，便跟着抖动起来，有趣极了。

阳光暖融融地洒在老金山的身上，洒在他的胡子上，像镀了一层金。细碎的尘埃，在阳光中沸腾，不停地变幻着队列，围绕着他舞动。我看得恍了神儿，竟联想到了《封神榜》中仙风道骨的姜子牙。猛然便觉得，老金山应该也和姜子牙一样，从来便是这么老，从来便是这副模样，从来就在小学门口边上摆摊。

有一次，我意外得到了一毛钱，却不舍得一下子花完，就想了个鬼主意：在老金山那里，先买了5分钱的瓜子，再买5分钱的一分一颗的粘牙糖。如此，那一毛钱的幸福，就会持续更久了。自然，这样的买卖，在合作社是很难成交的。我试过。我曾告知合作社的售货员，说买5分钱的瓜子。那售货员哂笑着看向一旁买东西的大人，说："5分钱的瓜子，咋称量？"

我手中举着5分纸币，在空气凝固了片刻后，才僵着胳臂抽回来。一走出合作社，我就跑了起来。风声在耳边吹过，呼呼地响。我暗暗告诫自己：以后再也不来合作社了，他家的柜台"太高"了，他家的售货员也"太高"了。

相比之下，总是坐在马扎上的老金山，就显得矮小多了。更何况，他知道怎么称5分钱的瓜子。他用一个罐头瓶的瓶盖，去舀一盖子鼓囊囊的瓜子，小心翼翼地倒进我捧起的小手里，生怕掉落一个在地上。我喜欢这样的老金山，他比很多大人更懂孩子们的欢喜。

村里人，不管老人孩子，都叫他"老金山"。我认识老金山的时候，他便那么老了，像一段干瘪的枣树桩，满脸的沟壑，佝偻的身躯。肩膀上的货担和马扎，手里的拐杖，是他赖以生计的工具，也是他形影不离的伙计。听说，一生勤劳的老金山，在失去务农的体力后，就做起了货郎，从不伸手向孩子们索要什么。他的一生，是辛劳的，也是自立自强的。

老金山老则老矣，他却是我见过的所有老人中，最特别的一个。什么时候，全身上下，都拾掇得利落。不管是穿着深蓝色的涤纶中山装，还是黑色的对襟老棉袄，总是干净整洁的。他的脚上，长年穿着黑色的千层底布鞋；并用黑色的缠腿布，将裤边裹得整整齐齐的。指甲也总是剪得干净而圆润。从不离身的烟袋杆上，镶嵌着一段温润的深绿玉石；装着旱烟烟丝的烟袋上，绣着祥云图案。他，实在是一个有腔调的老人。

有时候，我看着摆摊的老金山，会在心里默默地想：等我长大了，也要做这样的人。而到底是怎样的"这样的人"，我却并不能说得清楚。只是隐约觉得，老金山这样的人，就是我们语文老师在作文课上所讲到的，可以写入作文的那种人。虽然，我也不知道该怎么把他写入作文。

听大人们说，从未上过学的老金山，却有着超强的记忆力。他不但能精准迅捷地算账，还记得十里八乡的村民们那错综复杂的血脉关系。谁是谁家七大姑的外甥的小姨子，谁是谁的八大姨的儿媳妇的表哥……因此，只要去老金山那里买东西，你绝对不会因为他算错账而惹上口舌官司。若是你一时理不通，那就慢慢琢磨吧，肯定是你的脑袋一时转不过弯儿来。

有几次，我亲眼看到村里几个无聊的年轻人，聚在老金山的小摊前，笑嘻嘻地抛出一个接一个刁钻的问题，想要为难住他。

除了几块几毛一斤的东西，买了几斤几两，要花多少钱这样的常规题目外，就是问一个多大年纪的人属啥，或者属啥的人多大岁数。再者，就是询问谁家的媳妇娘家是哪儿的，谁和谁是啥关系……那些在我听来甚是古怪甚至毫无意义的问题，总是被老金山秒回。于是，大家便在惊讶和嬉笑声中，一次接一次地刷新着对老金山的认识。

"老金山，就你这个脑袋，你应该上电视——上中央台去！"大家一边哄笑，一边热闹地讨论着，说得像真的似的。

"哎，这有啥稀罕的？我就是闲得慌，多动动脑筋就是了。"老金山一边吧嗒吧嗒地抽着旱烟，一边不以为然地笑笑。

于是，那个像老树桩一样的农村老头儿，在我心里，变得更加神秘而可敬了。

有一次买东西时，我带的钱不够，身边也没有熟悉的同学和熟人。就在我愁眉苦脸的时候，老金山冲我笑着挥挥手，说："娃儿，把东西拿走吧——多大点儿事，看把我娃为难的？"

我诧异地看着他，懵了。

他笑了笑，问我："你是不是七队云朝家的孙女？"

我更惊讶了。记忆中，我从未和爷爷一起在老金山的面前出现过。

最后，我带着一脸的惊喜和感激，三步一回头地跑向了学校。身后，那个渐渐变小的老人，像冬日暖阳一样，在那个北风凛冽的冬天，温暖了我幼小的心。

事后，父母得知了这件事，他们再三告诫我说，一定要把亏欠的钱补给老金山，不管是一毛还是一分。因为年迈的他，赚取的每一分钱，都太过艰难了。每一个心存善念的人，都不该妄动占他一分一厘便宜的念头。是呀，名字叫作"金山"的老金山，徒然背负一个富贵的名字，却终身为了生计而奔波，至死方休。

周末或假期的时候，老金山总是一个人拄着拐杖，挑着他的货担儿，步行前往十余里外的镇上赶集，采办货物。每当陪同父母赶集时，总能遇到挑着货担佝偻着身躯孤独前行的老金山。当父母的自行车把他远远地甩在后面，我似乎依然能听到他的拐杖，碰触地面发出的声响，"嗒嗒——嗒嗒——"那是一个倔强自立的老人，面对生活的负荷，所发出的回应，清脆，沉稳，平和，坚韧。

升入初中后，就很少再看到老金山和他的货担了。但是，我却时常怀念他那个像百宝箱一样的货担，它曾装点并丰富了我的童年，带给我很多欢快和满满的幸福。而老金山那佝偻的身躯里，蕴藏着的对生活的不屈态度，犹如滴水穿石，慢慢沁润了我的心田。多年来，以一棵树的姿态，一直屹立在我的脑海里。

木匠老大成

在老家的乡村里生活了一辈子的老人们，有很多都是文盲或者半文盲。但就是在这些"斗大的字，识不了三箩筐"的农民中，却出了不少能人。木匠老大成，就是其中之一。

鳏夫老大成已经去世多年了，但是关于他的奇闻逸事，仍然在村里，甚至在方圆几十里流传。在我的记忆里，老大成就是一个寻常的乡村老头儿，不高不矮不胖不瘦，长长的烟袋杆从不离身；洪亮的嗓音说着诙谐的语言。

老大成是个木匠，做了一辈子的木工活。虽然不识得几个字，却心灵手巧，做的活很受欢迎，不但结实耐用，还总是透着一股灵巧劲儿。不像有的木匠做的活，虽然倒也实用，却粗笨得很，看起来呆头呆脑的，不招人待见。

我见过不少老大成做好的家具，床，桌子，柜子，窗棂……样式新奇精巧，鲜少一模一样的复制。我最喜欢的，就是他在那些家具的细微处花的心思。比如，趁着桌面上的漆未干时，用刨花做出来的各种花纹，用以装饰原本单调的桌面；将桌椅的棱角修得圆润，避免磕碰到人；精心雕刻的各样窗棂花纹，尽力让每一个家庭都显得有那么一点与众不同……

各样的木头，经过老大成的巧手，都能各尽其用，变成招人喜爱的有用之物。娴熟的技艺，精益求精的自我要求，让老大成的口碑越来越好。但他一生，只收了一个徒弟，那就是他的侄儿杰子。

杰子做的第一件家具，是给自己的姐姐出嫁准备的梳妆台。看着那个七扭八歪的梳妆台，老大成扫了一眼，拎起斧头就要砸了。

砸梳妆台前，老大成训斥杰子说："好木材到你手里都白瞎了，树看了都要哭，木材都要躲着你——你姐带着这样的嫁妆去婆家，得别扭一辈子！"

杰子羞愧不已，恨不得把脑袋塞到裤裆里。

从此之后，杰子学艺的态度变了，他打起十二分的精神，不再像之前那么应付偷懒了。老大成也倾尽所有，把一身的本事全都传给了杰子。自然，训斥和责骂，是常有的事。毕竟，谁都知道，老大成有个毒辣的嘴巴。他若骂起人来，简直是飞沙走石，让人心惊胆战。这也是他多年来都不肯收徒弟的原因，因为他知道自己眼界高，肠子直，嘴巴毒，不是最亲近的人，谁能受得了他的脾气和要求？

几年以后，杰子出师，也成了一个地道的木匠。后来，他还收了徒弟，并做了包工头，做的家具生意很是红火。多来年，杰子总是感慨地对别人说："没有我叔，就没有我的今天。别人教徒弟，都想留几招，我叔巴不得我能超越他。"

那时候，只要一得了空，我爹总是跑去老大成那里玩耍。除了实在敬佩他的木工手艺外，我爹还相当佩服他的其他"能处"，并时常被他折服。用我妈的话说，我爹每日里，就是去老大成那里"报到"，简直比孩子们上学还准时。

回了家，我爹总是不厌其烦地叙说着老大成的各种能处。诸如，那个家具他怎么做得巧妙了，谁家的官司让老大成断清了，今天老大成又讲了个什么好故事了……用今天的话来说，我爹就是老大成的铁粉和迷弟。

特别是冬天，那时候地里没什么庄稼活，不管是白天还是夜里，很多劳力都喜欢穿越半个庄子，跑到老大成那里，大家一边烤火，一边吞云吐雾，听着老大成侃侃而谈。坐在中间的老大成，就像站在舞台中央，表演单口相声或者说评书的艺术家。我爹常说，那样的日子，在他眼里，就是神仙日子。

那时候，村里的生活很是清苦。很多人家，即使在凛冽的寒冬腊月，也不舍得天天烧柴烤火。实在冷得受不了了，才会用碎柴末焖火。可是那样焖出来的火盆，说不上多暖和，还时常呛得人直流泪。而在老大成家，多的是刨花、锯末和派不上用处的木头。一到冬天，老大成家的火盆几乎天天不得闲，啥时候都是一盆红红的好炭火，特别招人喜欢。

这个在家抓把花生，那个带几个红薯，放在火盆里烤起来，管饱不可能，塞个牙缝却是常态。所以，那个时候的每个冬天，鳏夫老大成家里总是异常热闹，人来人往，络绎不绝。外面是冰天雪地，屋子里温暖如春，欢笑沸腾。

并不识得几个字的老大成，记忆力超强。很多年前经历的事情，听过的故事，他都能绘声绘色地重述出来，简直就是个录像机。就连单田芳的评书，他但凡听过一遍，就能记个八九成。等到他复述的时候，加上他别具特色的腔调和语气，以及只有本地人才能体会得到的方言和语气词，那叫一个惟妙惟肖，常常令在座的众人欢喜得拍大腿，甚至笑得前仰后合。用我爹的话说，那人就是单田芳第二。

有趣的故事，奇幻的传说，惊异的见闻，甚至家长里短，都可以成为老大成嘴里的素材。那些原本稀松寻常的故事或事件，经过他的嘴巴一番呷摸，就变得生动起来，令人忍不住唏嘘惊叹。究其原因，除了老大成非比寻常的语言天赋外，还在于他能从别人的故事里，钻研并洞悉讲出好故事的技巧。比如，他会适时运用倒叙、插叙、平叙、补叙等叙述手法，来丰富故事的层次感，增强故事的趣味性。这样的用心，自然将平铺直叙的故事，甩出了十八条街，并紧紧地揪住听众的心。而这样的能力与技巧，自然是老大成自己悟出来的。而这，也是我父亲相当钦佩他的原因之一。

于是，很多听过老大成故事的孩子，一走出老大成的院子，就忍不住追问大人："老大成说的，都是真的吗？"

这时候，大人们看着魔怔的孩子，总是模棱两可地说："故事嘛，谁知道呢？"

"那咱明天还来吧？"孩子一脸热切地央求大人。

"来！"大人痛快地应下了。

老大成简直是村里行走的故事机。他讲了一辈子的故事，村民们也听了一辈子的故事。别说是孩子们，就是我爹，也中了老大成的毒。他时常对我妈说："饭可以不吃，却不能不听老大成讲故事说段子。"

可惜，大约没有几个人，真的听完老大成讲的所有故事，更没有人能够将他所讲的故事和段子，全都复述出来。即使有人偶尔能讲出来几个，却也模拟不出老大成的神韵，于是便少了"听"的乐趣。你让他们评判一番老大成的嘴巴功夫，他们只会说"得劲儿""美得很"或者"比吃肉喝酒还痛快"。

于是，在我家的饭桌上，我爹时常惋惜地说："可惜了老大成这么个能人，要是他能识文断字，肯定不是现在这样的光景；他会走出去，像鹰一样在更广阔的天地里翱翔。"

后来，我离开了村庄。关于老大成的逸事，还不时能从父母那里听说。

再后来，老大成去世了，但是村庄里，依然流传着他的故事。人们一说起他，总是感慨地说："那可是个能人呢！"

相公

最初听到"相公"这个称谓，是从外婆口中。

外婆有四个闺女，自然有四个女婿。外婆叫女婿们"相公"，她将各个女婿的姓加上"相公"一词，就将女婿们区分开了。比如，她叫我父亲时，就喊他"孙相公"。这样的称呼，既郑重又方便，还隐约带着几分亲近和戏谑，大家都很受用。

小时候，每年大年初三这天，外婆的四个女婿拖家带口赶来，将外婆原本宽敞的庭院挤满了，孩子们乱成一团，礼物也堆成了一座小山。原本清静的农家小院，变得喧腾而局促。忙碌的外婆，不时地从厨房里走出来，笑盈盈地迎接每一位姑爷，爽朗地道一声："×相公，辛苦了！快进屋喝杯热茶！"打过招呼，外婆再次返回厨房，为中午的酒席操劳着。

外婆的这声"相公"，叫得亲切自然，听的人也觉得熨帖。父亲和姨父们每每听了，总是眉开眼笑，乐开了花。那一声颇有古韵的称呼，很是抬举了几个几辈子都是农民的庄稼汉子。仿佛得了"相公"这个称呼，身份就隐隐地抬起来了。

那时候，外婆家大年初三那天的酒席，总是相当丰盛。两张方方正正的八仙桌上，摆满各种美味佳肴，有荤有素，有凉菜，有热菜，有蒸菜，有扣碗，有热汤，堪比流行于乡村的隆重酒席。庭院内外，都弥漫着令人垂涎的袅袅菜香。

围着两张八仙桌，是四条长长的条凳。男客们坐一桌，女眷们坐一桌，孩子们分散在大人身边。男桌上，总免不了觥筹交错，猜枚行酒令。女眷的饭桌上，大家相对随意些，怎么舒服怎么来，反正都是自己人。

自然，伶牙俐齿的外婆总要在饭桌上，这个"相公"，那个"相公"地唤着，殷勤地招待女婿们。直到姑爷们吃喝得红光满面，她才知足地坐下来，微笑着看向大家。似乎，只有大家吃痛快了，她连日的辛劳才有了着落。

饭后拾掇了饭桌，外婆顾不上消停一下，便从口袋里掏出早就准备好的红包，分发给孩子们。看着孩子们攒成一团围着她转，外婆笑得脸上的皱纹更深了。

次年，同样的场景，再次重现。甚至在外公去世后，每年大年初三的酒席，也照样那般铺张，外婆仍亲切地唤女婿们"相公"。而那些年复一年的场景，终止于外婆的一场大病——中风。落下后遗症的外婆，失去了料理家务的能力和能说会道的做派。于是，操办宴席的事情，落在了妗子身上。外婆变得沉默寡言，也难得听到她对父亲和姨父们喊"相公"了。少了外婆那一声声"相公"的呼唤，满桌子的佳肴，似乎也不复曾经的美味。

中学时，从我们博学风趣的历史老师那里，意外得知"相公"这个称呼的由来。原来，被称为"相公"的第一人，竟是曹操。彼时，曹操既是丞相，又被封为"魏公"。于是，那些阿谀奉承的人，便绞尽脑汁将那两个称呼各取一字，曰"相公"，以此尊称曹操。此后多年，历史上能被称为"相公"的人，很是寥寥。

到了宋朝，"相公"这个称呼变了味儿。很多妻子为了给考科举的丈夫讨个好彩头，也开始称丈夫为"相公"，不过是期望苦读多年的夫君，有朝一日能够平步青云，成为名副其实的"相公"。由此，"相公"这个称呼，开始在民间广为流传。后来，"相公"一词，又衍生了更多其他的含意。

明白了"相公"一词的出处后，再听外婆口齿不清地唤女婿们"相公"时，我心中总是酸涩不已。这个目不识丁的乡村老妇，在对女婿们一声声的称呼中，默默地抬爱着他们。这样的用心和体贴，实在让人动容。

　　再后来，外婆过世了。这世上便再也无人唤父亲为"孙相公"了。

　　此后，再看电视时，只要听到剧中人被唤作"相公"，我总是忍不住回想起曾经外婆亲昵地唤父亲和姨父们"相公"的情形。似乎，那个听了多年的称呼，即使是从婀娜多姿的女子的樱桃口中，婉转软糯地吐出来，也没有外婆唤得那么中听入耳。

　　毕业后，我南下工作多年。那些来自天南地北的同事，总是在无聊的时候，约几圈麻将。在"噼里啪啦"的麻将声中，偶尔能听到这么一句话："呀——我相公了！"然而，此"相公"非彼"相公"。

　　在大家欢天喜地的热闹中，我的思绪飞到了外婆的庭院。身体康健的外婆扶着门框，微笑着看向我们一家四口，冲父亲说："孙相公，你们来了，快进屋喝茶！"

平凡的母亲

六十多岁的母亲，不过是个平凡的乡村妇人。可是，她对我来说，对整个家庭来说，却是独一无二、不可或缺的存在。

从我记事起，母亲几乎永远都是一个模样：齐耳短发，中性的服装，轻快的脚步，永不知疲倦的身躯和永远闲不下来的身影。几十年来，母亲的改变，不过是脸上的沟壑多了些、深了些。其他的，倒是没什么变化，依然脊背挺直，并终日忙于劳作。

这些年来，我甚至没有见过母亲的白发。自然，并不是无情的岁月眷顾了她，而是相见日稀的母亲，总会在孩子们回家前，早早地染好头发，遮盖住时光的痕迹。于是，就造成了一种假象，让已经步入中年的我，总是产生一种令人迷恋的错觉：似乎只要一看到仍然健硕的母亲，就莫名地觉得，自己仍然是个无忧无虑的孩子，可以信步漫游在充满清香的田野里，引吭高歌；可以抛开一切包袱，倚靠在母亲肩头，撒娇嬉闹；可以十指不沾阳春水，坐享佳肴……

就像小时候，不管何时何地，不管遇到什么事情，只要一看到母亲的面容，心中就是安稳的。好像母亲是无所不能的存在，一切问题和困难，她都能迎刃而解，从来没有迈不过去的坎儿。她像一座稳健的桥梁，引导孩子们勇敢地走出庭院大门，安心迎接外面的世界。

只是，她总是在忙，没有过多的时间和孩子们嬉戏说笑；也难得腾出空闲的手来，拥抱或亲吻我们。自然，她更不会说出亲昵或者甜蜜的语言，哄一哄孩子们。于是，我便时常期待生病。生病的时候，母亲便会抛开一切，她的眼里只有我；她的忙碌，也只为我。

多年来，我一直清晰地记得，小时候每次感冒发烧时，我都会重复做着同一个诡异的梦。在梦中，我独自一人徘徊在荒凉而令人绝望的沙漠里，迷茫又惶恐。当我在慌乱中拼尽全力呼喊母亲时，总能抓到她坚实而温暖的臂膀，并清醒过来，悬着的心也跟着落了地。然后，在母亲的安抚下，吃药休息。

每次量体温时，母亲总是用她的额头抵着我的额头。在那个瞬间，母亲最是温柔可亲；也是终日劳碌的她，离我最近的时候。我闻着她身上的味道，感受着她的呼吸，总是心生疑惑：她也是血肉之躯，为何眼神总是坚定沉毅，又永远不知疲倦呢？多少次，我暗暗告诫自己：长大了，我也要成为她，成为一座厚重的山，成为亲人的依靠。

母亲虽然活得粗糙，却已经拼尽了全力，去呵护我和弟弟，尽量减轻生活压在我们肩头的负荷。以至于，从小在乡村长大的我，成年后却不善烹饪，且不精针线，这都是母亲无声宠溺的结果。母亲既要在田野里辛勤劳作，也要承担很多家务，不到分身乏术时，她总是不忍给我和弟弟分配任务。

母亲曾对我说："我们那一辈人，是在苦水里泡大的。我只希望，你们姐弟跟着我，不要像我小时候那样辛苦。孩子就该有孩子的样子，小时候也该有小时候的样子。"每每想起这些话，我心中总是酸涩不已。

自然，在成长的过程中，我对母亲也有过抱怨和不满，甚至是怨怼。觉得她不够体贴和宽容，不理解我，也缺少智慧。可是，穿越时光的河流，等到我成家立业并为人母后，才渐渐明白母亲的艰辛和不易。回过头去，再次审视曾经的岁月，我猛然醒悟：换作是我，未必做得比她更好吧？

时间是一条永不停歇的河流，它静静地流淌着，磨去了我们的棱角，让我们变得平和恬静，温柔可亲。现在的我，不但理解了母亲的言行，还渐渐领悟到了，她用言传身教所传达出来的人生智慧。那就是，乐观豁达地面对生活的艰辛，不辞辛劳地打拼幸福生活。这，已经足够指引我未来的人生了。

父亲

　　小时候，父亲对我而言，是知识渊博却威严而让人难以亲近的启蒙老师，是高大而魁梧的劳力，是勇猛而漂泊的旅客，也是威严而固执的法官。

　　在我幼时，为了生计，父亲常年在外打拼，因此他对我来说既熟悉又陌生。回来时，交给母亲一沓子整齐的钱币后，父亲总是变魔术似的，从口袋里掏出一把糖果或小吃。他把那些充满诱惑的吃食放在手掌中，眼睛里闪着光，期待地看着我和弟弟，满怀喜悦地从他手中抢过去塞进嘴巴。而后，他便满足地吸下鼻子，微笑着看我们吃。似乎，看着孩子们品尝美味，是一件比品尝糖果更甜的事。

　　父亲虽然只有初中文化，却写得一手好字，他尊崇文化，爱读书，更喜欢绘声绘色地给孩子们讲故事和传说。他总是在故事中融入几句简短的点睛之语，教育和启迪孩子们，生动贴切，令人印象深刻。仰望夏夜的星空，他总是不厌其烦地，给我们讲天上的星座和相关的传说。这时，平素对我们严苛的父亲，多了几分温柔与可亲。

　　可是，等到父亲端着长辈的身份时，他就像换了一张脸似的，威严又古板，让人望而生畏。这时候，我就期盼他快点出门，最好一年都别回来。

　　等到父亲带着行李与人一同外出时，我又哭成了泪人儿，追着他撵。他几步一回头，呵斥我回家。我不听，挂着泪花拖着短小的双腿追赶他。于是，他不得不折返回来，蹲下身温和地对我说："等我回来，给你买好吃的。"最后，看着他高大的身影消失在视线中，我无奈地立在马路上放声大哭。那时，我总想：什么时候我才能长大呢？等我长大了，就能追上他了吧？

时光像无声飞逝的箭，在繁重而忙碌的求学生涯中，我像风筝一样越飞越高，越飞越远。曾经像山石一样厚重的父亲，终于能让我平视了。然而，多年的劳累，让他落下一身的病痛，他早已不能像往昔那般意气风发地外出了，只能终日守着家里的一亩三分地和那头垂垂老矣的老黄牛。

有时候，看着父亲不知何时已变得瘦弱的身躯，微微弓起的脊背和日渐稀疏发白的头发，我总是心生恍惚：这个曾经在我记忆中高大威猛的男人，怎么没了昔日的光环，变成了眼前这个单薄的老人？

原来，我早已在父亲期许的目光里，在经过无数次的跋山涉水后，长成了一棵树。他却停留在故乡的彼岸，成了一截燃烧自己的蜡烛，在风雨飘摇中日渐羸弱。岁月是把神奇的刻刀，它把父亲曾经高大强壮的身躯，雕刻得瘦弱弯曲；把他曾经威严的面容，雕刻得越发温和可亲。

我虽然知道亲人间的缘分，就是不断地，在目送彼此的背影里渐行渐远，并且不可追。可是，我却想变成一条可以回溯过往的鲑鱼，再次目睹父亲曾经的青春与伟岸，昂扬与拼搏；并再次坐在他笔挺的肩头，跟随他看向远方的风光。我多想，任山川翻转日月更迭，他永远不老，我永远不长大。

红月亮

你见过红月亮吗？我见过。

童年时代，到了夏季，有时因为酷暑难耐，我们一家人晚上会睡在二楼露天的楼板上。那时四面通透，没有建筑物的遮挡，越过低矮的栏杆，广袤的田野沉静而辽阔，像沉睡的巨人。

我平躺在床铺上，感受着习习凉风，聆听着虫子的低吟，伸手指着浩瀚夜空里的繁星，比照着课本上的知识，搜寻着一个又一个星座。无数星星是不知疲倦的孩子，顽皮地与我对视，闪烁着明亮的眼睛。

在无数个与星星对视的夜里，我问过父母，也问过自己：天上的星星那么多，张衡真的数得过来吗？

带着一个又一个让父母无法回答的问题，我终于在凉风中沉沉睡去。

一天夜里，我忽然惊醒，明亮的月光洒在我的脸上。我被眼前的景象惊呆了。一轮硕大通红的圆月高挂东方，像初升的朝阳那般艳丽灼目，连它周边的云朵也被染上了一层瑰丽的色彩，散发出夺目的美。粼粼的云霞托着那轮红月，似是朝阳升腾在大海上；而无边的天空，此时变成了平静的大海。那奇妙的情景，让我想起了课本上学过的文章——巴金的《海上日出》。

然而，那情形又不是海上日出。日出，总带着光明与温暖。而那轮红月，却是璀璨的清凉，没有热度，如一汪秋水在银月下，熠熠生辉，透着入骨的凉意。

远处，黑夜将村庄和一切生灵，全都包裹成一团连绵的背景。眼前，父母种下的树木，在夜风里发出"哗哗啦啦"的声响，并连成一片灰暗的剪影。整个大地，只有红月散发出迷人的光彩。除了红月，除了被红月映衬得微乎其微的星光，再也找不到其他事物，在这样的夜里，散发出彩色的光芒。

赤红的圆月，在巨大背景下呈现出强烈的视觉冲击，令人震撼甚至血脉偾张。那种独特而奇妙的画面，是苍白贫乏的语言无法诉说的。在寂寥的夜空中，显得磅礴而浑厚，热烈又悲壮，简洁明快中又透着淡淡的哀愁……我想，大自然的这幅名画，怕是世间最伟大的画家，也无法描绘出来吧。

我坐在床铺上，静静地凝望红月，在惊愕中安享大自然的神奇，怜惜得连眼睛都不敢眨一下。我怀揣着巨大的喜悦，想把一家人唤醒，让他们陪我一起欣赏这造物主的鬼斧神工。然而，听着他们均匀的呼吸声，想着父母白日里的辛劳，我到底忍住了。

于是，我独自坐着，静静地盯着红月，感受着时间一点一滴地流逝，心中满是欢喜。这偌大的红月，这世间独一无二的盛景，被我独享了。累了，我就躺在床上，侧目盯着天上的红月，生怕一眨眼，它就消失了。再后来，沉重的眼皮终于合在一起，我昏沉着睡去，孤单的红月却在缓缓地移动着脚步。

次日醒来，看着东边的天空上，无法直视的烈日，我恍惚而迷离，觉得昨晚那样浩大而惊艳的红月，似乎只是一场过于逼真的梦境。然而那夜的红月，却在我的心中烙下了印记。可惜，这么多年过去了，我不仅没再看到那样的红月，也没有找到合适的语句来描绘它惊世的容颜，更没有能力用颜料复原出它……

如今，身处高楼的我们，似乎离星星更近了，连天边月也好像挂在我们高楼的一角。仰望夜空，确乎"手可摘星辰"。可是，却再也看不到童年时代的星空，再也看不到那样连接天际的浩瀚星空，那样明净清澄，充满浪漫和神秘的星空！还有那刻在我记忆深处的，美幻得如梦境一般的红月亮，也再也看不到了。

"当时明月在，曾照彩云间。"那晚的奇妙瑰丽，那些曾被红月染红的云朵，或许也会记得吧。

香蕉、苹果和橘子

　　这些年，大家的生活水平提高了。寻常的水果，诸如香蕉、苹果和橘子等，随处可见，再普通不过了。

　　可是，在三十年前，我的童年时代，吃水果是很难得的。那时候吃饱就好，村里很少有人会想到买水果。即使买了，也多是送人的，自己是万万舍不得下嘴的。即便买水果吃，那也得是在逢年过节的特别日子。

　　小学二年级的那年冬天，春节将近时，在外地打短工的父亲一身风尘回来。卸下行囊，父亲郑重地从背包里掏出一把香蕉，严肃地告诫母亲说："这把香蕉，是给咱奶吃的，不准给孩子们吃。"父亲的奶奶，也就是我的曾祖母。那时，曾祖母已经八十多了，饱经沧桑的她，满嘴里没有一颗牙齿，平时只能吃些绵软的食物。

　　就在父亲出门抽烟时，在外玩耍的我欢跳着跑进了家。母亲一看到我，慌乱中扯下一根香蕉塞到我怀中，并低声叮嘱："快藏起来去外面吃，别让你爹看见了……"

　　话音未落，父亲走进了院子。我揣着的那根香蕉，犹如案发现场的铁证，又像是横在父母之间的沟壑。父亲用严厉的目光，扫视着我和母亲。他质问母亲为啥要给我吃香蕉。母亲眼睛里蓄着泪花，看着受惊的我，哽咽了："我就是想给孩子尝个鲜，咋了？"

　　父亲火了："孩子们能吃的东西多得是，以后能吃的好东西也多得是！可是咱奶老了，她能吃好东西的日子不多了！"

　　母亲不再言语，她转过身去，悄悄地抹泪。我愣在那里，不知所措。

在沉默中，父亲收敛了怒火。他拿起香蕉，犹疑中扯下一根塞给母亲，让她留给在外面玩耍的弟弟。然后，父亲把香蕉放进包里，去爷爷家给曾祖母送香蕉了。

父亲走后，母亲蹲下身来，动容地看着我说："孩子，咱们都要争气！以后好吃的东西多得是，啥好吃的咱们都不会稀罕了！"说完，母亲的眼睛又红了。

第二年秋天，几十里外的苹果园丰收了。骑着自行车的父亲，在秋风中带着我，奔向那片令人振奋的果园。

那是怎样的一片果园呀，上千亩的果园连成一片浩瀚的绿海。碧绿的枝叶间，缀满了鲜红馨香又水灵惹眼的大苹果。空气中弥漫着浓郁的果香，甜蜜芬芳，宛如置身于仙宫。每一口呼吸里，都是香甜的，都如梦幻一般。

在一家果园前，父亲停下来与园主攀谈。善良的园主，顺手摘下一个硕大的红苹果塞给我，那个苹果像我的饭碗那般大。那是我第一次触摸到那么大的苹果，不禁欣喜若狂。我捧着那个大苹果，好像捧着全世界，一边审视它，一边嗅着它的味道。我感到幸福而知足。我甚至想起了孙悟空偷吃蟠桃的情形。那时的我，觉得自己就是孙悟空，面对着无边的果园，乐开了花。

然而父亲驮回去的，是一袋青色的小苹果，比鸡蛋稍大些，咬一口，又脆又酸，回味中却有一缕香甜。因为实惠，口感也好，很受乡亲们青睐。然而，我总是忘不了，那些高挂在枝头上的灯笼似的大红苹果。

"爹，那些苹果为啥又大又红？"在回去的路上，我问父亲。

"因为它是红富士。"父亲说，"以后有钱了，我们也只吃红富士。"

多年后，母亲才告诉我，当年因为那一根香蕉，父亲很是愧疚，他一直在寻找弥补我的机会。那年带我去苹果园，就是希望我在大饱眼福的同时，能吃上大苹果。

我小学五年级的同桌，是个白白胖胖的富贵女孩。她母亲是有编制的正式教师，父亲是油田工人。家境殷实的她，课桌里总是藏着各种零嘴儿。

　　那天清晨，我一坐进教室，同桌就偷偷塞给我两个金黄的大橘子。金色的外皮泛着鲜润璀璨的光芒，散发出隐约的清香，挑逗着我的味蕾，诱惑着我的身心。整个上午，我的心思都在桌兜里的那两个橘子上，它像一块试金石，熠熠生辉，时刻撩拨着我的心。

　　放了学，我一路小跑着回家，鼓囊囊的口袋里，珍藏着难掩的喜悦。

　　回到家，我将两个橘子呈到父母眼前。他们追问我橘子的来历。不得已，我只好说了。母亲怜惜地替我拭去额头上沁出的细汗，红了眼眶。最后，我们一家四口分享了那两个甘甜的橘子。

　　多年过去了，这几件关于香蕉、苹果和橘子的小事，却越发清晰，回味中犹如一杯历经岁月陈酿的老酒，承载着时光的厚重与香醇，酸涩中自有一番别样的回甘，令人心醉。现在，每每看到市场里琳琅满目的水果，那些关于水果的小事，便浮上心头，像一阵清风，倏忽而至，飘忽即散。

我们那时候

开学后，升入初中的孩子，每天早上 6 点起床，7 点到校。晚上，7 点半放学，回到家就 8 点多了。这披星戴月的节奏，不但孩子偶尔会喊累，长辈们也心疼，说孩子是少年打工人。

但是，一个接一个的闹钟还要定下来，一个接一个的日程还要按部就班地走下去。因为这样的节奏，这样的生活，是他们这个年纪的孩子，都要承受的负荷。

闲暇时，孩子也会好奇地追问我们曾经的学生时代。

"我们那时候呀……"一说起这句话，便总是回想起曾经的记忆碎片。那些零星的过往，仿佛是岁月的河流沉淀下来的金沙，历经时光的打磨而熠熠生辉。

我们小时候，孩子们都在村里读书。离家远的，哪怕是三四里地，也要自己走过去。饭后，孩子们互相呼喊着，三五成群地一起奔向学校。走着走着，前往学校的路上，孩子们越来越多了，像队伍似的，壮观极了。

不过那时，从小学三年级起，就有早自习了。我曾对上早自习充满期待，觉得那是一件很棒的事情。然而等到真的上早自习了，其中滋味，却一言难尽。

凌晨 5 点，收音机上定的闹钟，"唧唧"地响起来，吵得人脑仁痛。贪恋被窝的我，总要再"肉"一会儿。这时候，与我同床睡的母亲，就会使劲踹我几脚。

因为我家住得偏僻，总要摸黑一个人去学校。那几年里，在上早自习的路上，夜空的繁星陪过我，天边迷离的月亮陪过我，呼啸的北风陪我走过，冷清的细雨和纷飞的雪花亲吻过我……然而，我害怕的，除了邻居们散养的冲人狂吠的大狼狗，还有在昏暗的光影中跳动如鬼魅的草木，以及曾看过的恐怖影视里的角色形象和自己想象出来的妖魔鬼怪……这时，越是害怕，越是不敢跑。只能在心里默默地给自己打气或是唱歌……

直到走上大路，遇到同学或校友，那颗一直悬着的心才落了地。

5点半，校园里准时响起清脆的铃声。紧接着，是一声连一声的响亮的哨声。同学们在哨声中列队，前往宽敞的操场出早操。每天早操，都有指定的老师吹着口哨领操。领操的老师，除了老校长，就是体育老师和各班的班主任。他们在操场中央，一边跑步，一边吹哨。

每个领操老师，都有各自的风格，或激昂，或沉稳，或热烈，或舒缓……而我最喜欢的，自然是老校长了。不管什么时候，两鬓霜白的他，总是腰杆笔直，嗓音洪亮，中气十足。庄重威严的他，时常令我联想起矗立在学校中央的那根旗杆。

"一二一，一二一"的喊号声，整齐嘹亮，响彻天空。我们是早行的帆船，要刺破黎明前的黑暗；我们是早起的鸟儿，要把太阳叫醒。跑早操，特别是在冬天跑操，热热地出一身汗，实在是一件畅快的事。

6点，早自习正式开始了。琅琅读书声，连成一片动听的海洋。只是停电是常有的事儿。没电了，同学们都拿出蜡烛或是熏得人鼻孔发黑的油灯。玩耍蜡烛流出来的蜡液，趁热把它揉捏成各种形状，是很多同学都干过的事情。虽然冒着烫手的风险，但大家却乐此不疲。

7点放学。同学们一听到铃声，就像猴子似的蹿了出去。早就饥肠辘辘的孩子们，连蹦带跳着奔回家吃饭。一放下饭碗，就连忙赶回学校。

一般来说，上午四节课，下午三节课。没有辅导班，也没有兴趣班，作业也不用写到深夜。很多家长连孩子的作业和成绩，也不多过问，更不会因为这些到学校找老师。他们教导孩子的话，最常说的一句，就是"若不肯好好上学，就跟着老子打坷垃吧"。

中学在镇上。很多同学要步行走十多里去学校。那时候没有公交车，连自行车都很稀罕。所幸，我们初中起就住校了，一周回家一次。等到初三时，一个月才回家一次。校友们结伴前行，一路说笑着，一两个小时的路程，倒不觉得有多远。

因为师生吃住都在学校，所以即使早上 5 点起床，晚上 10 点熄灯，如此繁重的学习和生活安排，大家倒也习惯了。只是那时候大家都穷，很多同学连三分钱一暖水壶的热水都舍不得喝。吃的饭菜，更是尽量想办法节俭。馒头就着家里做的咸菜或豆豉，再打一碗稀饭或喝上一杯白开水，就算是一餐饭了。连一毛钱一份的水煮白菜，也舍不得吃的同学，比比皆是。至于买书，那简直就是奢侈。很多同学为了买一本自己心仪已久的书，要省吃俭用很久，从牙缝里抠钱。隆冬时，打开结冰的水池，用冰冷的水洗刷碗筷，那就是我们的日常。

那样的生活，现在的孩子可能无法想象。但是对我们来说，每每回想起来，却觉得弥足珍贵。因为那些曾经的苦难，磨砺了我们的品格，铸造了今日的我们。

每一个时代的孩子身上，都刻着特定时代的烙印。即使是被时代的洪流裹挟着向前走，"痛并快乐着"，勇于承担时代所赋予的使命与职责，不逃避，不推卸，就是积极健康的学生。

也许多年后，等到我们的孩子长大了，也会对着他们的孩子，骄傲地说："我们那时候呀……"

父亲的月亮

我是长女。我的出生，让初为人父的父亲很是欢喜了一阵子。听母亲讲，那时候，父亲一天到晚都面带微笑，干活时都要吹着欢快的口哨。一得空，他就要瞧瞧我，抱抱我，逗逗我，内心的喜悦溢满了脸庞。

一年多后，弟弟出生了。但这并不妨碍父亲爱我的心，他从来没有因为我是个女孩而减轻对我的爱。有时候，父爱的天平甚至会微微向我倾斜。

五岁那年的一晚，村子里放露天电影，我吵着要去。结果我很快就呼呼睡着了。醒来时，我正在父亲的怀抱里，一荡一悠地向着家的方向靠近。父亲的味道，钻进我的鼻子，那是一种难以言说的复合气息，既有香烟的味道，又有木材的香味（父亲是个木匠）。我喜欢他身上的独特味道，我从小就是闻着这个味道长大的。

睁开眼，我瞟了一眼深邃的夜空和像玉盘一样的月亮，就连忙闭上眼睛装睡。闭上眼后，嗅觉更加敏感了，父亲的味道越发浓厚。那晚的月亮，那像银盘一样的圆月，也刻在了我的脑海里。

小学三年级时，我要上早自习了。第一天上早自习，我很兴奋。闹钟响过后，我利索地穿衣起床。可是走出家门，看着漆黑的田野和挂在枝头的月亮，我的脚就生了根。正犹豫着，睡在牛屋的父亲披着衣衫出来了，他咳了一声，说："我送你去上学。"说着，他摸出了烟，点起了火。

村庄仍在夜色中沉睡。月亮大概乏了，闪着迷离的光芒。父亲的烟一亮一灭。路上，父亲告诉我，走哪条路近，哪里的路平坦，哪家人养了狗要避开……一路上，都是他在说话。直到上了大路，遇上了熟识的同学们，父亲这才停下脚步。我欢快地加入小伙伴们的队伍，有说有笑地走开了。

走过一个拐弯，漫不经心地回过头时，我看到父亲站定的地方，仍有火光一闪一闪地亮着。那一刻，一股暖流倏地从胸腔里迸发出来，直冲到我的鼻头，眼睛也涩了起来。抬头看向触手可及的月亮，好像它也有了温度，散发出温暖的光晕。

高考后，翻阅着厚重的志愿书，我的心向下沉：祖国那么大，我不知道渺小如微尘的自己，该何去何从。父亲洞悉了我的内心，与我促膝长谈。他说："你长大了，可以自己做主了。中国那么大，你想去哪里就去哪里吧，不要顾及父母。至于专业，就选自己喜欢的吧，不要随波逐流，毕竟那是你余生的职业方向。若是你违背了内心，痛苦的是你自己。"

父亲的话，给了我无穷的底气和力量，让我可以在未来的蓝图上，随意地挥洒笔墨。对着志愿书，我和父亲畅谈至深夜。我蓦然意识到：我的父亲，他不仅是位深爱子女的父亲，他还是人生的智者，子女的良师益友和人生导师。

终于，我选好了志愿。走出门来，一弯银月挂在天边，洒着皎洁的光辉。我深吸一口气，对着月亮想放歌。

后来，我去了想去的地方，选择了喜爱的专业，连工作也是自己喜欢的。我的父亲，给了我选择的自由，他让我像一只自由的鸟儿，可以在天空里自由翱翔。

身在异乡的我，每每抬头仰望天上的月亮，总会想起父亲和他曾经陪伴我走过的岁月。想念父亲的时候，我时常望着月亮，那一泻千里的光芒，就像父亲的爱，笼罩着我，仿佛我从未离开过他。

天上的月亮哟，总是那一个月亮。可是，不同的月亮，又带给我不同的美好回忆。看到月亮，就想到了父亲，他对我的爱就像月亮一样，初见没有温度，要用心体会，才能感受它的厚重和光华。

　　今晚，月明如水，高挂在浩瀚的夜空。我在千里之外，思念着父亲。我知道：不管我飞多远，都飞不出父亲深沉的爱，就像万物大地都注定被月光笼罩一样。

一碗蒸肉里的思乡情

夏季到了，豆角下来了。一看到市场里捆码得整整齐齐的长豆角，就想起了在老家的菜园里，长长的豆角挂在架子上，像绿丝带一样的情景了。连带地，豆角蒸肉的浓郁肉香，也似乎飘荡在空气中，让人忍不住咽口水。

豆角蒸肉，是母亲的一道拿手菜，也是夏季必吃的一道硬菜。烂熟的豆角和面粉，吸收了肉的油腻，也渗透了浓郁的肉香。既能当菜就着馒头吃，又能当主食吃。

想吃豆角蒸肉，除了要割上几斤新鲜的五花肉；菜园里肉墩墩翠生生的长豆角，也少不了。我挽着菜篮子，跳进菜园，摘下一篮子饱满鲜嫩的豆角后，拿回家用清澈的井水淘洗干净后，交给母亲打理。

蘸着清水的豆角，在阳光下绿油油亮盈盈的，显得更清鲜了，咬上一口，又翠又解渴。

母亲将五花肉切成片，放在盆子里，撒上盐、葱、姜、蒜、花椒、茴香、料酒等调味品腌制，等到五花肉入味后，倒入择好的豆角段，和上面粉搅拌均匀。等到水开后，将备好的食材放在蒸笼上大火蒸起来。

烧锅这项光荣的任务，自然是落在父亲头上了。可别小瞧了烧锅这件小事，这是蒸好肉的重要一环，一定要大火不间断地烧着。红彤彤的火舌像夏季的日头，热烘烘地舔着锅底，火焰的热气炙烤着坐在灶台前添柴的人，让人汗水直向下淌。

半个小时后，肉蒸好了。厨房里，庭院里，飘散着浓郁的肉香，像春日里翻墙而过的春光，遮不住挡不住。甚至连邻居家"吃嘴"的狗，也被吸引来了。接着，这狗的主人也端着饭碗，凑到我家厨房窗口："真香！咋，改善了？"

"改善了！"父母总是异口同声地笑着回答，"一会儿吃一碗！"

"要不了一碗，尝尝就行！"邻居笑着说。

掀开锅盖，白色的蒸气顿时弥漫开，浓烈的肉香撩拨着人的五官，让你的眼睛盯着蒸笼，鼻孔也不由得放大，口舌生津并不由得咽口唾沫，恨不得伸手抓起一大块肉来，塞进嘴巴里大快朵颐。

烟雾缭绕中，母亲麻利地盛好第一碗蒸肉，递到我手里："快给你爷奶端去，让他们趁热尝尝！"

接过蒸肉，我一溜烟地跑出了家门，向着爷爷奶奶的家奔去。一路上，手里的蒸肉像块试金石一样诱惑着我，我不停地咽着唾沫，到底克制住了"偷吃"的冲动。

当我把那碗蒸肉，端端正正地放在爷爷奶奶的饭桌上时，心里被一种莫名的情绪充塞着，有愉悦和自豪："爷、奶，快尝尝我妈的手艺，可香了！"

爷爷奶奶那浑浊的眼睛亮了起来，他们笑盈盈的，赶紧拉我坐下，怜惜地说："娃呀，快坐下一起吃！"

"不了，家里还多着呢！"我说完，像一阵风似的跑开了。

回到家，母亲已经给我盛了一大碗蒸肉，父亲也捣好了蒜泥，蒜泥上漂着香喷喷的芝麻油，浇在蒸肉上，又香又去油腻。

这么多年，每次吃蒸肉，母亲都是一样的配料，一样的流程。每每吃起来，让我的心中，总是涌动着一样的情感，那就是满满的知足和幸福。

忽然，很想吃蒸肉了，吃母亲亲手做的豆角蒸肉，上面浇上父亲亲手捣好的蒜泥。自然，在吃之前，要给爷爷奶奶，先送上一碗。

乡野秋趣

在城市里生活久了，人对季节的变幻，总有些迟钝，因而也错失了很多乐趣。这总让我回想起故乡的四季。四个季节里，乡下的孩子们最喜爱的季节，大约是秋季。因为故乡的秋季，是丰硕而灿烂的，总能轻易满足孩子们的口腹之欲。昔日那些关于秋天的野趣，时常令人回味。

走出村庄，放眼望去，是无边而高低错落的田野。广阔的土地上，除了饱满的庄稼和馨香的水果，还有诱人的野果，连空气里都散发着甜蜜的芬芳。

秋季，也是孩子们最忙碌的季节。不上学的时候，总要帮着大人干活，摘棉花、摘绿豆、收花生，下地割草，或者其他农活。

割草大概是孩子们最喜欢的事情了，因为这件农活最是自由。相约着一起割草的孩子们，总是骑着自行车，奔向村外。看到丰盛的野草，孩子们随意地将自行车放在周遭，一边说笑，一边割草。依然灼热的阳光，洒在他们黝黑而结实的脸庞上和身躯上，渗出的汗水，闪耀出点点星光。

秋天的野草，不像春夏那么鲜嫩了，根茎都老了，却散发着野草的清香。这时的草很吃镰刀。镰刀钝了，大家就找个水沟，拿出磨刀石磨镰刀，稍作休整。

这时候，孩子们就释放出童真的天性了。扯几根狗尾巴草，做个小兔子或者小狗，一边把玩着，一边在身边的草丛里逮蚂蚱，用狗尾巴草等野草串起来，拿回家喂鸡，或是用火烤着吃。若是遇到大人一时兴起，把蚂蚱用油炸了，那就更美味了。

秋季，田野里最常见的野果，要算麻包蛋了。黄豆地里，玉米地里，芝麻地里，都有。低头张望，只要看到类似于瓜秧的藤蔓，攀附在庄稼上，那就是了。走过去，扫一眼，顺着麻包蛋的藤子，摘取那些黄澄澄的果子，青的留下。成熟的麻包蛋，闻起来像甜瓜一样，散发着瓜果的香甜。鹌鹑蛋大小的麻包蛋，一口一个，又香又解渴。若是吃到没熟的，那就惨了，又涩又苦，让你表情夸张地吐着舌头。

野酸枣和羊奶瓜不太常见。可是，跑遍田野的孩子们，早就摸清了它们的分布地。隔三岔五地，就要去那里看一眼：酸枣红了没，羊奶瓜熟了没。若是没长好，就用野草把它们遮挡起来，生怕被人看到给捷足先登了。没有成熟的野果，口感上要差很多。

若是口渴了，顺手从一边的玉米地里，用镰刀砍下一棵长得孱弱的玉米秆，劈开表皮，像吃甘蔗一样的啃起来，又甜又解渴，也不浪费庄稼。因为在村里长大的孩子们都知道，只有结不出穗子的玉米秆，才是甘甜的。而那样的玉米秆，也只能当柴火烧锅。

有些胆大的孩子，会趁着周围没有大人的时候，偷偷刨几个红薯，掰几个玉米，或是扯几根黄豆秧，在野草泛黄的田埂里点起火来，吃点野味熟食。红薯最难烤熟了，颇要费些时间和耐心。烤玉米的时候，最好不要扒开皮，直接就着皮烤。等到烤好了，空气中弥漫着玉米的清香。扒出来，把皮扯了，金黄的玉米，像颗颗金子，散发着袅袅香气，很馋人。

等到收了秋，犁地的时候，半大的孩子们总是跟在犁铧后面，朝犁过的地里撒化肥。孩子们最愿意去黄豆地里撒肥了。因为犁开的黄豆地里，总会遇到胖嘟嘟肉乎乎的大豆虫，像成人的手指大小。那时候的豆虫，已经排净了体内的杂物，用油炸了，最是美味。外焦里嫩，极富营养。这样的美味，买都买不到。

犁开的地里，除了豆虫，通常还有一种叫作"摇头虫"的虫子。深红色的外壳包裹着整个躯体，犹如包裹在襁褓里的婴儿。它除了头部能活动摇晃外，其他部位都不能动弹，很像蚕蛹。听大人们讲，它是一种害虫的蛹虫。于是，孩子们拾到了，通常把它当作玩具玩耍，或者拿回家喂鸡吃。

至于在收过的庄稼地里"溜庄稼"，那又是别样的快乐了。每每像"捡漏"一样捡拾到被人遗漏的粮食，心里就会涌起异样的欢喜，如获至宝。那是没有生活在乡村的人们，无法体会的喜悦。

曾经那一件件一桩桩，看似平常的乡村琐事，如今回想起来，却像一杯陈年老酒，洋溢着岁月的香醇和芬芳，如今却难以复制了。

野菊花

深秋，曾经争香斗艳的百花，大都谢了，只有野菊花，开得璀璨热烈。一簇簇，一片片，像黄色的海洋，在秋风中，散发着淡淡的清香，令人心旷神怡。

野菊花不惧瑟瑟秋风，凌霜而开，它质朴而素雅，谦逊而沉静，在草木凋零的深秋里，耐得住孤寂，兀自盛放，自在悠然。

记得那年深秋，忙过了秋收，村子里唱了几天戏。戏台搭设在村外的一片荒地上，村民们各自搬上椅子，散坐在野菊花盛开的荒地上。戏台上，咿咿呀呀，生旦净末丑轮番上台演绎着古老的故事；戏台下，村民们散坐在花丛中，嗅着野菊花缕缕醉人的清香，追随着戏台上人物的悲欢离合。

那是我第一次看到连成花海一般的野菊花，浩浩荡荡，壮观绮丽，夺目耀眼。枝深叶茂的野菊花，将人都淹没了。年幼的我，霎时，就被那无边无际的金黄的野菊花惊住了，恍惚间觉得如果世上真有天堂，那么此时天堂就在这里。

在那几天里，我的心里眼中只有灿烂的野菊花，再也顾不上戏台上的喧闹和周边人的谈笑。采摘下一簇又一簇的野菊花，胡乱插在自己和母亲的发间，觉得自己美丽又幸福。

"妈，这是啥？"我问。

"野菊花。"

"野菊花有啥用？"

“好看。”

“还有呢？”

“下火。”

“还有呢？”

“等你长大就知道了。”母亲一边回答我，一边盯着戏台，一边忙活手里的针线活。

此后，我又看过很多的戏，可是再也没有觉得有哪场戏，比那几天的戏，更让人印象深刻的了。连记忆中，都弥漫着淡淡的野菊花的幽香。

长大后，我知道了野菊花的诸多用处，诸如：清热解毒，疏风散热，散瘀明目等，便对野菊花的认识又深了一层。

高三那年秋季月考，我的成绩很不理想。我骑着自行车在返家途中，遭遇了冰冷的秋雨。我独自一人骑在坎坷不平的公路上，迷茫而困顿。谁知，距家还有十来里时，车链子又掉了。我无奈地蹲在路边，眼泪和着雨水奔泻而下，在迷蒙的秋雨中失声痛哭。

蓦然，我惊讶地发现，马路边的草丛里，挺立着一簇鲜艳的野菊花，随着风雨吹打而摇曳，令人心生怜惜。然而，不管风雨再大，它们都没有倒下。而且，在雨水的滋润下，它们反而显得格外鲜活而明朗，盎然又蓬勃，并散发出微弱的芬芳。此时，它们像黄色的火焰，在清冷的秋雨中起舞。它们是璀璨的精灵，灼烧了我的心。这丛无言的野菊花，似一位睿智的老者，它只是沉默地面对着我，不言不语，却令我豁然开朗。

擦去眼泪，再看斜风细雨下的旷野，顿觉得天地广阔，烟雨迷蒙也自有一番风韵。推着自行车，在秋雨中，我一边前行，一边吟哦着苏轼的《定风波·莫听穿林打叶声》：“莫听穿林打叶声，何妨吟啸且徐行。竹杖芒鞋轻胜马，谁怕？一蓑烟雨任平生……”

快到家时，雨停了，天边挂着一轮月牙，几颗冷星在夜空里闪烁。虽然又累又饿，我却一点儿都不觉得疲惫，心中反而有着莫名的轻快与明媚。

　　此后，每当我遇到困苦时，每当我想要放弃时，脑海中总会浮现出一抹鲜艳的野菊花，它们在晴朗时怒放，它们在风雨中蓬勃，它们虽静默无语，却告知了我很多关于人生的道理。

　　想起野菊花时，我总会想起唐朝诗人王建的《野菊》诗："晚艳出荒篱，冷香著秋水。忆向山中见，伴蛩石壁里。"

冬日二三事

冬季总让人觉得萧瑟和凛冽，因此无端生出一些畏缩。觉得空气都冷得刺骨，只想做一只冬眠的熊，抱头躲在洞穴里蜷缩一团，只待春暖花开。

可是，冬季里的一些乐趣，却是其他季节无法相比的，诸如堆雪人，打雪仗，滑雪烤火，晒冬阳吃火锅，踏雪折梅……这些都是其他季节难以达成的闲适与浪漫。回首往昔，有太多美好的事情发生在寒冷的冬季。现在回想起来，恍若昨日。

一年级的寒冬，下了一场三尺深的大雪。那天吃过早饭上学，父亲扛着铁锹在前面铲雪开路，我紧跟父亲踩下的脚印前行。弯腰铲雪的父亲高大魁梧，在彼时的我眼中，是一座温暖的大山。遇到沟沟坎坎时，父亲一手拿着铁锹，一手抱着我跨过去。等到我进了小学大门，才发现父亲的额头渗出了一层细密的汗水。

中午放学时，纷扬的雪花漫天飞舞，柳絮似的打得人睁不开眼。立在教室前半晌的父亲，撑着一把黑色的大伞，微笑着走向我。那天，父亲背着我，我打着伞。一路上，只听得"簌簌"的雪花落在伞上，和父亲脚下"咯吱咯吱"的踏雪声，弹奏出一曲动听的乐章。父亲温暖坚实的后背，像一个摇篮。我就在他深一脚浅一脚的交错中，欢快地听着雪花与北风的合奏。

此后，再也没有经历过那么深的大雪了。于是，那一年的大雪，在我心中，下了很多年。

初一冬季的一个周末，在返校途中，我遭遇了一场刻骨铭心的雨夹雪。那时，一连几日的大雪，已将天地冻成了冰雕玉琢的银色世界。周日午饭后，铅色的天空飘起了雨夹雪，呼啸的北风像魔王一样肆虐。我和发小穿着笨重的冬衣，在父母的凝视中，迎着雨雪逆风返校。那段十多里的路程，总让我联想起红军的"长征"。

积雪覆盖的大地变成了滑冰场，每一步都让人心惊，那才真是"如履薄冰"呀！我和发小相互搀扶着，仍避免不了摔跤，甚至在重力作用下，两个笨鸭子还会倒在一起。我们望着彼此的糗样，哈哈大笑着爬起来，颤巍巍地向前挪动脚步。刺骨的寒风和雨雪打在脸上，像刀割一样生痛；鼻子和耳朵简直就要冻掉了；头发早就被雨雪冻成了冰条，一绺一绺地垂着；脑袋上好像开了一个洞，冷风直灌；眉毛上，也挂着一层冰霜。

我和发小凭着十二岁的人生经验，想尽了一切办法来避免摔倒：走小路，走草地，走枯沟……尽管如此，走到学校，我摔了十二次，她摔了十五次。一路上，我们两人的笑声几乎没有停止，不是自嘲，就是嘲笑对方的窘态。进入宿舍，已经冻僵了的我们，嘴都笑歪了，脸也笑僵了。

此后，我再也没有遭遇过那样恶劣的天气。即使遇上了，也没有那样狼狈过。然而，越来越年长的我，却总是怀念那时的时光，那两个小小的身影在苍茫而寂寥的大地上，曾经洒下的欢声笑语。

高三那年的一个冬夜，因为赖在教室里学习而耽误就寝的我和同桌，为了躲避查寝老师，不得已躲进了厕所。等到拿着手电筒四处查看的查寝老师离开，我们两个才出来。猛然抬头，透过厕所外光秃秃的大榆树那稀疏的枝条，我看到了满天繁星。它们在深邃而寂寥的夜空里，像宝石一般，发出明净而璀璨的光芒。于冰冷而漆黑的夜色中，熠熠生辉，令人怦然心动。头顶的老榆树，犹如一棵庞大的圣诞树；而闪烁的星光，就是圣诞树上的彩灯。

我被这奇妙的星空吸引，舍不得收回眼睛。

"看！这棵圣诞树多漂亮！"我仰着脖子对好友说。

"嗯，再也没有比这个更漂亮更大的圣诞树了！"同桌也仰起头，跟我一起欣赏那棵独一无二的"圣诞树"。

于是，我们就在静寂而寒冷的冬夜里，一边靠着树干仰头欣赏浩瀚的星空，一边从天文地理聊到四海八荒，乃至万物的起源和未来的设想……直到我们的脖子都酸痛了，仍不舍得离开，不舍得去睡觉。彼时彼景，我猛然领悟到了苏轼"只恐夜深花睡去，故烧高烛照红妆"的心境。

那一夜的诗情画意，那一夜的推心置腹，那一夜的相知相伴，让我们成为最好的朋友。在我们两人多年的友情里，那个与众不同的冬夜，成了我们两人心中最美好的回忆。

毕业后，我在南方工作多年。南国无冬，缺失的冬季总让人觉得遗憾。在北国飘雪的日子里，望着被勒杜鹃和紫荆花装点得花团锦簇的城市，我总是禁不住怀念北国凛冽的冬季，和那些曾发生在冬日里的往事。

见字如晤

那天找东西时，意外翻到了珍藏多年的信件。厚厚的一叠信件陈旧泛黄，显出岁月流逝的痕迹和那个特定的年代独有的气息。那些信件跟随我多次辗转，从一个箱子到另一个箱子，从一个柜子到另一个柜子，历经千山万水，跨越天南地北。看着它们，好似看到另一个时空中的自己与亲友们，曾经一起走过的美好年华。

那些我收到的信件和我寄出的信件，陪伴我度过人生最孤寂迷茫的青春时光。彼时，我独自一人在外地求学工作多年，陌生的地域，激烈的竞争，迷茫的前途……压在我仍显稚嫩的肩头。多少个无眠的夜晚，我一个人就着昏暗的灯光，一遍遍地捧读亲友们寄来的信件，咀嚼每一个词句，体会他们写信时的心情以及笔墨之外的言辞。字如其人，见字如晤。来往不断的信件，连接着我们的心。何况，那些不便当面诉说的言语，都可诉诸笔端。我非常享受写信和收信的快乐。

那些无声的信件，像星星点点的灯火，温暖并照亮了我孤苦的内心。我像独自跋涉在荒原的前行者，正是那些信件给了我独行的勇气和坚持的毅力。

于是，掰着指头数日子，对即将到来的回信翘首以待，成了我那时的常态。收到信，克制着激动的内心，颤抖着手拆开它，快速地浏览后，再逐字逐句地品味它，直到将它读得烂熟于心。

回信时，一句一词地斟酌，让人费尽心思。既要告知收信人自己当前的现状，又要尽力避免对方从字里行间感知自己的苦楚，从而为自己忧思劳心。这样的纠结，导致每一次回信我都要绞尽脑汁。我至今仍清晰地记得，每当结束一天的辛劳，抽空坐在台灯下写信的我，是幸福而愉悦的。写完信后，我总是看着窗外异乡的万家灯火，想象着亲友收到我的回信时，他们的神态和心绪。

在写信与收信的日子里，我慢慢成长起来。而异乡，也成为我一生中不可或缺的人生台阶。然而当手机以雷霆之势席卷全国时，写信这件盛行了几千年的事情，便渐渐消逝了。从前，我们常说"我会给你写信的"；现在，我们常说"我会给你打电话的"。

现在的年轻人，大概永远无法体会白纸黑字下的书信，有着怎样的力量和魅力。那是在过去几千年的人类文明史中，所无法回避的历史。在车马缓慢的年代里，书信拉近了天各一方的亲友们的距离，让他们知晓对方的近况，为他们送去彼此的问候。不管是陆凯《赠范晔》"江南无所有，聊寄一枝春"的浪漫，还是李商隐写给妻子《夜雨寄北》的伤感；不管是杜甫"烽火连三月，家书抵万金"的悲凉惆怅，还是林觉民《与妻书》的荡气回肠……都给后人留下了浓重的一笔。那是越过岁月奔腾的河流，翻过一座座不同时代的高山，仍然能引起共鸣并溅起朵朵浪花的乐章。那是含蓄而诗意的国人，表达丰富情感的一种方式。

即使在 20 世纪 90 年代，书信仍是一种重要的交流方式。在多少个黑夜里，有多少人在如豆的灯光下，用一颗炽热的心，牵动着手中的笔，将心中涌动的情感，浇灌出一封封或热烈或含蓄的信件，它们像鸽子一样，飞向天涯海角。又有多少人，站在某个门口或巷道望眼欲穿，期盼着千里之外的鸿雁传书。

那时候，日子是悠长而缓慢的。大家的心，即使隔着迢迢山水，也能被一封接一封的信焐热了。因而，即使久别重逢，大家也总是热络的，不生分，不疏离。

眼下，便利的交通，快捷的通信，似乎并没有拉近各奔东西的亲友们的距离。很多人都说，翻着长长的手机通讯录，却总是找不到可以说话的人。这真是一件遗憾的事。

打开好友多年前寄给我的一封信，里面是一张明信片，我的心潮湿了。那是她当年考上浙大的研究生后，寄给我的第一封信件。明信片正面，是旖旎的西湖，背面是她简短的话语。她说初到浙大，事情繁杂，愿我保重自己，不日她将抽空为我写一封长信细叙。信封里，她放了几粒杭州桂花。至今那个信封里，仍氤氲着桂花的香气。她写道："我喜欢桂花，朴实无华却自有暗香，正如你的品格。愿你如一树桂花，恬静安然，向美而生。"

穿过岁月的长河，看着信件上熟悉的字迹，我不禁回想起当年给好友的回信，其中两句是："只因远方有你，我愿跋涉千里。"

想到这里，我鼻头一酸，忽然想提笔修书，给远方的故人写一封久违的信。阔别已久的老友，你还好吗？

而亲爱的你，是否也在想念一个人？那些无法开口的话语，都可以装进一封信里。在它历经山水的颠簸后，来到那个人面前，替你告诉他：你想他了。

第 3 辑　人生百味

抽身而去

我在写作过程中，时常会遇到一些困难。想前进，却无法排除障碍；想后退，又总是无法与自己和解，就感觉自己被卡住了。有时，是因为写不出来；有时，是因为写出的东西达不到预期；有时，仅仅是因为无法捕捉到那个恰如其分的词语，一个形容词，或一个动词。因此，便停滞不前。

于是，坐在电脑前，盯着文档白色的背景，感觉自己像被困在一团迷雾中，无法挣脱，无法逃离。脑袋和身体，都陷在被放大的焦躁与茫然中。遇到这样的情形，即使逼迫自己沉静下来，也总是无济于事。

有一次，又遇到这样的情形了，我索性合上笔记本电脑，来到阳台。先是看了一会儿阳台上的花草，接着一边喝茶，一边看着窗外车来人往的街道，然后是整个城市，以及远处连绵的群山。触目间，是一幅静止的画，也是一幅流动的画，应时而动，悄然而变。

忽然，我的心像是被什么撞了一下。随后，我听到一条小溪潺潺而流的声音，不疾不徐，从容恬静。就在一刹那，我突然对那篇文章想要表达的情感和主旨有了新的灵感。于是，我再次打开文档，很快就完结了那篇文章，迅捷而精准，连自己都觉得惊喜。

灵感也好，神思也罢，它们有时候，就像一条顽皮的鱼儿，它就在你眼前游荡，可你就是抓不住它。而你越是着急，它就越是想和你玩捉迷藏的游戏。

这时候，就应该抽身而去，让自己与心中所想隔开一段距离，让大脑放空。只有这样，才能让已经被填塞得满满当当的身心，产生新的空间，从而容纳进新的念想。就好像在倒进一杯新的茶水之前，首先要做的，就是把旧的茶水倒掉。

人们常说"当局者迷，旁观者清"。在迷与清之间隔着的，可能是一条无法逾越的鸿沟；也有可能，仅仅是一条干涸的小河。而是否能从迷茫跨越到清晰，一个很重要的因素就是，你是否能抽身而去，卸掉包裹身心的层层枷锁，站在一个"出离"的角度，甚至是以旁观者的立场，去重新审视你之前面对的困局。

大多时候，并不是我们没有能力，或者无法解决眼前的难题或困惑，只是因为自己本身，已经成为困境的一部分，从而干扰了对问题真实而客观的判断与抉择。正所谓"只在此山中，云深不知处"。我们只有跳出来，暂时将激烈的情绪和疲惫的身心搁置在一边，将身心放空，才能重新审视我们面临的问题，从而找到合适的解决办法。

也许，要不了多久，那条你曾经费尽心思都捕捉不到的，叫作灵感的鱼，它就会自己游过来，跳入你的手中。

很多时候都是这样的。当你身陷其中而不得其解时，不要急于想着解决问题，否则会让自己身处困境，甚至焦头烂额而身心疲惫。先把自己抽离出去，与面对的问题和面临的环境保持一定的距离后，冷处理一下，再次审视之前的困境。

如此，更容易看清它的本质，而不是"横看成岭侧成峰"，甚至犹如盲人摸象一般，只知其一，不知其二。也许，只是一个恍惚过后，你便能心领神会，从容应对。就像陆游诗中所言的那般："山重水复疑无路，柳暗花明又一村。"

慢时光

这两年，因为身体的缘故，我改变了以往风风火火快节奏的生活状态，让自己慢了下来。没想到，变慢了的生活，反而多了一分韵味。变慢的时光，经过时间的沉淀，竟如一杯历经岁月的美酒，香醇而甜美，细细品味，总是弥漫着甘甜。

如今，能走路的时候，我不会坐车；能坐火车，我不会乘飞机。因为，我怕错过路途上那些，也许在我的人生中只出现一次的事物，不管是擦肩而过的路人，抑或是看过一眼就挥手作别的风景。

走在路上，我的眼睛总是跟随脚步，搜寻一点一滴的美好与感动，并封存在脑海中。等到某个慵懒的午后，或者夜深人静的长夜，那些尘封的美好，就像天上的繁星，闪烁着迷人的光芒，让我觉得自己是如此富有而知足。

回首过往，在我放慢的脚步里，在那些被拉长的时光里，我曾惊喜于初春时柳枝上嫩黄的芽苞与穿梭于空中啁鸣的春燕；我曾欣喜于怒放在寒冬中的蜡梅和玻璃窗上大自然雕琢出来的精美冰花。我看过初夏的第一枝荷在清风中起舞，我采撷过被风霜吹过的秋菊，我在风雨敲窗的夜里静听雨打芭蕉的韵律，我在大雪纷飞的寒冬温酒待友来……那些散漫的、细碎的刹那，穿越时光的隧道，纷至沓来，蘸着光阴的雨露，鲜润而亲切；它们像琼浆玉露一般，润泽丰厚了我当下的日子。

我知道，如果不是放慢了生活的节拍，那些像流水消逝的时光，不过是"雁过无痕，叶落无声"的重复，哪里会留下什么痕迹，又怎会积累出如此丰硕的成果？所谓美好的生活，不过是在重叠的相似中，尽力淘换出一些细微的差异，摆脱提线木偶般的机械与枯燥，并从看似千篇一律的反复中，获取难得的惊喜与意外，悸动与昂然。而这些，都需要放慢脚步，拉长时光，并用一颗赤子般质朴纯粹的心灵，去发现，去寻觅。

诗意的生活，静谧的时光，似乎总是舒缓而悠长的，浸泡在时光的流水中，不急不躁，悠然而来，如清风徐徐，沐人身心。

在那些慢下来的时光中，我惊讶地认识到：在我过去三十多年的人生中，有过太多错误的认知和想当然。究其原因，大多时候，不过是由于脚步匆忙，没有停下来多看一眼，多追问个为什么，更没有静下来用心体会。现在，我总是禁不住想对那些曾经被我误会的事物说声抱歉：请原谅我过去的疏忽和匆忙，不曾好好地认识一下你们。

现在，除了放慢脚步，我还会腾出空闲，滋养自己的心魄，增加它的分量与厚度。于寂静的夜里，捧读一卷诗书，寻觅古人的情思；于沧桑的山石中，追寻史书上不曾留下的往事。饮一杯野菊花，品一杯竹叶青，守望着月缺月圆，记录着花开花落……如此，曾经乏味而冗繁的日子，似乎拓展了它的厚度与长度，像发酵的果酒，散发着岁月的芬芳。

于是，我欣然接受了看似重复的日子，幻想苏轼那"小舟从此逝，江海寄余生"的夙愿。因为我知道，前人笔下那些美好的瞬间和日常，即使历经岁月更迭，也值得我们品味。它就在我们的慢时光里，源远流长，亘古不灭，需要你用心倾听，耐心感悟。

等你来

一个人在红尘里走一遭，一定有着某种未知的机缘。或是为着一件事，或是为着一个人。

那些波澜壮阔的伟大功业，都交给那些注定要搏击历史波澜的大人物吧。浩瀚的史书中最后留下的，不过是一串响亮的名字和一声叹息。

我立于繁华的红尘中，看春花秋月，揽日月入怀，尝尽世间冷暖，仍痴心不改，坚守一个未曾约定的聚会。也许，赴会的人，明天便会姗姗而来。也许，即使历经一生一世的等待，也是一场空。但，我不悔。因为有的人，值得用一生的时间去等待，得之我幸，不得我命。

世间的生灵，都是独一无二的存在。正如，没有完全一样的两片叶子，也没有完全一样的两条河流。如此，每个生命都是举世无双的。

因而，渴求在无涯的天地间，有一个鲜活的生命，完全复制另外的机体，该是怎样的愚钝？如此，岂不枉费了造物主的一番苦心？

但是，肯定有一只蜜蜂，能够体察一朵花，与千千万万朵花的不同，并温柔以对，惦记它的花期，思念它的味道，期盼未来可期的相逢。

作为一朵花，是否该怀着同样的希冀？哪怕在花团锦簇的花海里，它只是平凡的一朵，也许只有一丝一缕的个性。比如，它的色泽暗一点，它的味道差一点，它的脾气怪一点。

如此，即使隔着千山万水，蜜蜂和花儿，也总会有相逢的那一天，哪怕是一瞬间。即便在短暂的相逢后，会心一笑便翩然而去。单单是那霎时的相遇与会心一笑，以及离开时的回眸，便让天地失色。那，便是花儿绽放的意义吧?

我就在这里等你。看人潮涌动,来去匆匆;看花开花谢,燕来又去,心中恬静却暗藏欢喜。灼灼桃花下,绿色的草地里,埋着我珍藏多年的佳酿。我期盼你从人潮中款款而来,冲我微微一笑,巧笑倩兮,美目盼兮。你翩翩而至,轻声说一句:"你也在呵。"

只此一句,我便知了:你便是那个人,我要等的人。

而后,我们并肩而坐,相对凝视却不交一语。我从你一身的风霜中,看出你披星戴月而来,乘风踏浪而至。你眉眼中的疲倦,早已被一盏烈酒冲散。莞尔一笑,与我想象中一致。

而你,是否能从我舒展的眉头中,看出年华已堆积成霜?多少次,我遥望灯火阑珊处,心揣小鹿起起落落,望尽前路却风雨不改。于是,我一人看遍四季:春雨落下,夏花开罢,秋月走过,冬雪离去。我孤立于喧嚣之外,常觉自己是一块顽石,竟期待石上花开。而你,便是石上的那枝花。

人间如此美好,若少了一种味道,便觉得寡淡。等你来,是世间最值得的事。我为着一个人,一生只做了一件事,叫作等待。任时光荏苒,任青丝结霜,任沧海化桑田。静守岁月,我在红尘等你来。

举杯对饮罢,倾听你的故事。或激烈,或平淡,都如十八载的桃花酿,入口则五味生,进肚后有余味。天高云淡间,有鸟儿飞驰过,有落英缤纷下。风在我心上掠过。你与我,便是一滴水与另一滴水的相融,虽波澜不惊,却心潮澎湃。

饮尽最后一杯桃花酿,你的故事正好结束。你起身,我为你掸去一身尘埃后,看你踏入红尘而去。一如你到来时,你的身影都在我目光里。

我看着你远去的身影,心静如水:有的人,只看一眼,便足矣。

静待花开

上个月在网购时，我被一组雅致的图片惊艳到了。

那是一束插在花瓶里的雪柳枝条。纤细的枝条上，长着茂盛的绿叶，青翠欲滴，碧玉似的，彰显着蓬勃的生命力。在万物凋零而萧瑟的寒冬里，那一抹葱茏细碎的绿，似是上天的恩赐，惹人怜爱。在绿色的叶片中，点缀着一簇簇白色的小花，雅致又清新，在清爽的绿叶映衬下，更显素净典雅。

惊鸿一瞥，眼睛就再也移不开了。所谓一见倾心，不过如此。于是我马上下单，期待它枝叶繁盛，花团锦簇。

几天的等待后，快递到了。打开包装，映入眼帘的是一把光秃秃的枝条，没有一个芽苞，也不见丝毫生机。望着这把灰褐色的枝条，我疑惑了：这就是一把柴，当真能发芽开花？拿着那把"柴"，我心生郁闷，感觉自己大约是被"套路"了。

果然，一连几天，插入花瓶的枝条都不见一丝动静。时间仿佛在它身上凝固了，或者是它石化了吧。我压抑着心中的不快，叹息着自言自语："哎，再给你一次机会吧！"于是，耐着性子，换水，添加营养液。

又过了几天，那束泡在花瓶里的干枝，依然没有什么动静。而我在日复一日的等待中，内心的期望已渐渐被浇灭。有时候扫一眼，暗自宽慰：嗯，即使是把柴，也是一把别致的柴，形态还是不错的；虽然没有叶子，到底比塑料花真实些，起码它曾有过生命的痕迹。

忙碌让我遗忘了那把"柴"的存在。有时，我的目光会远远地落在它上面。我在内心深处，仍然怀着一份隐隐的期待。

半个多月后，在一个周末的清晨，我偶然瞥到那把仍旧光秃秃的枝条上，竟然有了一些绿意。细看时才发现：依然干瘦的枝干上，竟然冒出了许多大小不一的芽苞，嫩绿色的芽苞里，蕴含着无限生机。有些大的芽苞，已经抽出了些微的叶子。原来它们在我早出晚归的时光里，已经慢慢地凝结了生命的芽。只是那些灰褐色的芽苞，还不够醒目。粗心而忙碌的我，错过了它们萌发的过程。

那些浅浅的绿，混在灰色的枝条中，更让人心生怜爱与欣喜。站在那束枝条前，听着窗外"呼呼"的北风，我的心中涌动着一股暖暖的春意。

此后的几天里，枝条上的绿意越来越浓。细碎的绿叶，有柳叶的风姿，蔓延了枝条。在阳光的照耀下，泛着光。只是看着这满眼的绿，就觉得幸福而知足，心中似有一条溪流，淙淙地流淌着，平和而恬静。

一日清晨，一朵洁白无瑕的花儿，静静地绽放在枝头，皎皎的花瓣簇拥着黄色的花蕊，更显风雅。那精致雅丽的花儿，似天山雪，又似天上月，冷艳孤傲，散发着清香。

不过两天，似是听到了同伴的召唤，枝头上的花苞，渐次开放，缀满了枝头，仿佛一层浅淡的雪，在绿叶的衬托下，越发高洁典雅。这一束雪柳，名副其实。

那一树曼妙的雪柳，让人提前感知了春意。窗外的严寒，也似乎减弱了几分。

回过头去，追忆雪柳萌芽开放的过程，让人感慨良多。雪柳虽然不言不语，却知道默默地积蓄力量，等到合适的时机萌芽盛开，不急不躁，不卑不亢。而在绽放的时候，又毫无顾忌地展露自己的芳姿，没有一丝保留，热烈而昂扬。

面对那束雪柳，我不禁赧颜。无言的雪柳，用自己的成长过程，给我上了生动的一课。那便是默默积蓄力量，静待花开；待到花开，灿烂如春阳。

遥寄一枝春

立春一过，楼下的梅花便苏醒了，早就散落在枝干上却一直紧闭的花苞，像是听到了春天的号角，零落地绽放了。那些即将开放的花苞蓬松着，像待产的母亲，昂扬而恬静地等待着，似乎只等一场温暖的风，或者一阵和煦的阳光，便悄无声息地绽放了。

大自然是最守时的，只要时令到了，万物便会闻风而动。它们能听懂大自然那无声的语言。而风就是信使，只要风吹过，它们就明白了。如此，天地间似乎有一种共通的语言，风知道，水知道，大地知道，植物知道，动物知道，唯独身为万物之灵的人类最是迟钝。我们只能循着万物的变更去揣摩和估测，以此总结出一套大自然的规律。而这样的规律，其实是延迟的。

好在，那些些微的延迟，可以被我们忽略。毕竟，广袤的大地造就了地域的差异。因而，春风总是从南向北吹；因而，南方的春意总是来得早一些。

我立在暖阳下，看着一树蓬勃的梅花心生恬静。这是一株粉色的梅花，粉白色的花瓣色彩丰富，花心的渐变晕染颇有艺术气息，显得花朵层次丰富却不烦冗。馨甜的花香，从花蕊中释放，并不浓烈，或隐或现的，自有一丝风雅。我喜欢粉色的梅花，它没有红梅的热烈，也没有白梅或绿梅的清冷，淡淡的，既不热络，也不疏离。

若是逢着一场雪，哪怕只是一层浅薄的雪意，淡淡地覆在枝头，那便是另一番韵味了。不过，如此也好。在融融的阳光里，北风也有了些许暖意，温煦明媚，带着一丝柔情，让人心生慵懒。万物仍显萧瑟，却因着这株盛放的梅花，而显出了春意。起码，冬日已褪去了凛冽入骨的冰冷。直到此时，我才领略到梅花别名的深意，比如早梅和春梅。明代道源《早梅》诗云："万树寒无色，南枝独有花。"一语道尽早梅的特质。

梅花一开，春天便到了。光是想一想，心中就绽放出无尽的向往。冰雪消融，枯草生绿，春暖花开，桃红柳绿，家燕归来……每一样，都让人心生欣喜。那才是生命该有的色彩，昂然萌动，生机勃勃。

立在这株散发着春意的梅花前，我想起了许多关于梅花的诗句，还有你。此时，你是否已经感受到天气的变化？如果没有，我想修书一封，寄向千里之外的你。洁白的纸张里，包裹着一剪春梅和几瓣梅花，以及两片刚从松软的土地里钻出来的绿芽。不过几天，身处千里冰封的你，拆开书信，就能看到我这里的早春，并嗅到它的芬芳。除了这些春的痕迹，我找不到一句合适的话来书写我心中的情愫。不过我知道，你懂。

懂这情感的人，何止你我。千年前的柳宗元也懂。他在《早梅》诗中说："早梅发高树，迥映楚天碧。朔吹飘夜香，繁霜滋晓白。欲为万里赠，杳杳山水隔。寒英坐销落，何用慰远客。"柳宗元看到早梅的芳姿，也想赠友一枝，却困于山水迢迢，只能眼睁睁地看着梅花凋零而心生无奈。今天，柳宗元不曾送出的书信，我可以送达。想到这里，便心生欢喜。

看到梅花就想到了你，看到美好的事物也想到了你。想到你，便要告知你。告知你的存在，让我的人生更加丰富。或者，正因为你的存在，我有了可以分享美好和倾诉内心的机缘。因而，我更欣赏陆凯。他忠厚深情，想到便做，知行合一。于是才有了那首脍炙人口的诗作《赠范晔诗》："折花逢驿使，寄予陇头人。江南无所有，聊赠一枝春。"

万物有灵，芳魂有感。遥寄一枝春，聊表心中情。

一个人的盛宴

前一阵子，先生出差，孩子住校，我一个人面对三餐，总是没什么胃口。于是想到了一个主意：一边吃饭，一边刷吃货们不可抗拒的神剧——《孤独的美食家》。

故事讲的是男主井之头五郎，总是趁着工作的间隙，独自一人穿梭于街头巷尾，搜寻心仪的饭店，选择和享受美食的故事。吃，成了这个系列故事的主题，而吃的过程就成了故事的主要情节。井之头五郎吃到的美食，几乎全是在普通的小店里，用大众化的食材做出来的食物，色香味俱全，烟火气十足。

这是一部让人看了又看的系列剧，九季豆瓣得分全在 9 分以上。我想，它之所以受到追捧，除了美食的诱惑外，更主要的在于男主对吃饭这件"小事"，那虔诚而恭敬的态度上，在他对吃饭不可将就的郑重上，在他享受美食时细腻入微的体验与感悟上，在他酒足饭饱后的意犹未尽里，在他对下一餐的期待与寻觅里。

结束忙碌的工作后，井之头五郎总是听从肚子的召唤，独自一人去觅食。他时常穿梭在熟悉或陌生的街道里，遵从内心的声音，根据别人的推荐，结合自己多年的饕餮经验，搭配出美味而丰盛的一餐。在耐心的等待中，美食来了，他双手合十，庄重地说一句"我开动了"，然后开始大快朵颐。在品味美食的过程中，他调动全身的神经和细胞，用五感来感受每一道饭菜。食物在口齿间翻转，丰富的面部表情伴随着强烈而真挚的内心感受，让看客也感应到美食的独特魅力与其强大的治愈功能。

在井之头五郎享受美食时，繁忙而琐碎的人生，似乎被忘却了。那时那刻，他的眼里和心中，唯有美食。唯有美食与他做伴，唯有美食熨帖其心！就像片头的独白所言："不被时间和社会所束缚，幸福地填满肚子的那一瞬间，他随心所欲，重获自由。不被他人打扰，无须顾忌，大快朵颐。这种孤傲的行为，正所谓是'现代人被平等赋予的最佳治愈'。"

而最难得的是，对于井之头五郎来说："人生漫漫，每一餐都独一无二。"每一餐，每一份饭菜，他都吃得津津有味，并乐在其中，心无旁骛，与美食对话，与自我对白。

对待美食的如此态度，让看到井之头五郎吃饭的人顿时觉得，简单的一日三餐，竟可以如此令人神魂颠倒。面对美食，幸福感油然而生，所有的劳累有了着落，孤独的奔波与寻觅有了归宿，原本疲惫的灵魂，也因此重获生机。作为观众的我，在观看男主角品味美食的过程中，竟然也心生幸福和满足。

在井之头五郎的身上，在他对待美食的态度上，我深刻地体悟到：人生需要仪式感，需要适时地犒劳自己，更需要尽享独处的美妙。哪怕是一个人生活，也不要凑合——凑合地吃饭，凑合地打发自己。因为人生，本就是由一个又一个，看似重复却并不完全相同的一日三餐堆积而成的。不停地凑合着生活，便是无谓地消耗人生，是对人生的浪费。并且，这样的浪费与损失，没有弥补的可能。因为我们，再也回不到昨日的三餐里。

推此及彼，我们要学会独处，享受一个人的盛宴，尽享一个人的狂欢。哪怕是简单的三餐，你若心生欢喜与满足，眼前的一切，美食与人——做饭的人，吃饭的人，便是流动的风景，一帧一帧，组合成独一无二的电影。如此，原本质朴而简单的三餐，也有了温度，有了温情，有了期待。吃完后，也便有了满足和期许。

幸福是什么？有人与你立黄昏，有人问你粥可温。如果你还不曾遇到那个人，如果那个人因故暂时缺席，那么，幸福又是什么？那便是尽享一个人的盛宴，心生期许立黄昏，满心喜悦品粥温。

一朵花的归宿

　　放眼望去，尽是春色。绿色的背景上，到处是艳丽的色彩和烂漫的花朵。人们关注的，往往是无数花朵。又有谁会停下来，关注一朵花的春天。在花的海洋里，一朵花，不过是沧海一粟。

　　是谁说的："一朵花打扮不出美丽的春天。"可是，在春意料峭的初春里，正是那朵高立在枝头上的花儿，以第一枝春的姿态，宣告了春天的到来。也是春末最后一朵枯萎的花儿，那干瘪的花蕊里蕴含的种子，宣示了春天的结束。每一朵花，都以自己的方式，彰显着自己的独特。

　　韶华总是太匆匆，"一片飞花减却春"。无际的春色中，总是一边姹紫嫣红，一边落英缤纷。蛰伏一个深冬，一朵花儿，只为了在枝头上绽放几天。前面开过的花儿，已经凋零了。在花儿曾经屹立的地方，凝聚着花儿的精血，一枚小小的种子。接着，是陆续盛放的花儿。它们好像商量过似的，次第盛开，许是为了延长春天。

　　然而花开花落，是挣不开的自然法则。那么一朵花，该以怎样的方式，迎接它最好的归宿呢？

　　零落成泥碾作尘，染足下土壤一缕香，这大概是大多数花儿的归宿吧。无言的土地，为花儿的绽放默默积蓄能量。待到花儿在和煦的春日里尽享春光后，随着风雨飘摇而下，褪去一身华裳，与泥土相融，便成为土地的一部分。如此，到底是土地成就了花儿，还是花儿成就了花儿自己呢？

　　花儿怒放时被折下枝头，插入各样的瓶子里，与其他花儿一起被拼摆成各样的姿态，混杂在一起，造就一室一隅的景致，成为人们眼中抬头可视的春色。也许只有这时候，一朵花儿才能感知其他花儿的芬芳吧？瓶子中的营养液，延续了花儿的花期，拉长了它们的斑斓时光。这时的花儿，会想些什么呢？

或者，在花儿正盛时，甚至还是花骨朵时，便被采摘下来，经过人工加工得以封存。待秋去冬来，漫天雪花飞舞时，在温暖的火炉边，一颗或几颗不再鲜润的花儿，在开水的冲泡下，舒展花瓣，以花儿的风采再现艳丽芳姿，成为独一无二的春色。或浓郁的，或清新的芳香，随着氤氲的水汽，在温馨的房屋里弥漫开来，香了一室，醉了人心。如此，春季的芳菲，便穿越时空，辗转到了冬季。

再或者，没有早一步，也没有晚一步，恰好在一朵花怒放的刹那，一双脉脉的眼睛追随着它，与它凝视，倾听它开放的声音，在它的馨香里心驰荡漾，并在心湖上绽放出一朵花儿，与眸中的花儿击起层层涟漪。诗人济慈说："一个人，看着一朵花慢慢地开放，是最幸福的事。"也许幸福的，不只是看花的人。被深情欣赏的花儿，何尝不幸福呢？这时候，在人的眼中，一朵花，便是整个春天。

一朵花，开在哪里都是芳香的。所以，哪里才是一朵花最好的归宿？也许，在撩人的春光中，只要那朵花曾以花儿的姿态，屹立在春色中，被春风亲吻过，便已是最好的归宿。

七分饱的一碗面

　　孩子正是长身体的时候。每天下午一放学，就嚷着饿。于是，在回家的路上，总得先给孩子买点吃的垫一下。

　　前几天，孩子迷上了一家小店的担担面。小巧精致的瓷碗里，卧着一团不过多半碗的担担面，配上一撮红绿相间的胡萝卜丝和黄瓜丝，再加上绿意盈盈的小葱和香菜，浇上担担面特制的浇头，香飘四溢，令人垂涎欲滴。

　　早就饥肠辘辘的孩子大快朵颐，低头闷吃。不过几分钟，一份担担面就见了底。即使是碗底剩余的碎面和汤汁，她也不肯放过。瞬间风卷残云，一碗担担面就被一扫而光了。

　　走出小店，孩子疑惑地问我："妈妈，一碗担担面，怎么这么少？我只吃了七成饱。老板为什么故意放那么少的面，他是想让我再吃一碗吗？"

　　孩子天真的问题，一时竟让我哑口无言，说不上个一二三。不过，孩子的话，引起了我的思索。

　　第二天，同样的店铺，同样的分量，同样的配菜，同样的一碗担担面，孩子又点了一碗。仍然是同样的结局。于是，觉得自己"没吃饱"的孩子，又点了一份。

　　结果，那天的晚饭，孩子没有胃口，几乎没吃什么，饭菜剩下不少。

　　后来，再看到那家担担面的招牌时，我总是忍不住想：一个成熟的商家，担担面的分量，究竟多少才是合适的呢？

经过一番探究，这才得知：担担面是四川的一种传统小吃，既非正餐，更不是正餐里的主食，它只是正餐前暂时填补肚子的"零嘴儿"。因此，正宗的担担面都很精致，讲究色香味俱全，分量一般只有一二两，成年人两三口就扒完了。因此，它又被称为"三口面"。如此，这样分量的担担面，既能让人填下肚子，又不会影响正餐的胃口。

得知这些后，我想起了曾经的经历。

有一阵子，我很喜欢去一家"重庆小面"的饭馆吃面，特别是寒冷的冬季。吃完热气腾腾的面条，再喝几口味道鲜美的面汤，很是舒服。只是每一碗的面，都只有二两。不够吃，可以免费续面。

我第一次吃重庆小面的时候，吃完了面，觉得肚子仍有空余，又让老板娘加了一两面。结果，面吃完了，汤是真喝不下了。

第二次再吃重庆小面的时候，我就有了经验：不加面。吃了面，喝了汤，即使稍有不足，那样的状态也是恰到好处的。如果再加一些面，就会让这餐饭有种要"溢"出来的感觉。那种感觉，不仅会让身体难受，还会大大削弱对美食的享受程度。能够让人意犹未尽，并回味无穷，这才是一餐饭刚刚好的分量。

其实，从一日三餐，到生活的其他方面，都要有节有度。有时候，欠缺一点，稍有回旋的余地和空白，结果往往会更好。因为，过犹不及。

对美食也好，对其他事物也好，要学会适可而止，避免冗余的堆积，更避免沉湎其中而无法自拔。如此，才能保持新鲜和热情，形成持久的关注或吸引力。而不是纵容自己一时的贪欲，造成"吃伤了"的后果。

一碗七分饱的小面，不但色香味俱全，还蕴含着质朴的人生哲学。香喷喷的美食，虽不动声色，却以自己的存在，无声地诉说着什么。只是太多时候，自以为是的我们，匆忙奔波的我们，无暇深究罢了。

好吃难吃七成饱，能饮喜饮八分醉。如此，刚刚好。

成长的台阶

每天送孩子上学，总要经过一段百十来级的台阶。登上台阶，再走百十米，就是孩子的学校。但是，那段屹立不动的台阶，随着时光的流逝，却似乎发生了变化。

当孩子初入小学时，我牵着她的小手，像牵着一只蜗牛，总要压制住内心的焦急，耐心地等待她拖着粗短的小腿，悠悠地抬起，放下，再抬起。而我就要弯腰站在台阶上，目视孩子的慢动作。这时候，时间似乎停止了。那段高耸的台阶，像一座缩小的泰山，磨练着孩子的体力和耐力。我常常凝视那段台阶，期盼孩子快点长大。

当孩子二年级时，自立自强的她经常甩开我的手，与我并行，我上一阶，她上一阶。这时候，小小的她，那稚嫩而倔强的小脸上，昂扬着让人无法忽视的坚韧。

当孩子四年级时，顽皮的她，已经不再跟随我的脚步了。她会和遇到的同学嬉笑，或者在台阶上跳跃奔跑，有时一步登上两个台阶，甚至三个。而我，只能看着他们欢快的身影像鸟儿一样，飞在我前面。等到孩子猛然回头的时候，才愕然发现，我竟然被他们远远地落在了后面。

当孩子六年级时，她的身高已与我相仿。她背着沉甸甸的书包，犹如背壳负重的蜗牛，开始变得沉稳而矜持，不再像曾经那般跑跳着跨越台阶了。她像个小大人一样，端庄地走在我身边，与我同行。可是，我的脚步已经明显跟不上她了。有时候，我要扶着旁边的栏杆，停下来喘口气稍稍休息。这时，孩子就会停住脚步，站在我身边，默默地听着我喘息。每每这时，抬头仰望头顶的台阶和孩子仍显稚嫩的脸庞，我总是暗自叹息：哎，回不去的时光呀，早已滴水穿石般地改变了一切。

那段历经时光浸染而略显沧桑的台阶，依然坚挺地矗立在原地，却让人感慨良多。我纵然有些许的叹息和无奈，却心生慰藉：我的孩子，在日复一日爬台阶的光阴里，慢慢地，由一棵幼小的青苗，长成了一棵苗壮的小树。我知道，在不远的未来，她这棵小树，还会脱离脚下成长的泥土，飞越千山万水，投身到更广阔的天地里，接受更多雨露的滋养，直到她真的长成一棵参天大树。

作为母亲的我，只能看着孩子，在我的视线中，愈行愈远。直到她以独立自主的个体，踏上人生的征途，一个人翻越一段又一段人生的阶梯。

现在，眼前那段熟悉的台阶，不但见证了孩子的成长和我的陪伴；还让我在日复一日，陪伴孩子爬台阶的过程中，慢慢地体会到一个母亲的成长与逐渐放手静待花开的心路历程。

一缕清香花袭人

　　清晨，路过一片灌木丛时，隐隐地嗅到一缕若有若无的清香，在空气中弥漫着，清淡，雅致，甚至还略带了一丝甜意。

　　扫视了周边一圈，并没发现有什么异样。于是，我疾步前行，心想，大概是错觉吧。

　　然而，那股似有若无的清香，一直萦绕在我心头，我心生好奇，想一探究竟。

　　下班后，再次路过那片灌木丛，我特意放慢脚步。果然，空气中再次浮现出那缕淡淡的清香，像一盏茶香，隐约而恬淡，却多了几分馨香与甜蜜。与丁香和桂花的醇香莫名地相似，又有着细微的差异，一时让人难以分辨，更无法用语言描述。

　　越靠近那片绿色的海洋，那股清香越是清晰。它随着风儿扑面而来，但并不浓厚，也不刺激，清新而香醇。直到此时我才看到，那片灌木丛繁盛的枝叶间，挂着一串串米白色的小花。那些比小米还要细小的花儿，像一簇簇细碎的白雪，堆积在绿色的枝叶间，散发出清幽恬静的清香。

　　已经凋谢的花朵，像细碎的玉石，散落在枝叶间，散落在土地上。我俯身拾起几撮枝叶间的落花，放在手掌中，轻轻地嗅，它仍挟着沁人心脾的清香。不一会儿，连我的手掌也浸染了那缕淡淡的香气，令人心旷神怡。

　　那一簇簇细碎的繁花，在微风中轻轻地摇曳，不招摇，更无媚态，却引来了几只蜜蜂在花丛中流连。看到如此情景，不由得想起一句话：

"你若芬芳，蜂蝶自来。"

携着那撮落花回了家。一路上，我的身上，都飘逸着它的芬芳。原本疲惫的心，也变得轻盈而空灵。

回到家，经过一番查寻得知，此花为女贞。它四季常青，是优良的空气净化剂和观赏树种，而且全身是宝：花朵是上好的蜜源；叶片经过加工可以做成添加剂，果实可以入药。而6月正是它的花期，也是它最繁盛炫目的时节。

果然，不过几天，那丛女贞就开出了一树繁花，细碎而密集的白花像是一片雪，压过了葱郁的枝叶，犹如"千树万树梨花开"，那缕袭人的清香，随风飘得更远，更浓。

从此，那片女贞，成了我上下班路途中的驻足点，也成了我的老朋友。它的清香，它的倩影，常在我眼前和脑海中浮现。每当我心生疲惫的时候，只要一想到女贞，就似乎能嗅到它的清香，看到它恬静的姿态。如此，不过一会儿，心中的疲倦就消散了。

于是，很多时候，我便想着，向女贞致敬，向它学习吧。像它一样，做一个朴实无华却身怀暗香的人吧。

耕且读

　　前几天，在乡村采风时，偶然看到一处有大几十年光景的老宅。在饱经沧桑的木质门楣上，入木三分地雕刻着几个大字：耕且读。端方工整的字体，虽历经风雨的侵蚀，仍镌刻着厚重的历史沉淀与家风传承。只一眼，就深深地触动了我的心。

　　具有几千年农耕文明的中国，自古以来就十分重视耕作。历朝历代，都采取相应的政策与措施，以促进农业的生产和发展。汉文帝刘恒甚至亲自下田耕作，将收获的粮食用以祭祀，以告慰神明与祖宗。《史记·孝文本纪》记载汉文帝有言："农，天下之本，其开籍田，朕亲率耕，以给宗庙粢盛。"正是由于对土地的尊崇与开拓，汉文帝开启了"文景之治"的盛世。

　　翻阅史书，我们不难发现，凡是推崇农业、重视农耕的朝代，社会相对安定，百姓更易安居乐业。正如汉文帝所言："农，天下之本，务莫大焉。"任何时代，都没有什么比吃饭更重要的事情了。中国的土地就像勤劳朴实的国人一样，在沉稳踏实地耕耘后，总有累累的硕果与收获，那是厚重的土地对勤苦劳作的回馈。长久以来，国人从土地中得到了最浅显易懂的道理：一分耕耘，一分收获。这朴实的道理与脚踏实地的劳作，让国人形成了勤劳务实的品性。

　　耕作之余，国人视读书为"上品"。耕且读，是千百年来，国人的理想生活之一。读书，不但是很多人实现人生理想与抱负的重要途径之一，还是修身养性乃至治国平天下的力量源泉。欧阳修有言："立身以立学为先，立学以读书为本。"王夫之更是将读书之用说得详细可察："夫读书将以何为哉？辨其大义，以修己治人之体也；察其微言，以善精义入神之用也。"可见，读书不仅仅是为了得到现实社会中的实惠，即所谓的人生价值，它还是个人立身修德的精神食粮。

耕作，让我们的肉身，得到不可或缺的物质基础；读书，可以满足我们不能忽视的精神诉求。关于耕与读的辩证关系，清初学者张履祥在《训子语》有云："读而废耕，饥寒交至；耕而废读，礼仪遂亡。"智慧的国人，早已在日复一日的现实生活中，找到了平衡这两者的办法——耕且读，让其相辅相成，互相依赖又互相成全。

在源远流长的历史长河中，"耕且读""晴耕雨读"成了中华民族的传承。从朝堂到民间，从官吏到百姓，历经朝代更迭和人世沧桑，"耕读传家"，成为国人千百年来的不变传承。耕且读，早已像血脉一样，融入国人的精魂。

明代诗人李开先诗云："柳半青黄叶欲舒，雪残又是雨晴初。带耕且读陶潜传，种树频翻郭橐书。"另有明代诗人戴囧诗云："水苗自种滋朝雨，径竹闲栽待晚风。君子由来耕且读，月庭千载仰高踪。"不同的诗句，饱含不同的情趣，都写出了边耕边读的诗意田园生活，令人向往不已。

耕且读，如无言东流的河水，灌溉着国人的心田，滋润着中华前行不止的文明。耕且读，更以家训的形式，成为很多家族的祖训，得到一代又一代的传扬。诸如"祖训依然在，常怀读与耕""克勤克俭，且读且耕""传家两字，曰耕与读"……曾国藩也曾告诫子弟曰："古来世家久长者，男子需讲耕读二事。"可见，耕且读，对于一个家族的兴衰与个人的成长，有着深厚的意义。

当下，在大家被时代的洪流裹挟着前行的路途上，"耕且读"，更是不可忘却的优良传承。牢记耕耘，才能让我们在快速发展的时代里，挣得一分温饱与立身之地；而潜心修读，才能让我们在喧嚣浮躁的环境里，沉淀出一分宁静悠远的心田，明晰自己的坚守与追求，不被一时的诱惑蒙蔽眼睛，不因一时的利益而失却本心与自我。

常怀耕且读，耕耘出自己的一亩三分地，品读出自己的安身立命魂。

按下暂停键后

那天下班进了小区后，我才意识到钥匙落在家里了。给先生打电话，他说他还有些事情要处理，暂时回不来，让我在小区转转，等他回来。

听他这样说，我心中那根一直紧绷的弦，猝不及防地断了。原本虚浮在半空的心，悠悠地落了地。头顶那条无形的鞭子，瞬间消失了。之前那些堆积在心头，并排好序列的琐事，也轰然散乱了。而且，手机的电量也不足了。

蓦地，我的心空落落的。我好似一个被抛掷在此的穿越者。没了那些总也干不完的任务，我竟然找不到自己存在的意义了。直到此时，我才恍悟：我似乎失去了自己，终日像个被输入程序的机器一样，匆忙而机械地执行着那些烦冗而重复的任务。一日复一日，没有沉思的间隙，也失去了思考的能力。因为思考，需要时间，需要独处，需要一个沉静而孤寂的自我。

可惜，我不知何时，被无形的手上了发条，不得安歇。即使稍有空闲，电子产品上那些零碎而短暂的欢愉，像宇宙间数不清的尘埃，散发着诱人的火花和赤裸裸的魅惑，将人包裹，让心生疲惫的我，总是轻易就沦陷进那不过几秒钟的快乐里去。它们充塞了我的眼睛，堵塞了我的心和头脑。

正如毕淑敏如此描述的现代人的生活状态："像受惊的羚羊一样奔跑不止，被金钱如豺狼般撵着，是现代文明强加给我们的节奏……"

直到此时，那根发条失灵了，我才被迫停了下来。

看着天空稠密的细雨，心和大脑都放空了。抛开伞，任雨点落在脸上，感受它的顽皮和清爽。我想到了童年时，和小伙伴们在雨水里嬉戏追逐，好似泥猴的欢畅；我想到了我们擎着碧绿的荷叶，在满溢的水流边，心怀期待，认真捉鱼的欢愉；我想到了我帮母亲，去荷香飘逸的池塘，将被大雨吓蒙的鸭子赶回家的喧腾；我想到了全家人坐在屋檐下，一边听着雨水和地面的合奏，一边听着古老传说的温馨……那些浸着雨水的平淡日子，历经多年的风霜雨露和岁月的沉淀，历久弥香。

　　细碎的雨点敲打着伞，密集而舒缓，似一曲连绵的浅唱，叫醒了陷入往昔的我。放眼望去，周遭都是湿漉漉的，空气中蕴藏着泥土的味道，新鲜中混着一丝腥咸。绿化带里一片葱茏，枝叶在雨水的滋润下，明净而昂扬。那些蘸着雨水的花儿，色泽莹润，越发娇艳。

　　只是，那些时常与我擦肩而过的花草树木，纵使缀满了明媚艳丽的花朵，即使空气中也充盈着它们的芬芳，我却叫不上它们的名字，甚至还会张冠李戴。如今，我终于逮住了机会，用手机上的识别软件扫描过后，我认识了萱草和木槿，鸢尾和夏堇。这些美好动听的名字，不知被我唤了多少次，我甚至吟唱过有关它们的诗歌，我甚至知晓它们的花语。但，唯独不认得它们。即使，无数次在它们身边走过，赞叹过它们的美丽，细嗅过它们的芳郁……

　　原来，我一直把萱草误认为百合，把木槿误认为芙蓉，把鸢尾误认为蝴蝶兰，把夏堇误认为牵牛花……呵，这是多大的误会呀！如果不是落下了钥匙，这个误会还会持续多久呢？而类似这样的误会，以及由于匆忙而造成的错过，还有多少呢？不敢思量，不敢回首。

　　向着家的方向，慢慢地挨去，感觉此时的自己，宛如在时间的荒原里肆意游荡的一只蜗牛。虽然心是空的，却在莫名的落寞中，掺杂着难得的悠然与空旷。

　　上了电梯，望着紧闭的家门，一声叹息后，我来到楼道的窗边。远处连绵起伏的群山和山间连成一片的缭绕氤氲，好似一幅巨大而空灵的国画，又似仙山天宫，美不胜收。每一秒每一帧，都是不同的，令人目不暇接。

看累了，我坐在台阶上闭目沉思。如果不是意外，我是否能有机缘，经历今天的一切？而我，又在过去的时光中，错失了多少这样的机缘？我有多久，没有与自己独处，没有拥抱自己了呢？我又有多久，没有回过头去，审视曾经走过的路，给过往一个总结和梳理呢？我忽然觉得愧疚满满，对自己，对生活。

张弛有度，才是人生之道。按下前行的暂停键，未必会让人止步不前。暂时的放空，正是为未来的奔跑积蓄力量。按下暂停键，偷得浮生半日闲，感受自然和生活的多彩，正是我们品味人生和幸福的途径之一。

寻找桃花源

小时候，我见过的最壮观绚烂的景致，一定要数村子北头，挨着自留地的那一片十多亩的桃园。

每年春天，桃花盛开时，远远望去，就像一片燃烧的云霞，鲜艳亮丽的色彩让人目不转睛。在绿海般的麦田衬托下，那片灼灼其华的桃花林，恰似一个待嫁的新娘，一身华裳娉婷而立，闯进了路人的眼，乱了他们的心曲。就是那醉了心神的第一眼，不知道在多少人心头，留下了无声的烙印。

走进桃林，犹如置身于梦幻般的仙宫。每一棵桃树，每一朵桃花，都有其不可忽视的美丽，不停地跳入你的眼睛，让人应接不暇，只恨少生了几双眼睛。热闹的蜜蜂唱着单调的歌曲，像摇篮曲似的，让人心生恍惚，好似真的误入了桃花源。桃花香甜的芬芳，随着春风，在空气中流动，沁人心脾，好似喝了蜂蜜一般滋润熨帖。

因此，每到春天，总有人相约在桃花林照相。那时候，想照相只能预约村里的摄影师。挑选一个风和日丽的天气，穿上最漂亮的衣服，梳妆打扮后，大家来到桃花林，摆姿势，巧笑倩兮，人面桃花相映红。那是怎样的欣喜和欢愉呢？春风吹过，落英缤纷，好一场桃花雨。很难说得清，更欢快的到底是看桃花的人，还是被人看的桃花。

多年后，那一张张照片，即使历经岁月的洗涤，仍然弥漫着难掩的青春和时代气息，仍然彰显着桃花林的摄人魅力。那些褪了色的照片，彰显着桃花林在一代人心中的分量，那就是他们心中独一无二的桃花源。

成年后，我离开家乡在外漂泊多年。我见过浩瀚的大海，无边的沙漠，花开不败的春城……可是，只要一看到桃花林，漂泊不定的心，立即就安稳下来，仿佛有了着落。也许，千百年来，人们对桃花源的向往和追求，已经深入骨髓。因而，看到桃花林和看到其他景致的心绪是完全不同的。那是一种肃穆又恬静的感觉，虽心生愉悦，却又安然平和，如潺潺溪流无声流过，如春燕穿梭绿柳而归。

今年初春，我与三五好友去山中踏春。汽车翻过一座座空寂的大山后，我们来到了"十八弯"。下车走过了几道弯后，视线豁然开朗，眼前是一条蜿蜒的山谷，深不见底的悬崖两侧，到处是随风招摇的山桃树，大片大片的山桃花堆积在一起，如皑皑白雪，随风送来缕缕馨香，那是赫然可视的春色，那是恣意畅快的春意。这一片，那一片，这一株，那一棵，点缀着悠远的山谷。整个山谷，只有数不尽的山桃花，与静寂的山谷为伴，并随着温柔的春风，将春意吹向连绵不尽的层层山峦。

根在悬崖峭壁上的山桃花，既是笑对春风的婀娜仙子，更是屹立在绝壁上的勇士。它们的根，深深地扎进层层岩石的缝隙间，只要一点泥土，一点雨水，它们就用尽全力向上伸展自己的枝干，不惧风霜，无视足下的深渊，遒劲而昂扬。等到春风吹过来，它们就争相绽放，一起吹响春天的号角。即使无人欣赏，也笑对春风，开得灿烂明媚，似散发着芳香的春雪，皎洁中蕴含着妩媚。

这样的春色，是惊心动魄的，是摄人心魂的。那一株株开得热烈又雅致的山桃花，哪里是一棵棵不畏自然艰辛的树木，分明是一位位饱经沧桑的智者。它们以招摇的姿态，绚丽的风姿，芳醇的气息，告诉过往的行人那一幕幕动人的故事，只要你用心听，用心悟。

直到此时，我才终于明白何谓桃花源。能够安放自身并得自在的地方，就像峭壁之于山桃花。即使寂寥无人识，也笑对春风，花开时灿烂如阳，恣肆奔放；花谢后满怀憧憬，来年可期。如此，即使是人迹罕至的凶险峡谷，也成了山桃花的桃花源。

　　原来，人们世代寻找的桃花源，是这样的。怪不得千百年来，从没听说谁真正地寻到了桃花源。因为真正的桃花源不在眼中，而在心中。心若躁动，即使终生寻求，也永远难以抵达。

养蚕记

似乎在春季，小学生有养蚕的传统，大约是因为有篇课文叫《春蚕》吧。果然，在今年春天，孩子也喊着要养蚕了。遥想当年，我是小学生时，也学了这篇课文，也养过蚕。听了孩子的央求，内心也不禁跟着憧憬起来。

西北的春天，总是姗姗来迟。每年过了四月中旬，才有点春天的样子。所以养蚕也要推迟了。经过几番周折，总算得了几粒蚕子。在春光下晒着，像黑线头一样的蚕宝宝陆续钻了出来，蠕动着。

因为蚕宝宝太小，看不出它们清晰的模样。柔嫩的桑叶放进去，它们马上灵敏地爬过去，啃食起来。不过几日，就大了些。原本看起来是一样大小的蚕宝宝，渐渐有了分别。有的大一些，有的小一些；有的强壮些，有的弱小些。而那些看起来强壮的，胃口分明要好一些，动作也更敏捷一些。而那些弱小的，不管是胃口还是敏捷性，都显得差一些。于是，看着那些大小不同的蚕宝宝，我和先生总是劝告孩子：不要挑食，要好好吃饭，才能长得健壮。

又过了几天，蚕宝宝开始蜕皮了。它们蜕皮的时候，就停食了，把脑袋抬得高高的，"盯"着某一个地方，一动也不动，像一个在深思人生要义的哲学家，那模样让人忍俊不禁。我还发现：大多数蚕宝宝都是在你不注意的时候，完成自身的一次又一次蜕变，好像它们的真正成长，都是在你看不见的时光里，真让人惊叹。这正如我们的孩子，你好像总是不知道他是何时因何成长了，但是他的言行，却让你动容于他的成长。

这不得不令人反思：是不是我们的陪伴还不够？是不是我们缺少善于发现美的眼睛？

在蚕宝宝的成长中，特别是在蜕皮的过程中，总会不可避免地死掉一些。这大概就是大自然的法则——优胜劣汰。

在蚕宝宝将要结茧前，它们胃口大开，不停地吃呀吃。你总能听到它们吃桑叶时，那"沙沙沙"的声音，像春雨一般，细腻而密集。这时候，你把一片桑叶放上去，不过一会儿，也许连半分钟都没有，桑叶上面就有一个又一个的洞了。很快，整片桑叶只剩下脉络了。这时候，我总是想起一个词——蚕食。每次想到这个词，我总是由衷地赞叹汉语的美妙和形象。

虽然是同一批次的生命，但是在成长的过程中，它们却一步一步地拉开了距离。那条个头最大的蚕，在大家的期待中，终于第一个结了蚕茧，把自己裹了进去。在养蚕的盒子里，特别显眼。看到仍埋头苦吃，或昂头蜕皮的它的同类们，我不禁为那条大蚕担忧。它的步子迈得这样快，等到它蜕变成蛾子了，没有伴侣怎么办？它在成长中，大概已经体会到了"高处不胜寒"的滋味，难道还要体会没有伴侣相陪的孤寂？事实证明，我的担忧纯属多余。

在焦急的期待中，又过了两天。蚕宝宝们陆续开始吐丝结茧了，它们真是天生的建筑家，不停地摆动身体，把丝线一根一根地缠绕得细密又漂亮。那些丝线摸起来细腻又舒服，用它做成的小窝应该是天下最好的居所了。结茧是个漫长的过程，而我通常没有足够的耐性看完整个过程。往往是在第二天早起后，冲过去观察它们时，发出一次又一次的惊讶和赞叹——为它们神奇的生命力和创造力。

然而遗憾的是，有的蚕宝宝似乎真的不会结茧，它们总是忙碌地东奔西跑着，并胡乱吐丝，最后只织了个稀薄的蚕茧雏形，就耗尽了它所有的蚕丝和精力，只得在那个粗陋的茧子里勉强躺下来。更有甚者，连个粗鄙的茧子也结不成，它像个粉刷匠一样来来回回地刷着丝线，丝线虽洁白得耀眼，却完全没有一点立体的"窝"样。这时，它原本肥胖的身体，也干瘪得像个风烛残年的老人，皱巴巴的，躺在那里一动不动。即使它变成了蛹，也因为没有自己的小窝，只能把身体暴露在外面。如果遇到天敌，它真的毫无招架之力，就只能像案板上的肉一样了。

　　让人意想不到的是，可能是因为空间有限吧，有的蚕宝宝，竟然或两个，或三个地搭伙过日子了。它们一同结茧，最后也包裹在一起。我不禁为它们高兴：在它们蜕变的过程中，有个伴，这下不寂寞了吧？不知道它们会聊些什么，关于人生吗？

　　最后结茧的那只蚕，也是最小的那只蚕，我想它才是最孤寂的吧。看着身边的伙伴们一个个地有了家，它也着急了吧？不然它为什么还在那么小的时候，就不肯再吃桑叶了，而要着急地吐丝结茧？可惜，它显然也是个不会结茧的可怜虫，不但没有结成茧，还在蜕变成蛹的过程中死掉了。死的时候仍然是蚕的形态，身体皱巴巴的。

　　等了十来天，那只"独上高楼"的蚕宝宝终于破茧成蝶，变成了一只蛾子，它的肚子鼓鼓的，是只雌蛾子。它安静地待在那里，耐心地等待着，它的耐心显然比我要好。我不停地查阅资料，它还能活多久？它能否等到自己的 Mr.Right？三天后，终于又有几只蛾子飞出来了，我悬着的心才落了地。那只独领风骚的蚕宝宝，总算不枉此生了吧。

　　蛾子陆续出来了。我注意到，不管是在什么时候，雄性的蛾子数量总是多过雌性，这样就出现了数只雄性争抢一只雌性的现象。那些抢不到交配权的雄蛾子，不停地拍打着翅膀，在旁边急得团团转。

　　雌蛾子总是在晚上的时候产卵，它们把卵产得均匀又密集，而且是一层，绝不会出现堆积的情形，不知道它们是怎么做到的。

　　又过了几天，蛾子们陆续死去。让人惊讶的是，那些死去的蛾子，竟然全是雄性的，没有一只雌性。又过了好几天，雌性的蛾子才开始死去。这不禁让我想到了人类：女性的平均寿命高过男性，也许这就是大自然的自然之道？

我在那些合伙结茧的蚕茧上，发现了它们的分泌物。我便料想，它们应该是死掉了。用剪子剪开一看，果然。所有合伙结茧的蚕在变成蛹之后，都死了。我想大概是因为它们结的茧子太厚了，钻不出来吧。这才真是"合伙的买卖不好做"，竟成了"作茧自缚"。

看着纸张上密集的蚕卵和蛾子们的尸体，我不由得感慨：生命是一个轮回，它只能前进，没有后退。悲也罢，喜也罢，总要经历几乎同样的轨迹，逃不脱，挣不断。

一个多月的时间，一晃而过。这是我第一次由始至终认真地观察一种生命。蚕是那么淡定从容，在该吃的时候只是不停地吃，把吃当成了一种责任，认真而执着。在结茧的时候，又是那么一丝不苟。结茧之后，马上形容枯槁，令人不忍直视。在由虫体演化成蛹，由蛹演化成飞蛾的过程中，它们一直都在安静地等待着，把一切都交给时间，交给大自然。一路上，会有伙伴掉队，甚至死亡，然而没有什么能够阻挡它们繁衍生息，代代相传。而它们曾经蜗居的小屋，留给了人类，织就华服。它们虽然死去了，人类却会记得它们，并将其称之为"天虫"……

回想这漫长而短暂的过程，我真心佩服那些可爱又可敬的小宝贝，它们的一生虽然短暂，却有很多地方值得我们学习。

而在养蚕的过程中，孩子也和大人一样，时刻关注着蚕宝宝的变化，并惊奇于她的每一个发现。在这个过程中，她有付出，也有所得。这种所见所得，是在课堂上收获不了的，也是别人的说教给予不了的。

来春共谁花下坐

　　每次回到老家，我最喜欢的，就是去奶奶的庭院，和她一起静坐半晌。

　　那个小小的庭院，被爱花的奶奶拾掇成了一个缤纷的花园。一年四季，都有时令的花儿绽放，都有花儿的馨香在风中飘逸，总让人流连忘返。每每想起，连心间都散发着花儿的幽香。

　　奶奶的庭院在村子东南一隅。因为偏僻，鲜有人来。于是很多时候，一园子的姹紫嫣红，总是热热闹闹地盛放，安安静静地凋落。我在家时，向爷爷奶奶问安后，总喜欢坐在怒放的花下，看花儿随风摇曳，在或浅淡或浓烈的花香中，与蜂蝶相舞。

　　我想，依着花儿的禀性静静地坐着，对着一丛一树的花，放空自己，不言不语，这大概是与花儿最好的相处方式。彼时，眼中只有花的灿烂，鼻中只有花的芬芳，耳中只有蜂蝶的嗡鸣。闭上眼，觉得自己也幻化成了一朵花，畅游在花的海洋里，周身都是花的馥郁。睁开眼，花儿仍在眼前随风轻舞，便觉得好似做了一场大梦。猛然就顿悟了庄周化蝶的奇妙。

　　此时，眼前的花儿，哪里只是纯粹的花儿。它更像是偶然相逢的知己，虽沉默不语，却坦然而赤诚，沉静而超逸。它教人静思，并享受静谧。在人与花相视而笑的一霎，一切烦忧都烟消云散了。心如静水，自有花开，自有花香。花儿也因着人的赏识，而越发璀璨。恰如王阳明所言："汝未来看此花时，汝花与汝心同归于寂，汝来看此花，此花颜色一时明白起来。"想来，怒放的花儿，也必期待有缘人的赏识。

有时，我会捧一卷书，随便什么书都好。若是诗集，那就更妙了。风儿轻轻翻动书卷，花香随着空气浸入书中，连文字也被氤氲了一层花香。读到那些抒写花儿的诗句，尘封千百年的诗句便在刹那间灵动起来，穿越时空闪烁着光彩。多情的花儿随风飘落，停在诗句上，不知是想亲吻散发着墨香的诗篇，还是想解读前人的奇思翩翩？

在花下静坐的时候，时间那条淙淙的河流，似乎也停止了流动。即使鸟鸣啁啾，即使蜂蝶翩翩，即使风云掠过，即使日月流转，心中却隐隐萌生一种"山中无甲子"的缥缈悠远之感。之前那些令人烦扰的琐事，不知何时被抛到九霄之外。那些沉静的花儿和它们或隐或现的芳醇，宛如一位静默的智者，于无声处，慰藉了人的内心。那是怎样的力量呀？

我时常在花下静坐，或欣赏那一簇簇、一树树的灿烂，或闭目神游，而不计时光的流逝。有时，我会追思：到底是什么，赋予了花儿缄默却神奇的力量？而它，又是如何将那无形的力量，转移到我身上的呢？可惜，总没有个令人满意的答案。

奶奶是个安静恬淡的人。她总是坐在我身边，静静地看着我，温柔的目光像一池湖水。在她的眼中，我大概也是一朵花儿吧，是比满院的花儿都更好看的花儿吧。不然，为何她的目光里只有我？不然，为何她总是看不够我？也许，我不在时，奶奶就像我一样坐在花下，她的眼睛里尽是鲜艳的花儿。而我在时，满园的花儿都黯然失色了。

就在一次又一次于花下静坐的时光里，我慢慢地成长着，并终于明白，为何奶奶的目光也像花儿一样恬静。也许，就是在日复一日，年复一年，与花儿相视的岁月里，奶奶的心中，早已有了一座花园，那里常年花开花落，五彩斑斓。

白居易曾感慨："樱桃花，来春千万朵，来春共谁花下坐。"在奶奶的庭院里，有她温和慈爱的目光，有她与我花下共坐，真是一件幸福的事情。

花丛里飞出"蓝蝴蝶"

多年来，在市区的绿化带里，总能看到一种艳丽而忧郁的蓝紫色花儿，在五颜六色的花卉中，别致又显眼。

可是多年来，为生计奔波的我，总是停不下匆忙的脚步，不能好好地欣赏它的芳姿，嗅一嗅它的味道，了解一下它的习性，甚至不能为它写一首沾着露水般清新而绮丽的小诗。可惜，我连它的名字都不知道。

多少次，坐在车里一晃而过的我，隔着模糊的车窗，望向那片连绵成蓝紫色的"河流"，总是心生感慨：如此美丽的花儿，矗立在马路上，历经寒暑轮转，迎接无数尘埃、风雨和目光，不知道它们的存在，惊艳了多少双眼睛，打动了多少人的心。

一天清晨，在马路边等人时，我又看到了那熟悉的画面。挺立如箭的绿色茎干上，顶着一朵朵沾着雨露的花朵，妩媚而灵动。蓝紫色的丰硕花瓣，像蝴蝶一样在空中飘舞。其中，三片大的花瓣，与三片小的花瓣错落分开而立。那三片大的花瓣上，还点缀着大小不一的紫色长条形斑点，从花蕊处向外扩散，形成由深到淡的渐变色。此外，那三片大的花瓣上，从花蕊深处向花瓣中央，还有一缕白紫相间的鸡冠形突起，像"花刺"似的，很是精巧。而那三片相对较小的花瓣，则是相对单调的蓝紫色。在花蕊中央，是三个花瓣状的花柱。花柱顶端分叉，宛如飞鸢的尾巴。那灵动的模样，恰似"穿花蛱蝶深深见，点水蜻蜓款款飞"。

用手机上的软件识别之后得知，这就是传闻中的鸢尾花，又叫蓝蝴蝶、紫蝴蝶。细看一番，才领悟这雅致名字的含义。那几片铺张开的美丽花瓣，宛如飞鸟翱翔蓝天；而那三片鼎足并立的花柱上端的分叉，的确很像飞鸢的尾巴。扎根于厚实的土地里，却以鸟儿振翅高翔的姿态开放，这是一株花的梦想。这又何尝不是人类的梦想呢？

想到这里，再看鸢尾花那蓝紫色的花朵，它竟似挣脱了曾经的伤感与忧郁，变得昂扬而浪漫，明丽而典雅。花瓣上的点点雨露，让鸢尾花更富诗意。一株花，就是一句简短的小诗。那无数连成海洋的鸢尾花，就形成了一首恢宏的诗篇。而我，就浸在花海的诗章中，觉得自己也成了一朵蓝紫色的花儿。

在亮丽的花海中，我看到了几朵形容枯槁的花儿，它们的花瓣已没了曾经的妖娆和艳丽，像个自惭形秽的老妪，将曾经硕大富丽的花瓣紧紧地包裹起来，令人不忍直视。地面上，几朵干瘪的花朵凋谢了，已经看不出曾经的芳容。要不了多久，它就会在雨水中化成泥土。

鸢尾花的花期长达三个月。可是，一朵花的花期却只有短暂的几天。我们所看到的长盛不衰，不过是花儿们的前赴后继。因而，我们今天看到的鸢尾花，也许已经不是昨天盛开的那朵了；而今天盛放的那朵，也许明天就失去了今朝的璀璨。

那些凋谢的花儿，也曾在枝头随风摇曳，尽显绰约风姿，宛如鸢飞冲天，展翅翱翔。就在人潮涌动的时光里，它热烈地盛放过后，便悄然黯淡。然后，在花儿曾经绽放的枝头，酝酿一粒饱满的种子，期待新生的开启。

目光中，那一只只身染梦幻般的色彩，翩然起舞于绿海之中的蓝紫色蝴蝶，正像一生都在品尝孤独与痛苦，却永不停止对美好事物向往的凡·高。即使无力挣脱命运所赋予的忧郁和哀伤，也永远怀着一颗赤诚而热烈的心，并拥有一双发现美的眼睛。即使在黑暗中，也敞开心怀，拥抱自然之美，向阳而生，滚烫的心永远在孤寂中舞动。正如他笔下的鸢尾花，那风姿绰约的花儿，早已冲破了色泽的束缚和岁月的河流，以怒放的姿态，成为一面独特的旗帜和图腾。

如此，寥寥几天的短暂花期，又有何惧？也许，那注定带着淡淡忧伤的色彩，正是上天对鸢尾花的恩泽。

能饮一杯无

冬季清冽。太阳总是隐匿于阴云之间，纵使晴空万里，阳光也是惨淡的，像月色一样，发着阴冷的光，让人瞧了，反而更觉萧瑟。待到雪花飞舞，凄厉的北风呼啸而来，整个天地，都陷在无法挣脱的阴郁中。

偏偏，冬季最是闲适。时间仍是那么多，没有多一分一秒，让人生出一种错觉：时间好像也被严寒冻住了，莫名地拉长了。闲情思暖意，冬日念故人。

这时节，最宜小酌。

白酒，盛在青色或白色的器皿中，闻之有清香，视之却寒凉。若以冷酒下肚，便要用热肠温冷酒，不益于身体。倘若加热过度，白酒的芳香酯便会挥发，甘醇减淡，白酒的醇厚与饮后的余味便少了一番咂摸的滋味。因此，烫酒须掌握好火候，如同饮酒一般：浅尝辄止或酩酊大醉，都不能细细地品味饮酒的过程与酒后那朦胧缥缈之快感。

黄酒，是冬饮之佳酿。其香浓郁，其味甜美而甘醇，后劲儿大，却没白酒那般上头。黄酒富含氨基酸、糖、醋、有机酸及多种维生素，酌情饮之有益健康。将其盛在素色的酒器里，或深或浅的琥珀色，散发着馥郁的香气。那是精选的粮食，经过几千年传承的技艺和匠心，酿制出来的"粮食精魂"。轻摇之，缕缕芬芳入鼻息；入口，滋润喉舌，柔和滑顺，有酒香而无酒气。千年来，多少名扬天下的诗句和情谊，就是在黄酒中诞生，在黄酒中流传。若是没有黄酒，我们要少了多少脍炙人口的诗句和流传千古的故事？

除却白酒和黄酒，红色的葡萄酒也适宜冬季小饮。或独酌，或对饮，或三五人浅饮，都可。用玻璃杯盛装，赤色的葡萄酒在萧瑟的寒冬里，多了几分热烈与狂放。听着窗外萧萧风鸣，看着窗外白雪纷飞，怎能不豪兴大发，随口吟诵？从"对酒当歌，人生几何"到"莫辞酒，此会固难同"，从"尝酒留闲客"到"凭君满酌酒，听我醉中吟"……古往今来，哪一杯好酒没有些许诗意，哪一个饮酒者没有开怀过？

　　此外，更为新式的小酌，是姜汁可乐。把姜切丝，与可乐混在一起加热煮开，甜辣舒爽，可以祛风散寒，暖胃防病，最宜冬季饮用。

　　因此，于寂寥的冬日里，在倍感孤苦的时候，邀上二三好友，或白日，或夜晚，或对着凄凄细雨，或赏着纷扬雪花，或听着北风狂放，围坐在融融的火炉旁，摆上三五小菜，温着清醇的白酒或琥珀色的黄酒，或赤色的葡萄酒，或褐色的姜汁可乐，一边闲聊，一边浅酌。待人微醺时，室内已一片春色，身体也暖和起来，心也似春水般荡漾开来。

　　我期待着一场大雪中，你踏雪而来，折一枝红梅翩然而至，抖一抖身上的雪，冲我微微一笑。

　　我捧出珍藏的佳酿，供君挑选。浅斟慢酌中，人微醺，心开怀，天地失色。

　　抬头看去，天色暗了下来，一场大雪正蓄谋而来。我望着阴霾的天空，轻声说："晚来天欲雪，能饮一杯无？"

做自己的光

我有一个特立独行的好友陆锋，她开阔的胸怀和不俗的言行，时常令人震惊，甚至震撼。别具一格的她，即使是生病住院，也不走寻常路，让我心生敬佩。

9月中旬，刷朋友圈时，赫然看到了陆锋的消息："我摔倒了，骨折。我要住院做手术，将与各位亲朋好友暂别，不要太想念我哦。"

戏谑的语气中，透着她一贯的淘气和从容，没有哀伤，没有愁苦，却令人动容。好似她说的，不过是一场说走就走的旅行。过几天，她就会再次站在你面前，轻轻地掸落身上的尘埃，微笑着说："我回来了。"

但"骨折"两字的分量，却让人惊心。直到两天后我才得知，她的骨折相当严重，粉碎性骨折，骨折块数较多，但她仍在排队等手术。真不知那几天，她是怎么挨过来的。

正在我唏嘘间，她的朋友圈更新了："明天早上手术，耶！问过医生了，说我不会瘸。忙于工作多年的我，终于可以躺平休息了。"文字后面，是一个笑脸的表情。

这就是我认识多年的陆锋，她身上有一种神奇的力量，总能以豁达的胸襟，四两拨千斤的力道，从容面对并解决所遇到的一切突发状况。似乎一切问题，只要挥挥手就过去了，没什么大不了的。

手术后不过两三天，情况好转的陆锋，就恢复了以往的神勇，俘获了医院里一众粉丝，匆忙的医生、忙碌的护士、同房的病人、陪护的家属都被她那睿智的头脑和灿如莲花的口舌折服。她的乐观和豁达，感染了所有接触过她的人。甚至其他病房的护士，都要忙里偷闲跑去围观她，看她一个被困在病床上的病人，是如何把大家逗乐的。

那天，陆锋在朋友圈发了一条动态，瞬间引爆了朋友圈。她说："哪位文友想写关于医护题材的故事，我可以提供第一手资料。不管是甜蜜的言情文，还是严肃的职场文，我都可。给各位大佬递笔！"

各位好友纷纷在下面留言，快速组成并锁死了一对CP。男主是高冷敬业又博学帅气的男医生，女主自然是甜美可爱的鬼马精灵病人陆锋。于是，一个关于男医生和女病患的甜蜜浪漫言情故事，就这样在大家的热烈讨论中，开启并完结了。

所以，翻看陆锋的朋友圈，围观她的住院日常，成了我和许多亲友的日常。大家总能在她朋友圈的只言片语中，寻觅到会心一笑的瞬间，令人心生愉悦，一扫疲惫。

不久，陆锋开始用手指艰难地戳屏写文，细述她住院的历程和此间的心得体会。其中有一篇文章，叫作《开在脚踝上的野菊》，已发表在《现代快报》上。在文中她写道："我看到自己的脚踝上，有3条狰狞可怖的缝合刀口……那上面盛开着一朵花，一朵医生以温情为底色，一针一针为我缝合的秋日野菊。野菊的花语是顽强、坚定。从此以后，我如野菊！"

品读此文，我心中甚是复杂。既为她的意外和伤痛而难过，又敬佩她的开朗和顽强。嗯，这就是她，这就是她一贯如是的品格。一个温婉可人的江南女子，却有着钢铁一般的意志。她以自己的住院经历，打破了我僵化的住院认知。

我曾多次出入医院，看望并照顾生病的亲朋。但每次在医院里，感受到的大多是沉闷悲苦的气氛。在那里，所有人都是压抑苦闷的，似乎欢快是禁忌，连微笑都是充满负罪感的。可是，那真的才是唯一的正解吗？

人生如大海行舟，总有起落。身处逆境时，很多人都渴望能遇上一道光，它给予我们力量，指引我们在低谷中前行。然而我们却忘了让自己成为一道光。正如泰戈尔所言："生命以痛吻我，我却报之以歌。"

毕竟，外因通过内因才能起作用。一个鸡蛋，从外面被人打开，不过是个食材；而它自己从里面打开，却是一个鲜活的生命。好友陆锋，以她独树一帜的风格，活成了别人眼中的光。当她在照耀他人的时候，首先照亮的，永远是她自己。

不问花期

为了装饰新房，我特意买了几盆花，其中就有一棵桂花树。说是树，分明是抬举它了，树干还没有小指头粗，顶多算得上株小树苗。花店的老板说："别看它小，只要环境适宜就能开花，一旦开花就停不下来。"

老板的话，我并没在意，觉得那话不过是商家夸大其词的套路，诱人买花而已。但决定买下，还是因为真的喜欢桂花。

生长在北方的我，小时候就知道"八月桂花香"。中学时，读到陈德武《水龙吟·西湖怀古》时，独独对"十里荷花，三秋桂子"印象深刻。可惜，直到工作后去杭州出差，才得以一睹桂花真颜。

那是 10 月份，刚到西湖边，就感觉暗香浮动随风飘逸，未见其形先闻其香。那芬芳清爽纯净，沁人心脾。对面微波粼粼的西湖，令人心旷神怡。

循着香气，我终于看到了桂花的真容。在繁盛的枝叶间，一簇簇桂花像一串串雅致的米粒，碎金细玉似的，好像无数散发着清香的小星星，吸引着人们驻足停留。我深深吸了几口清香，心胸像洗涤过似的，顿觉轻松舒爽。

那情景，我一直记了很多年，桂花的芳郁也一直在心头萦绕。于是，在我的意识中，桂花是秋季开放的。谁知，这个"想当然"的认知，竟然被我养的那株小小的桂花颠覆了。

11 月，家里送了暖气，桂树竟然抽出了新芽。一天，在给桂花苗浇水时，我忽然发现枝干上有一簇淡黄色的花朵，衬着绿色的叶片，更显雅致秀丽。那细小的花朵，要蹲下身来才能看清楚，四片小巧别致的花瓣玉石似的，包裹着花蕊，花朵米粒大小，静谧温婉，在萧条而单调的冬天显得弥足珍贵，令人赏心悦目。它安静地开放，美丽，优雅，从容，不张扬，也不妄自菲薄。

自那以后，桂花树的枝干上，总有桂花陆续开放，一串一串的，零落地点缀着枝干，默默地用小巧玲珑的花朵和隐约的花香，显示自己的存在，全然不顾窗外的风霜和鹅毛般纷扬的大雪。它不愿错过任何一个开放的时节，并以淡淡的清香默默地诠释着生命独有的意义。它让我明白了一个简单朴素的人生哲理：不急不躁，静待花开；如若开花，不囿于时，不囿于物。

闲暇时，我喜欢坐在阳台边的窗下，捧一卷书，对着融融冬阳，嗅着淡雅的桂花香。这总让我心生恍惚，觉得自己身处春光里。

一棵小小的桂花尚且如此，作为万物之灵的我们，又该如何呢？古往今来，太多的人，以行动给出了答案："文王拘而演《周易》；仲尼厄而作《春秋》；屈原放逐，乃赋《离骚》……"

现在，只要看到那棵一尺多高的桂花树，我就不忘提醒自己：不问花期，不负生命。

且听风雨吟

那天步行回家，我特意绕进久违的公园，想要看看湖里的翠荷。谁料，夏雨不期而至。

霎时，天地变色，墨色的浓云滚滚而来，大有压城之势。大风在耳边呼啸着，猛烈而迅疾，犹如战斗中的急先锋，高扬地奏起号角，呼唤着劲雨的到来。人在风中，宛如一片叶子，被裹挟着前行。很快，稠密的雨点纷纷坠落，欢快地在地面上涂鸦。

我随人们躲进湖边的亭里。刚刚站稳，密集的雨点豆子似的从空而坠，天地间一片氤氲，像笼在白色的纱幔中，迷离而缥缈。风裹挟着雨，雨纠缠着风，好一幅摄人心魄的风雨奏鸣。浩大的天籁之音，激烈而连绵，宛如沙场点兵，听得人血脉偾张。

疾风吹过来，掠过树木和湖面，将一池翠碧如玉的荷叶吹弯了腰，露出婷婷的茎。此时的荷，便是风雨中的卫士，刚毅而勇武，柔韧而不屈。待风势稍稍间歇，荷叶又瞬间复位了，依然笔挺。如此反复，却少有被风雨吹坏打折的。原来，适时的弯腰，正是为了以后挺拔而立。

雨点敲在荷叶上，奏出清脆的声响，像鼓点一样，敲在人的心坎上。雨滴随着风，在荷叶上散开又聚拢，晶莹明净。落入湖中的雨点，撞开层层涟漪，水波连着水波，瞬息之间，千变万化。好似有一双无形的大手，悠然地掌控着一支奇幻的神笔，信手涂画，却描绘出世间最伟大的画作。若不是这场意外邂逅的风雨，我哪能看到如此画卷？

风，大概是世间最恣意自在的事物了吧。五湖四海，四荒八极，唯有风可随意穿梭。它与雨水共舞，并与云朵嬉戏。云卷云舒的奇妙莫测，不正是风的功绩吗？而哪一颗雨滴，又没有被风亲吻过呢？风和雨，是注定分不开的，造物主早已将它们绑在一起。

风生雨，雨催风。风雨纠缠而多变。刚才还是池塘边柳梢上的淡淡风，转瞬就成了寂寞梧桐上的潇潇冷雨。它们既可以润天地万物于无声，又可以摧花愁煞人。它们既可以毁灭一切，又可以孕育众生。所以，风雨无情亦有情。

而风雨之于人，犹如人生路途上的一段段历程，有平坦有坎坷，有沟壑有山丘，有远山有海洋，未必都是坦途，却一定是多彩的。人世间若少了风雨，该是怎样的单调呢？人世间若没了风雨，还会有彩虹吗？

望着眼前的狂风骤雨和风雨下水波跳动的湖面，我蓦地想到了苏轼。烟雨迷蒙的青山中，他拄着竹杖，穿着草鞋，一身蓑衣，一边吟啸，一边悠然前行于斜风细雨中。是呵，若心生旷达，即使身处风雨，又有何妨？那些注定无可避免的风雨，不正是人生路上的一场又一场修行吗？若无风雨，那些令人豁然开朗的顿悟，又将来自哪里呢？

风雨中，湖面连同周围的一切，包括仍在风雨中奔波的人和在亭子里躲雨的人，自成一幅画。这幅画的名字，除了叫作"风雨"，还有什么是更为恰当的呢？

望着逐渐消歇的风雨，嗅着荷花的清香，我从消散的阴云中，看到依然明媚的太阳，正试图从云朵中跳出来。经过风雨的洗礼，今天的晚霞，必定璀璨夺目。想到这里，心中竟淡然而恬静，正如苏轼所言："回首向来萧瑟处，归去，也无风雨也无晴。"

雪中折梅归

一进入寒冬，北国便一片肃杀。举目所视，寂寥的天地，唯一的彩色，就是绿色的松柏和翠竹。然而，它们那久经风霜的绿，是一种略显沧桑的深绿，缺乏些许鲜活的生机。此时，唯有蜡梅，倔强地在隆冬盛放，让萧瑟的心对冬天，还有一丝关于色彩的期待。

不过，蜡梅虽然被称为"梅"，却与梅花既不同科，也不同属。蜡梅是蜡梅科蜡梅属，而梅花则为蔷薇科李属。对此，李时珍在《本草纲目》中有清晰记载："蜡梅，释名黄梅花，此物非梅类，因其与梅同时，香又相近，色似蜜蜡，故得此名。"可见，二者有诸多差异。首先，体现在色彩上，蜡梅多为黄色，梅花多为红、粉红、白色等。其次，蜡梅花期比梅花早两个月左右，通常在隆冬时节绽放。

因蜡梅花开在大雪纷飞的时令，故此蜡梅又被称为"冬梅""雪梅""寒梅"。此种种别称，皆反映了蜡梅凌寒盛放的特质。其不畏风寒，傲雪而立的风姿与品格，也为世人所折服。正如宋代诗人戴复古《蜡梅》诗云："篱菊抱香死，化入岁寒枝。依然色尚黄，雪中开更奇。"

蜡梅不是招摇的花，它的花朵虽细碎却清奇，色泽淡雅而不艳丽。所以，当你匆忙前行时，很可能便与它失之交臂。探访蜡梅，是需要一番寻觅的。蜡梅那卓尔不凡的清姿，须得当面欣赏。

你看，那枯枝上的小小花苞，犹如一个个金色的珍珠，那小小的花苞里，盛装着一个个金色的梦幻。那是蜡梅走过蓬勃的闹春和炽烈的盛夏，迎来秋风并褪去一身绿装，积蓄了一年的力量所展露的昂扬生机，那是逆风而立的执着和迎雪吐芳的坚决。在干枯遒劲的枝干上，绽放灿烂的金黄。在凛冽的寒冬，灼了人的眼，暖了人的心。它不是初春的迎春花，却比迎春花更早地闯进人的眼中和心里，让人对严冬和严冬后的花团锦簇，充满期待。

白雪纷飞时赏蜡梅，别有一番滋味。精灵般的雪花飘然而至，停留在蜡梅枯瘦的枝干上，亲吻着清雅高洁的蜡梅花，它浓郁的芬芳让铅色的天地黯然失色。

在晶莹的白雪中，蜡梅花像粒粒金黄的玉石摄人心魄。凝视着玉质金衣的蜡梅，欣赏着它的清丽雅意，嗅着那自然清新并裹挟着冰雪的清香，不禁恍然顿悟：这别致的璀璨与惊艳，不正是寒冬的馈赠吗？若没有这透骨的苦寒，蜡梅的冷艳与幽香，还会如此浓郁吗？

白雪慢慢堆积在蜡梅的枝干上，白的纯粹，黄的绮丽，两种色彩叠在一起，雕琢出无以言说的美丽。此中妙处，正如宋代诗人王洋所言："世上语言无入处，好从天上觅诗来。"

一丛寒梅，立在北风中，立在白雪中，好一幅天然而成的画卷。只是静立其前，便让人觉得赏心悦目，心生恬静与美好。立于寒梅前，人与寒梅又成了一景。此时，苦寒的隆冬，似乎也可爱起来。

折下一剪蜡梅，踏雪而归。捧着它，便觉得自己拥有了整个世界。萌动的生机，在心中流淌。将那枝蜡梅插入素净的陶瓷瓶里，举目可视，并伴有幽幽清香。雪夜，捧书夜读，对着一豆灯光，伴着婀娜花枝，嗅着淡淡浅香，诗意便涌上心头："朔风吹同云，万木不敢芳。黄衣何许仙，窈窕未离房。"

第 4 辑　心灵之旅

写一封信

我想写一封信，告诉你，我这里的天气。

呵，你肯定会说："傻瓜，我只要上网查一下，立马就知道了。"

如果这样，你就不是那个将要收到这封信的人。

我想写一封信，给一个人，告诉他我这里的天气。然后，追问他那里的天气，以及他的一日三餐。也许，我还会告诉他，我对他的喜欢与亲昵。或者，那句呼之欲出的话，我不会轻易说出口，只是包裹在一封接一封的信件里。因为有些话，没有说出口的时候，它像饴糖一样缠绵诱人，浇灌着人的心田，"咕咚咕咚"地冒泡。一旦说出口，那以后所有的行为，似乎只为了一句无形的或有声的誓言了。何况，有些话，我不说你也知道——如果，你是那个对的人。

我想写一封信，告诉你，我这里下雪了，雪花像棉花糖一样软绵，我多希望你飞到我身边，静静地，什么都不说。只是傻傻地，抬头仰望漫天飞舞的精灵，一个劲儿地傻笑。

我的信写好了，里面只有三句话："-18℃的今天，下雪了。我吃的是小米粥，没放糖。你那里的今天，冷吗？"

我希望，你收到这封信的时候已是春暖花开。如此，收到信的时候，你会感受到，别样的情愫在心中涌动。

我捧着信，穿过一条又一条街道，寻觅可以接收它的邮筒。终于，我来到邮局，站在那个绿色的无人问津的邮筒前。我对着它闭眼许愿。此刻，它就是个许愿瓶。

"咚——"的一声，是信封触底的声音，我的期许，好像得到了回应。

　　看着熙攘的人潮，我心生欢喜。你一定不知道，除了那几句话，我还在信里放了什么。时间真是个神奇的魔术师，放进去的东西和你看到的，不会永远一致无二。

　　我悠悠地踱步。惨淡的冬阳将我的身影拉得细长。我希望送信的车马慢一点，再慢一点。这样，我心中的期待，不就拉长了？这样，你心中的疑惑，不就延长了？我在天这边，揣度你抓耳挠腮却不得答案的模样。这样的模样，你失去多久了？一天，还是十年？

　　可惜，车马再慢，也还是要抵达的。

　　你收到了信，惊喜地展阅，犹如发现了一块处女地，一点一点地探寻。最后，除了那三句话，你只看到了几片金灿灿的，已经干枯的花瓣。那是雪天时，我摘取的腊梅花。

　　你没看到的，是已经融化了的洇了信纸的雪花和雪花上我说出的誓言。还有，我当时心中的甜蜜。

　　你一定不知道，我为什么不在粥里加糖。

　　这，是下一封信我会写到的内容。

　　也许，那个秘密，直到永远，只有我知道。

一方荷塘

奶奶的庭院，对着一方荷塘。及腰的篱笆外，便是波光潋滟的荷塘。那方四时呈现不同风姿的荷塘，陪伴我成长，成为我一生的挂念。

初春时，像镜子一样明净开阔的池塘，在春风细雨的滋润下，几株感知春意的荷，零落地露出尖尖的角，打破了池塘的沉静，并招引来几只红色的蜻蜓，在上面小憩。荷秆下，成群结队的小鱼儿优哉游哉地，在广阔的天地里遨游。

不几天，尖尖小荷已变成圆润的荷叶，像一柄柄伞擎着，有的高出水面，随风招摇；有的平铺在水面上，随着水波荡漾。又过几天，整个池塘被铺天盖地的荷叶包裹着，挤挤挨挨的，成了一片绿色的海洋，随风飘逸出淡淡的荷香。顽皮的青蛙蹲在荷叶上，和着伙伴的鸣唱，有节律地回应着："呱——呱——"

戴着老花镜，坐在庭院里纳鞋底的奶奶，随手拾起一块石子丢进池塘里，皱着眉头说："真吵！"

随后，池塘里传来几声"扑腾"的响声，霎时安静起来。

然而，不过一会儿，荷塘再次热闹起来。不光有青蛙的欢歌，奶奶养的几只鸭子，也加入了合唱团。

春雨时，珠子一般的雨点密集地敲打在荷叶上，"噼里啪啦"，像打鼓一般，一阵紧似一阵，煞是好听。我和伙伴们总是偷偷地溜出去，采摘一片心仪的荷叶，顶在头上当作雨伞，感受着雨点打在荷叶上的力量，听着雨点敲击荷叶的声响："吧嗒，吧嗒……"

夏日，荷花开了，万千荷花在绿色的背景下，袅娜绽放。红色的像一抹火焰，粉色的像娇羞的少女，洁白的像一棒雪……它们在金黄花蕊的映衬下，兀自美着，灿如星辰。而那些含苞待放的花骨朵，像是娉婷的美人，不急不躁，一日一样，慢慢地展现它的容颜。田田荷叶在习习夏风吹拂下，卷起一波接一波的绿浪，像无数娇俏的少女，随风掀动绿色的衣裙，散发出缕缕馨香。成日里，奶奶的庭院弥漫着清雅悠远的芬芳，令人心旷神怡。

　　不知多少回，我站在奶奶的庭院里，看着这方荷塘，心中暗想：我也想做一枝荷，不管是荷叶也好，荷花也罢，在清波中与小鱼嬉戏，与青蛙做伴，与风儿相吻……这，该是多么惬意的美事呀！

　　秋日里，一阵秋风一阵凉。在瑟瑟秋风和秋雨的摧残下，荷叶逐渐凋零，失了美感与生机，荷塘也因而显得萧瑟破败，但却流露出一股淡淡的禅意和悠远的诗意。已快长成的鲤鱼在枯荷间游动，悠然地吐着泡泡。每每看到此番情景，我总是想起宋代诗人周密的诗句："园翁莫把秋荷折，留与游鱼盖夕阳。"

　　年前，沉寂良久的荷塘再次热闹起来。叔伯们聚起来，开足马力抽水、捉鱼、挖莲藕。一大家子，男女老少，全都跳进池塘里，一起动手劳动。傍晚时分，莲藕和鱼，像小山似的，堆成几堆。大家看着劳动成果，望着彼此沾染泥浆的面容，每个人的脸上都洋溢着欢快的笑容。

　　直到这时，我才明白：平静的荷塘，不但是一幅流动于四季的画卷，也是一方丰硕的田园。只是它的成果，不但隐藏于脉脉的流水下，还需要我们耐心等待。

　　此时，远在异乡的我，蓦地想念奶奶庭院前，那一方荷塘了。于是，对着故乡的方向，不觉吟诵起流传千古的词句来："故乡遥，何日去？家住吴门，久作长安旅。五月渔郎相忆否？小楫轻舟，梦入芙蓉浦。"

春雨润诗词

　　春雨，和其他季节的雨水是不同的。夏季的雨水过于迅猛，秋季的过于凄凉，冬季的又过于凛冽了。春雨呢，轻盈中透着盎然的生机，迷蒙中带着说不尽的空灵与缥缈，那是萌生万物的琼浆，那是繁衍诗意的玉露。

　　从古到今，春雨带给人们太多美好的期许与憧憬，也让人们复杂的情感得到了排解与寄托，从而衍生了许多美妙的诗句，令人心驰神往。

　　贵如油的春雨，是天地间万物萌生的催化剂，细密的春雨润滑如酥。因着春雨的滋润，草木迅捷生长，将隐忍了一个深冬的能量肆意地绽放，舒展枝丫，娇翠欲滴。它来时，总是伴随着轻柔的春风，无声地滋养着大地上的众生。于是，每到春雨时节，一看到绵绵的细雨笼罩着眼前的山河，总是忍不住吟诵杜甫的《春夜喜雨》："好雨知时节，当春乃发生。随风潜入夜，润物细无声。"料想当年，诗人品味眼前的春雨时，心中也是欢喜的吧？

　　说起春雨，怎少得了江南的杏花春雨？鳞次栉比的青砖绿瓦，被脉脉的流水环绕，娇艳明媚的杏花点缀其间，缭绕的春雨升腾起一层水雾。春意葱茏下，是数不尽的小桥流水人家，一片烟雨，两岸杏花。此时的江南，犹如一幅水墨淋漓的国画，恬静幽远，清新生动。怎么看，怎么像是一幅画。若此时还有春风拂面，那该是怎样的惬意呢？

　　南宋诗僧志南那首脍炙人口的诗句，便将此中韵味书写了出来："古木阴中系短篷，杖藜扶我过桥东。沾衣欲湿杏花雨，吹面不寒杨柳风。"

千年以来，我们品味这美妙的诗句，赫然发现，写诗的诗人也成了画中一景，甚至酝酿出了一种悠远的禅意。此后，再读春雨中的杏花江南，不管是陆游的"小楼一夜听春雨，深巷明朝卖杏花"，还是晏殊的"风吹梅蕊闹，雨细杏花香"，便不再怀有伤春之感了。

若像志南和尚一样怀着豁达通透的心态，在广阔的天地中畅游，在如丝细雨中独处，那该是怎样的情形呢？洒脱不羁的诗人们，为我们描述出了别样的诗意生活。唐代诗人韦应物《滁州西涧》诗云："独怜幽草涧边生，上有黄鹂深树鸣。春潮带雨晚来急，野渡无人舟自横。"寥寥数语，勾勒出诗人在荒凉的野渡口遭遇春潮时，随着一叶扁舟纵横漂泊的画面，娴雅淡泊，如独坐观山，意境悠远，分明是一幅画，不愧是千古绝唱。

此后，黄庭坚有词云："半烟半雨溪桥畔，渔翁醉着无人唤。疏懒意何长，春风花草香。"苏东坡有词云："自庇一身青箬笠，相随到处绿蓑衣。斜风细雨不须归。"这些都传达了淡泊而通达的情趣与追求。通过迷蒙的春雨，不但渲染了浓烈的诗情画意，还表述了诗人们丰富的内心世界和旷达的志趣。

看着窗外的霏霏烟雨，那些关于春雨的诗词，犹如潺潺的溪流，让人心潮涌动。无论是王维送别挚友时描述的春柳的清爽，还是孟浩然和李清照深恐春雨摧红花的伤春情；无论是郑愁予因春雨而万物复苏的喜悦，还是朱湘春梦时窗前的淅沥，都是一幅幅生动的画卷，各有各的意趣，各有各的情愫。展开这些因春雨而编织的诗词画卷，犹如徜徉在千年的风雨中，个中滋味，无以言说。

撑着一柄伞，独自行走在迷蒙的春雨中，我像一棵青翠的幼苗，欣喜地迎接春雨的润泽。每一滴晶莹的雨珠，都像一句历经岁月的诗词，清冽甘甜，芳香四溢。只是不知道，眼前的春雨，又会孕育怎样的诗句呢？

我有小院

我有一处小院，它不甚大，抬眼就看到了尽头。沿着曲曲折折的石板路，是敞开的柴门。与柴门相连的，是及腰的篱笆墙。

篱笆墙四季都有它的旖旎。春季，缤纷而妖娆的多色蔷薇倚着它，一腔芳华随风招摇，散发着浓郁的芳香。夏季，蔷薇谢了一身芳华，一身绿装上攀附着无骨的喇叭花藤蔓，挤挤挨挨的各色喇叭花开成了一道绚丽的瀑布，让人不忍移目。

沿着墙壁，在春季撒上各色花卉的种子，只待它们破土而生，在不同的月份里，各自展现其异样的姿态与芳菲。雍容的牡丹，朴素的凤仙花，热烈的虞美人，雅致的梅花……它们只在自己的时节里，开放出无与伦比的花儿；过了时节，便收敛了姿容。

一棵树，或是春日里灼灼其华的桃树，或是白雪压枝头的梨树，偏立在小院一处：春天赏花，夏秋摘果。树下，是一块圆石桌，几个石墩散落在桌子周边。石桌上，必有一盏茶水：春季，是香谧的桃花水；夏季，是凉爽的西瓜汁；秋季，是滋润的冰糖梨水；冬季，自然是浓郁的红枣姜汤。不同的时节，赏不同的风景，喝不同的茶水，心情随之发生变化。恍然间，觉得自己也是小院的一部分。

小院的一隅，亦有翠竹的身影。有了那抹挺拔的苍翠，小院就有了风骨。即使在万物凋零的冬季，小院也有了令人欣喜的色彩，并添了几分风韵。风吹过，竹叶洒下窸窣细碎的声响，那是世间难得的天籁之音。那韵律，必得独处时，才能体会其无穷妙处。于是，微风起时，疾风细雨时，小院里因有了这片葱茏，便有了聆听自然之声的机缘。

四季里，总有各色生灵悄然落入小院。春风里，啁啾的燕子出入成双，在屋檐下徘徊，辛勤地修筑爱巢。夏日的蝉，是不邀自来的入侵者，它们恣意地占据小院的制高点，激昂地唱着情歌，拉长了白昼。秋日的蚱蜢，停落在依然绿意郁郁的篱笆上，待人走近，便倏忽间跳跃着逃窜了。冬日，几只因为饥饿而肥了胆子的麻雀，在院里蹦跳着，想要寻觅几粒食物……

独坐在小院里，或晒着暖暖的春阳，或坐在葡萄架下数着斑驳的光影，或对着秋阳细数西天的晚霞，或靠着墙根儿眯着眼睛看向冬阳，都有不同的味道。若是还有一点诗意，尽可以铺开一张白纸，写上几行诗句，可以是古体诗，也可以是新诗。当然，也可以挥毫画上几笔，就画院子里的花草，地上的虫子，空中的飞鸟……

汪曾祺在其《人间草木》中说："如果你来访我，我不在，请和我门外的花坐一会儿，它们很温暖，我注视它们很多很多日子了。"我要说的是：你如果来访我，我不在，请进入我的小院坐一会儿，柴门不闭的小院里，总有它的恣意生机，会舒展你的眉目，卸下你的包袱，为你尘封已久的心，打开一扇窗，会有斑驳的阳光泻进去。沐一沐融融的阳光，那些压在心房上的石头，便在无声中挪开了。

如果有缘，请来我的小院，坐一会儿。

初尝茭白

文友陆老师，是温婉雅致的江南女子，一餐一饭都极讲究。前几日，她做了道素炒茭白。皎皎如玉的茭白，浸着浅淡的调料，盛装在白底蓝花的瓷盘里，堆砌成满月的样子，宛如沾着梦幻色的天上月。

这还不够。饭后，陆老师还写了篇关于茭白的随笔，曰《水中芘》。不但写出了茭白可食的相关史料，还写尽了茭白的鲜嫩美味。甚至，还分享了历史上的一众饕餮，诸如袁枚、李渔所食茭白的菜谱及食后五感。读后，回味不止。咂咂嘴巴，舔舔舌头，好似口含有物，品之有味。这一口茭白，总要亲自品尝了，才算没有白读这文字，没有白识这江南的水中芘。

茭白原产于中国，古人称之为"菰"。《周礼》云："牛宜稌，羊宜黍，豕宜稷，犬宜粱，雁宜麦，鱼宜菰。"并将菰列为六谷之一。可见其时，菰为一种谷物。事实上，其种称为菰米，其拔节茎称为野茭笋，其变态肉质茎称为茭白，皆可食。

后来，菰因受黑粉菌寄生，植株鲜少抽穗开花，便逐渐从谷物中分离，继而成为一种营养丰富、口味独特的蔬菜，称为茭白、茭笋、菰菜等。

宋朝苏颂所编撰的《本草图经》中，对"菰"也有记载，言："生水中，叶如蒲、苇辈……甚肥……甜美堪啖，即菰菜也，又谓之茭白。"据说，这是关于茭白可食的最早记录。时至今日，茭白已成为苏州"八水仙"之一，又被称为"江南三大名菜之一"。茭白厚誉，可见一斑。

怀着一份难得的悸动，我迅速在网上下单，不过三天就收到货了。打开快递包装，氤氲着的江南水气扑面而来，似乎还带着江南的清风和江南的花香。甚至，还有江南的软糯和恬静。

　　茭白的茎秆上，沾着星星点点的水藻，弥漫着水塘里淡淡的气息。剥开翠绿色的叶鞘，赫然呈于眼前的，是两三节洁白如玉的圆柱状肉茎，似小儿手臂白胖胖、肉墩墩，柔软又厚实。长相肥厚些的茭白，在白的底色上，泛一些青白或青黄。初看，和竹笋近似，但比竹笋更有"肉"的质感。

　　好的食材，采用最朴素的烹饪方法，往往能保持其原本的味道。茭白也是如此。因而，我便采用了最简单的烹调方法，素炒。调料也尽可能清淡，既能绽放它的鲜嫩，又不压制它的本色。

　　很快，一盘茭白就炒好了，色如盈玉白雪。咬一口，肉质肥嫩清脆，很有嚼头。有竹笋或杏鲍菇的口感，却无竹笋的青涩，也无杏鲍菇的坚韧。紧致而不柴，清新而不涩，质厚而不僵。当真对得起"茭白"这颇富传奇的渊源和江南名菜的招牌。

　　品尝茭白后，旋即联系了陆老师，告知她茭白的滋味以及我心中所感所想。我们两人，一个在江南，一个在西北，隔着迢迢山水，一句接一句地闲聊着关于茭白的味道、历史及其进化演变和烹调的细节。

　　忽而，我想到了和陆老师的相遇相识相知，便脱口而出："真好呀！兜兜转转地认识了你，通过你知道了茭白，还品尝了茭白的美味……"

　　陆老师在那边笑着回答："是缘分使然，也是现在的好日子带来的必然。如果不是便捷的网络和物流，在茫茫人海中，我们可能这辈子都遇不到彼此，也品尝不到对方那边的特产，也不知道对方那边的风物。"

　　深以为然。当下便觉得眼前的日子，当真是最好的日子，抓得住、握得牢。就像已经食之入肚的茭白，已实实在在地咀嚼了、吞咽了、享受了，甚至已经在消化了。这种坚实，便让人心生安定，继而感觉幸福和知足。

此外，美好的日子，不仅洋溢在我们生动的面孔上，也流淌在我们恬静的心湖上。好日子，除了有饭菜香，有知己懂，有未来光，还要有一颗即使面对世俗的平淡日常，也能于细微处寻觅美好的鲜活心灵，名曰悸动，或期待。

我很喜欢这两个字：初，尝。

"初"的释义有"开始""第一个"等，它代表着"起始"和"开端"；而"尝"字，除了有"辨别滋味"之本义，还有"试探"和"经历"之义。"初"意味着开始；"尝"则意味着更进一步，已有了实质的践行。人生的很多选择和结果，何尝不是"初尝"的结果呢？比如，我与陆老师的相遇；比如，吃这道茭白。

一餐茭白，如剖我心；初尝其味，妙不可言。

生动的背影

　　走在熟悉或陌生的街道上，我喜欢将目光织成一张网，并适时摆成一架亟待按下快门的相机，对准一张张匆忙而过的背影，捕捉某个生动的瞬间，将它们定格下来，储存在脑海中。过不了多久，它们就像海浪过后，被裹挟到岸边的贝壳，一眼望去，尽是惊喜。

　　不久，我记忆的宝库就有了丰硕的成果。那些曾与我擦肩而过的陌生人，那些不曾打过招呼，甚至连面容都不曾看清也不曾记下的过客，他们的背影，却像一张张冲洗出来的大片，赫然浮现在我眼前，生动明艳，令人心醉。

　　独处时，我喜欢坐在玻璃窗下。迎着阳光，一边细看灰尘在阳光里升腾舞动，一边反刍脑海中那一帧帧的背影，他们像无声电影一般，在我脑海中演绎，一场接着一场。那些无言的画面，不过是陌生人的日常，不经意间流露出来的神色，却比最经典的电影更让人心动并沉迷。那些画中人，不曾对我说过一句话，甚至不曾留意到我的存在，却像挚友恩师一般，给予了我很多，很多。

　　雪后的清晨，一个粉嫩的小女孩，穿着可爱的冬衣，包裹得像一个彩色的粽子，欢快地踩在雪地上，她的笑声像铃铛一样，洒了一路。她那高大魁梧的父亲，为了搀扶住像小黄鸭一般稚嫩的女儿，弯下腰，将脚步拉得缓慢而迟延，就像牵引着一只蜗牛。这一大一小，在皑皑白雪上，留下两串脚印，一串大的，一串小的。他们的背影和他们身后的脚印，像一幅画，可爱而温馨。

一对老夫妻，已经买了新鲜的蔬菜和水果，从菜市场返回。他们的手臂挽着对方，一人提着蔬菜，一人提着水果，笑意吟吟，目光温和。阳光打在他们身上，他们的银发随风飘动，闪烁着让人炫目的金光。他们的背影，像一杯白开水，平淡简洁，却能滋润身心，让人如沐春风，不由得想起《诗经》的名句："死生契阔，与子成悦。执子之手，与子偕老。"

夏日，灼人的阳光像流金一样泻下来，烫得人睁不开眼睛。忽然，一缕隐约的清香飘来。一个撑着浅色洋伞的女士自我身边飘过，她穿着深绿色的旗袍，一双素净的布鞋，窈窕的身段在旗袍的包裹下，更显风韵，笔挺的脊背像翠竹一样挺拔。就在我暗暗惊诧于她非凡的气质时，我看到她那一头盘得端庄又精致的银发，以及她脸上细密的皱纹。

我一脸愕然地看着她。感觉到我的目光，她回了我一个美丽的微笑，婀娜的身影飘然而去。那个渐行渐远的背影，像是一汪清泉，涤荡着我因为闷热而浮躁的心。不知为何，盯着那个雅致的背影，我想起了戴望舒的《雨巷》，想起了那个在江南的细雨中，像丁香一样优美的背影。只是这个背影，没有丁香一样的忧愁，她既无哀怨，也不彷徨……

在不同的氛围下，在不同的心境里，我会想起不同的背影。那些不同的背影，有着不同的味道。有的是一首歌，有的是一首诗，有的却是一本书。它们展示着不同的风韵，给我以不同的启迪，犹如面对不同的人和风景，各有各的可爱和别致。

如果说，生活是一条连绵不绝的河流，那每个曾与我擦肩而过的人以及他们停留在我脑海中的背影，就是激起河流的一朵朵水花。如果说，生活由一个个精彩的片段组成，那么，那些停驻在我脑海中的背影，就是一帧帧美妙的图画，绚丽多姿。经过岁月的酝酿，它们又像一杯杯不同风味的美酒，蕴含千种风味，饮之即醉。

夏日闲读

即使繁叶连成绿色的汪洋，也不能消弭夏季的焦灼。炙热的阳光，聒噪的蝉鸣，增添了额外的焦躁。而能减轻这份烦扰的，除了一碗冰镇杨梅汤，还有一本适宜夏日翻阅的好书。

在午睡前，翻一篇短小精悍的杂文，或一则恬静温情的散文，或几首灵动清澈的小诗，都是极妙的。诗歌也好，散文也罢，那种或宁静的，或恬淡的，或闲适的韵味，随着越来越浓烈的睡意，慢慢放大。文字中的意蕴，也在慢慢升腾，让人倍感美妙，甚至忍不住称颂。

待到眼皮沉重，头脑昏沉，终于再也支撑不得，脑袋一歪，书本一合，迅即沉入梦乡。这时候，书是最动听的摇篮曲，是最好的催眠剂。而短暂的歇息，不仅让半日忙碌的身体得到舒缓，也为之前的阅读添加了真切的幸福感。

这个夏季，我放在床头上的书，除了沈复的《浮生六记》，还有汪曾祺、林清玄的散文，以及两本诗集——《泰戈尔诗集》和《寺山修司少女诗集》。这几本书，是我午休时的甜品，轻咬一口，蜜汁四溢，美味无法阻挡。

晚上临睡前，不看几页书，总觉得缺少点什么。不管是眺望窗外的万家灯火，还是仰望天上的明月，略不平静的心中，便期盼着用什么来填补心底那丝隐约的不安。而书籍，无疑是最忠诚的朋友。纵横捭阖的史书，或奇幻诡异的小说，这时都是不错的选择。清代文人张潮在其《幽梦影》里说："读史宜夏，其时久也。"为何？因为读史书或小说，方可消解因为炎热带来的焦虑，并可尽享那酣畅淋漓的痛快。

　　这几天夜晚，我正读的一本书，是90后新锐作家陈春成的短篇小说集——《夜晚的潜水艇》。这本书充满奇思妙想，又有绮丽曼妙的中国古典之美。莫名地，总让我想到鲁迅的《故事新编》。每一篇故事，都会把人带入一个不同于现代都市的奇幻之地，让人于好奇中，又心生安宁。这样的书，这样的故事，就着冰镇西瓜，怎一个"妙"字了得？

　　入梦后，书中的那些文字，也仿佛变成了一个个活泼的蝌蚪，或缤纷的泡沫，在广袤的天空飘摇。这样的梦幻，即使醒来后全然忘掉，也能让人拥有愉悦的一天，并期待着晚上早点到来，接续昨晚的故事。其中况味，非外人道也，非外人得之也。

　　若是遇到下雨天，手捧一卷，那便另有一番情致了。不管是白天，还是夜晚，听着急骤的雨点，甩打在瓦楞上、荷叶上、芭蕉上，奏出盛大的天籁之音，和着蛙群的欢歌与电闪雷鸣，心中别有一番空旷天地。此时翻卷，更像是一种修行与参悟。正如清代诗人慕昌湉在其诗作《雨夜读书》中所言："密雨喧苔砌，芸窗夜读书。吟声深竹里，凉意一镫馀。风起蛩鸣急，更深暑气除。流观千古事，此乐有谁如。"这时候，读什么似乎都不重要了。因为翻卷而读的人，也融入自然，成为风景的一隅。

　　即使暑气逼人，乐于捧卷的人，也自能于书中寻觅一片清凉之地，并享受文字带来的清爽与阴凉。恰如明代诗人于谦诗作《观书》所云："书卷多情似故人，晨昏忧乐每相亲。眼前直下三千字，胸次全无一点尘。活水源流随处满，东风花柳逐时新。金鞍玉勒寻芳客，未信我庐别有春。"寥寥数语，盛赞读书之乐及读书之益处，读罢令人拍案，道尽了天下乐读者的心声。

　　于酷暑中，翻卷闲读，其中之乐，无以言表。

半亩荷塘种清欢

奶奶的庭院对着池塘，及腰的篱笆将庭院和池塘隔开，却遮掩不住那方池塘的四季旖旎。于不同的时光里，纷呈出不同的风姿，总让人神往。而我最钟情的，便是夏日的荷塘。

初夏时，青碧的荷叶铺满了整个池塘，层层叠叠，错落有致，将脉脉的流水包裹着，丰盛的绿色成了这方池塘的主色调，让人心生欢喜。坐在庭院里，只一抬头，便望见那一池的绿，目光再也流转不动，心胸也跟着开阔起来。

不多久，似乎是一夜夏风的吹拂后，又似乎是一霎时，纷繁的绿色板上开出了缤纷的花朵。那些色彩与姿态各异的荷花，各自展示着自己的风情：有炽烈的赤色，有娇艳的粉色，有素雅的白色。那些露出金黄花蕊的荷花，在熏风下，尽情地展现自己的芳菲。含苞待放的花骨朵儿，仿佛二八年华的少女，羞涩地隐藏着自己的容颜，只待你一转身便倏然绽放，让人错失花儿初绽的瞬间。

微风下，婷婷的荷叶与花枝随风摇曳，散发出缕缕清幽的芳香，在你鼻边拂过，在你想要探究它时，便消匿了，似乎刚才的气息不过是个美好的错觉。在你顿感失落时，它竟再次倏忽而至，萦绕在空气里，若有似无，时隐时现，让人抓不着。

我喜欢与奶奶一起，坐在庭院里绿茵葱茏的葡萄架下，喝着奶奶冲泡的柳叶茶，嗅着荷花的清香，望着眼前的半亩方塘。那时脑袋里一片清明，可以从宇宙洪荒想到未来世界，可以从脚下一只匆忙而过的蚂蚁想到时间的尽头……也可以，什么都不想，只是静静地坐着，安享时间"滴答——滴答——"逝去的每一个刹那。

我凝望着荷塘，奶奶和蔼地凝视着我，我们沉浸在恬淡的宁静里，不交一语，却好似说了千言万语。

安静的荷塘上，不时飞来一些匆忙的过客，有时是一只红色的蜻蜓，有时是一只灵巧的鸟儿。它们停落在荷花的花蕊上，或莲蓬上。它们在短暂的休憩后，便振翅飞走了。在它们停留的片刻里，许是对荷花与莲蓬诉说着它曾到过的远方。来着的继续来着，走了的仍然走了。于是，荷花谢了，落了花蕊，成了莲蓬。后来，莲蓬在风雨中，慢慢地成熟，落入水中。

荷塘从不寂寞。在层叠的荷叶下，是潺潺的流水。清澈的流水里，是成群结队的鱼儿，它们悠然地游荡着，偶尔探出水面吐出几个泡泡。蹲在荷叶上的青蛙，猝不及防地叫起来："呱——呱——"吓得胆小的鱼儿，慌乱地钻进水底四处逃窜。这还不算完，奶奶养的那几只鸭子，在池塘边嬉戏追逐，扑腾起水花，泛起层层涟漪，那些扩散的波纹一触碰到荷叶，便碎了，也散了。

待到急骤的阵雨袭来，豆大的雨珠打在荷叶上，敲打出悦耳的交响乐时，那群傻笨的鸭子才急匆匆地排着队，一边吵闹一边笨拙地摇晃着身体，溜进庭院来。而池塘里，争相鸣唱的青蛙像比赛似的，可劲儿地叫着，似一曲杂乱而高亢的合唱。这是荷塘最热闹的时候了。

雨过天晴，阳光洒在荷塘上，荷叶上的水珠随风而动，闪着晶莹的光芒，散开去又聚拢来。经过雨水冲洗的荷花，清丽淡雅，娉婷玲珑，似仙子下凡，不染尘埃。

烈日高照，风从南方吹过来，风从荷塘上吹过来。在炎炎夏日里，这方荷塘，为我送来一片清凉与幽香，送来一缕恬淡的清欢。

"人间至味是清欢。"此味，这方荷塘让我偶得之。

遇到你，遇到第一束花

七夕早上，我跟风在朋友圈发了条说说："如果我住在你心里，你会记得在特别的日子里，会有特别的爱给我！"明晃晃地说出来，暗戳戳地提醒那个不解风情的人。

窃以为，每个特别的日子，都需要特定的仪式感，以慰藉我们平淡的日子，为忙碌的生活带来一味调剂和惊喜，哪怕只是刹那的欢悦，也足够熨帖过往的辛劳，并让人对明天心生期待，勇于面对未来的风霜。

谁知，中午竟收到先生的微信转账，666 元。附言是："记得明天给我买我最爱吃的甜瓜！"我虽然麻利地收下了转账，心中却有隐隐的失落。我想要的，仅仅是红包吗？当下暗想：明天得买三斤苦瓜，因为我要做凉拌苦瓜，苦瓜炒鸡蛋和苦瓜汤！

先生就是这样不解风情的人。从恋爱到结婚，再到婚后这些年，只送过我一次花，那还是"三八"节时，他们单位发给职工的玫瑰，一人一朵，男女有份。

这些年，我已经习惯了先生的"务实"，接受了平淡如水的生活。但是我知道，我心中仍住着一个少女，她不是谁的妻子，也不是谁的母亲，她只是她自己，怀揣着一颗跃动鲜活的心。

午饭后，我意外地接到一个快递电话，有人给我送花！惊喜之余，我的脑袋里浮现出一个人：除了她，不会是别人了。她就是亲爱的陆老师！她是一个向阳而美好、浪漫而热忱的人。只有她，懂得我内心的悸动和期待；只有她，能从我最近仅有的文字中，嗅到我心境的起伏。即使我们之间，隔着千山万水。

一问，果然是她。哈哈！

我雀跃着飞奔而去，接过快递员手中的鲜花，心波荡漾。这是我第一次收到一束鲜花，它来自千里之外的红颜知己，我心中的小仙女，陆老师。它像一汪甘霖，滋润了我早已干涸的心；又像一枚幸福的子弹，击中我早已失去浪漫的胸膛。直到我内心的喜悦溢满脸庞，我才惊觉我"燃"起来了。

那些尘封在内心深处的，像精灵一样的美妙情愫，破土而生，萌芽成荫，并瞬间缀满繁花。每一朵花，都在歌唱；每一朵花，都蘸着诗意。我捧着那束花，好似捧着一个新鲜而瑰丽的奇妙世界，那里郁勃繁盛，那里欣欣向荣。这束花，为我打开了一扇门——那里，通往曾经遗失的美好。

我捧着花，脚步轻盈，感觉时间回溯，仿佛回到了十八岁。我舍不得把眼睛移开花儿一下，甚至想变成一只蜜蜂，钻进花蕊里一亲芳泽。我捧着这束花，像捧着一个世界，更像捧着一颗悸动而热烈的心。那颗心，是我的，也是送花人的。

这束鲜花由一朵灿烂的向日葵，几朵雅致的白玫瑰，几朵梦幻的香槟玫瑰，几枝可爱的满天星，几片苍翠欲滴的高山羊齿组成。温馨浪漫，蓬勃昂扬。看着这束花，近日心头积蓄的阴霾一扫而光。特别是那朵灿烂的向日葵，沉默中弥漫着无尽的朝气和活力，给人以力量和鼓舞。它像一只鼓，无声而振奋的鼓点，轻轻地敲打在我耳边，呼唤我追寻阳光，坚定信念，并勇往直前。

那朵向日葵，就是陆老师的化身，也是她一直以来在我心中的形象。陆老师是一名优秀教师，她将青春奉献给了光荣的教育事业，早已桃李满天下。闲暇之余，捧卷写文，侍弄花草，烹饪三餐，既是兴趣所至，也能滋润身心。她乐观坚韧，勤奋好学，谦逊敬业，勇于进取……她有着江南女子的温婉细腻，还是一个可爱的鬼马精灵。她心胸开阔，乐于助人，对所有向她请教问题的人，永远知无不言，言无不尽。这样的女子，谁不想亲近呢？

有的人，是可遇不可求的。遇上了，你才知晓，她是一道光，给予你光芒，指引着你前行，安抚你的悲伤，掸落你身上的尘埃。只是静静地看着她，或者听一听她的声音，飘浮的心就落定了。看到她，你会想到一句话："斯人若彩虹，遇上方知有。"得之，我幸！

于无涯的时光中，遇到懂你的知己，收到她送的鲜花，这会为平淡的生活增添异彩与浪漫，激情与温暖。再见鲜花，再见她，阳光和心，都在闪耀。

遇到你，遇到第一束花，都是我人生中的幸事。

那些花儿

　　远离故土多年，也远离了家乡那些寻常而世俗的花儿多年。很多时候，想念家乡，是连带着想念家乡的风物的。除了人，还有那里的花草。

　　有些花儿，离开了特定的环境，从乡村搬到城市，美则美矣，却少了在故乡时的神韵。在高楼大厦的衬托下，显得寒碜而小气，甚至有一种自惭形秽的卑微，比如，凤仙花、鸡冠花、麻秆花、胭脂粉等。这些花儿，只有扎根于故乡广阔的土壤里，恣意地生长，一年复一年地开放，才有一种让人莫名的安定和踏实，朴实和温馨。看着它们一丛丛、一簇簇地开放，心里眼里满是欢喜，觉着这才对嘛，那些花儿就该这样子。

　　乡下人，既像他们祖辈赖以生存的土地一样，淳朴、简单、纯粹，又像土地上生长出来的果蔬庄稼一样，内在是厚重而丰富的。一座庭院内外，除了栽种上果蔬，还要点缀上多彩的花儿。比如，凤仙花，太阳花、大丽花、喇叭花……

　　凤仙花，是成长在乡村的典型的花儿。一到夏天，你且看吧，连成一片的凤仙花，开得繁盛热烈，叶子碧翠葱茏，花儿喧腾热闹。远远望去，翠色中点缀着艳丽的红，醒目得很。在骄阳下，其他花儿都怂了，蔫了，无力地耷拉着脑袋，一副无精打采的样子。唯有凤仙花，挺拔的茎秆，直立的身躯，密集的叶片，绚烂的花朵，仿佛精力无限的斗士。一阵急雨过后，凤仙花精神抖擞，更显鲜艳亮丽。它也不娇气，四散的鸡群无聊地啄食它的叶片，将它葱郁的叶片啄成了破衣烂衫，它依然挺拔昂然，不失气势。待到明年，凤仙花先前挺立的地方，仍是一片苍翠。

太阳花没有凤仙花那般高昂的阵势。若说凤仙花像身披红装屹立战场的红娘子，那么低矮的太阳花，则是妖娆的小家碧玉。它带着几分明媚，几分娇俏。缤纷的花朵，总是顶在根茎的最上端，攒成耀眼的花团锦簇。它的美丽是明目张胆的，不遮掩，不躲藏，就是要瞬间将美丽闯进你的眼睛里。一片小小的太阳花，就是一个小小的五彩花园。总有一种色彩，会吸引你的眼眸，让你的心悸动。窃以为，若是只能做一种花，那就做一丛斑斓的太阳花吧。小小的身躯里，积蓄着无尽的能量，竭力地释放体内的梦想和热情。

鸡冠花，大约是造型最特立独行的花儿了吧？深红色或紫色的花冠，折叠成层层的褶皱，像层叠的波浪，又像王冠一样顶在植株上，厚重而显眼，像威风凛凛的大公鸡，招摇得很。孩子们一看到鸡冠花，就忍不住摸一摸它的王冠，茸茸的，有趣极了。

乡间的花儿，各有各的情趣。它们扎根于足下的土地，是自由而奔放的。应时而开，应季而谢，没有过多的人为干预，它们是从容恬静的，又是热闹闲适的，就像栽种它们的人一样。

我时常期望自己有一座小院，不拘大小，种上各色喜爱的花草。那些在故土绚丽多姿的花儿，定是首选。放眼庭院周遭，花儿挨着草，草旁是繁花。随便它们纵意生长、开放、凋零，以弥补我过于雕琢的现实。闲时，在花丛中徜徉，便觉得时光在花草中停驻，一凝神，一晃神，沉醉中，时光便游走了，心中却是充盈饱满的。

花儿怡情。看着它们成长，凝成花苞，开放，身心也浸染着花儿的禀性，舒展，昂扬。我愿与故土的那些花儿一样，于朴实的外表下，扎根于大地，凝结一颗炽热的心，绚丽绽放，不负此生。

雪中煮酒待君来

雪，时常在铅色的空中，鹅毛般簌簌而落，正是"一色阴云蔽晓空，粉英琼屑乱茸茸"。若是配上刺骨的北风，便如烟雾般缥缈了。倘若无风，雪花"窸窸窣窣"地落下来，"吹破云心散九州，飞花一瞬白人头"。雪花落定的声音，敲在人心上，是一串舒缓轻扬的乐符。

雪一下，冬天的滋味便凸显了，萧条的天地灵动起来，人们畏缩的身体和蜷缩的心，也像蜗牛似的，舒展开来。雪是冬天的精灵，它有一种莫名的魔力，让很多人都喜欢它，欣赏它，赞美它。有了雪，似乎再寒冷的冬天，也值得期待和隐忍了。

自古以来，雪入画，雪入诗，雪入曲，雪入舞……但，雪与酒的渊源更为奇妙，也更值得玩味。无他，冷清的雪，与温热甚至激烈的酒一相逢，犹如水与火交融，在天寒地冻中，总能酝酿出一幕幕或柔情，或深情，或豪情的情愫，似陈年佳酿，历经岁月的沉淀，越发香醇，每每回味起来，总令人心醉。

酒，以水的形态自居，却有着火的性格。在刺骨的风雪中饮酒，更能凸显冬的凛冽和酒的炽烈。酒入喉后，瞬间便从水转化成火焰，酒水所到之处，犹如通红的炭火，烘烤着身体，身心便如山石一般刚毅从容了。如此，再面对嚣张的风雪，倒觉得眼前的风雪也有了风情，娇态万千，美不胜收。是以，明朝诗人袁宗道云"雪中酒戒最难持"，这一言，倒尽了多少人的心声呀！

大雪将至，沉闷的心情雀跃起来。白居易说："晚来天欲雪，能饮一杯无？"苏轼说："惟有主人言可用，天空欲雪饮此觞。"雪未下，酒意已到。雪未下，酒已温，只待有心人，叩门而入，相对临窗而坐，一边听着萧萧风声，一边赏着漫天白雪，把酒言欢，岂不快哉！

若大雪封门，一人独酌，静听风雪纷飞，人在室内，心系室外。"夜深知雪重，时闻折竹声。"于万籁俱寂的夜里，细细聆听大自然的合奏，那便是另外一番滋味了。

若在雪飘如絮的夜里，有老友冒雪前来，"可怜今夜鹅毛雪，引得高情鹤氅人"，该是如何欢喜？必应围坐于"红泥小火炉"旁，"十分满盏黄金液"，且看"一尺中庭白玉尘"，畅饮对酌。屋外大雪不止，室内温暖如春，友情与诗意在推杯换盏中升腾，长夜漫漫话不尽。"对此欲留君便宿，诗情酒分合相亲。"此情此景，当与君畅怀，一夜小酌！

若意兴浓烈，却无人对饮，那便携酒去，冒着风雪，揣着殷殷期待，叩开故人家门。"一盏寒灯云外夜，数杯温酎雪中春。"如此情景，如此情意，饮下的哪里是酒？

最有意思的是张岱了，往湖心亭看雪，彼时"大雪三日，湖中人鸟声俱绝"。到了亭上，"有两人铺毡对坐，一童子烧酒炉正沸"。看到同去亭中赏雪的张岱，大喜，并拉他同饮。豪迈的张岱，"强饮三大白而别"。呵，一场雪事，一场意外的相遇，一场三人对酌，一段流传千古的佳话。

如今，北国已是寒气蚀骨的冬季。我期待着在一场大雪中，有好友翩然而至。清脆的叩门声，惊醒枯坐蜗居的我。他手持一剪红梅，怀揣两卷诗文，三笑而问："能饮一杯否？"

我答："新雪对新酒，煮酒待君来。"

于雪中，偷得一日闲，与知己共饮，可抵十年尘梦。

食花者言

进入花团锦簇的春光后，一定要将五感全都用上，细细地品味，才算不辜负那满目的韶华。因此，不仅要观其色，还要听其语、嗅其香、尝其味。

一说到吃，便总是充满世俗的烟火气，甚至还会让人想到"饕餮""贪嘴"等颇具画面感的词汇。然而，以花为馔，却是一桩风雅韵事。且，以花卉入食，辅以雅致的烹调手法和独特的美食造型，往往会在视觉和嗅觉上，给人带来别样的体验，令人印象深刻，回味悠远。

中国自古就有食花的风俗。屈原在《离骚》中诗云："朝饮木兰之坠露兮，夕餐秋菊之落英。"饮露食花，既是古代修行者的一种饮食习惯，也是文人雅士不可或缺的赏心乐事。以鲜花为食，更是崇尚"道法自然"与"不时不食"的身体力行。

国人是浪漫又实在的。"花开则赏之，花落则食之，勿使有丝毫损废。"花儿绽放时，凝视赏望，不吝赞誉；花儿凋谢时，捡拾烹饪，不辞其味。赏也罢，食也罢，都是人们对花儿的珍爱，也是对美好事物的回应和反馈。

四季花令虽不同，但以花为馔，食法却大致相同。最简单的，是以花入清粥。这样的吃法最出挑的要数桃花粥了。皎皎的大米粥，熬得软糯，间或粉白色的桃花花瓣，弥漫着桃花清雅的香甜。盛在精致的瓷碗里，粉白相衬，好一个典雅的美味，总让人想起"人面桃花相映红"来。粥入口后，细腻却无法忽视的花香，在唇齿间生发，浅淡而馨香。即使饭后，呼吸和言语间仍有余香。

类似的，还有梅花粥、茉莉花粥、玫瑰花粥等。以不同的花卉入粥，会有不同的口感和香味，这便是每一种花儿的独特之处。大诗人杨万里也拒绝不了梅花粥的诱惑，他在其诗作《落梅有叹》中写道："才有腊后得春饶，愁见风前作雪飘。脱蕊收将熬粥吃，落圈仍好当香烧。"梅花飘散时，诗人捡拾梅花后，不但要做梅花粥，还要以梅花当香烧，真是个雅趣的人儿。

除了做粥，以花入食，还有用花做汤、做菜、做饭、做茶、做酒、做点心等吃法。最常见的，譬如用百合、栀子、菊花、霸王花等熬汤；用洋蓟、金针花、石榴花等炒菜；用玫瑰、菊花等蒸米饭；用茉莉、玫瑰、荷花、金莲花等做花茶。

梅花、茉莉、玫瑰、桂花等花可做点心，若能在造型和色泽上稍做奇思妙想，往往令人赏心悦目，不但能提升美食的视觉冲击力，更能让人感受到别样的愉悦。诸如玉兰花、栀子花、南瓜花等花，因其花瓣肥厚肉实，故可拌面糊下油煎炸。脆酥馨香中，是细微而奇特的差异，那是用丰富的词汇也无法言明的感受。此外，紫藤、槐花、榆钱、枸树穗等可拌面蒸食；梅花、丁香、桃花、牡丹等可做花蜜食用。

另外，不可不提的，便是富于风雅情趣的花酒了。桃花、玫瑰、荷花、桂花、菊花等，皆可做酒。屈原有诗云"奠桂酒兮椒浆"，可见战国时即有桂花酒了。唐朝诗人孟浩然的千古名句——"待到重阳日，还来就菊花"，则表明重阳赏菊花、饮菊花酒已经成为当时的风俗。

至于颇富浪漫色彩的桃花酒，千百年来，更是留下了不少脍炙人口的不朽诗章。诸如，元代胡奎的"春风吹舞腰，劝饮桃花酒"；明代唐寅的"花魂酿就桃花酒，君识花香皆有缘"；明末清初屈大均的"新篘正月桃花酒，溪女鲥鱼只百钱"……端着绯色的桃花酿，桃花的芳菲飘逸而出。于是，曾经的桃花，经过一个春秋的沉淀酝酿，穿过时空，与今年的桃花相逢。如此，便是两个春天的相遇。

不同的花卉，经过不同的承载与烹调，飘荡着异样的芳香，并在人头脑中幻化成深浅不一的旖旎景致。虽历经风霜，却依然绚烂璀璨，那便是不曾被辜负的美好时光。

见花开于枝头，见花开于杯盏，做一个"花吃"，甚好。

文字的魅力

这些年，读了一些书，写了一些文字。当有人追问我文字的魅力时，我总是笑笑，回答说："这个问题太大了，一言难尽。"

是的，文字的魅力，或者说文字的魔力，哪里是一两句话说得清呢？

《淮南子·本经训》记载说："昔者仓颉作书，而天雨粟，鬼夜哭。"通俗地说，就是文字的发明创造，是一件惊天地泣鬼神的伟业，它使知识与历史得以记载和传承，从而诞生了人类文明。

而就个人的感受来说，文字的魅力则是多面的。每个文字，像一个个充满了魔力的精灵，它们跟随着书写者的思想与情感，变幻成一块块有着温度和情绪的砖瓦，然后堆砌成一座座盛装着作者情意的建筑或风景，也许是一座宏大的城堡，也许是一片恬静的庭院，也许是一汪清澈的池水，也许是连绵万里的长城，也许是奔腾咆哮的大海……那些可能终生都无法铸造的梦想，那些可能永远也无法抵达的远方，都可以通过文字实现。

在文字的海洋里，作者描绘了一片苍穹，而读者则在阅读中，创造出了另外一片天地。而更神奇的是，同样的文字，不同的人品读，呈现出来的，总有或多或少的差异。

而且，文字是有性格的。或者说，书写文字的人，总是在潜意识里，将自己的性格和骨血，注入他笔下的文字。于是，那些成了篇章的文字，就成了他性情或内在的载体。即使他极力掩藏内心的波澜，但是那些真实的情绪，却如潺潺的溪流，通过一串串的字符，倾泻而出。那些隐忍的，酸涩的，热烈的，孤寂的，恬静的，细腻的情愫，借助于文字，跃然纸上。

于是，那些可能倏忽而逝的情丝，便凝固下来。即使时光流逝，那片刻的思绪，却成为不可磨灭的永恒。甚至，斯人离去，那些文字也在时光的河流里，熠熠生辉，宛如灿烂星河里的一颗。除了文字，世间万物，还有什么能有如此魔力呢？

文字不但有性格，还有灵魂。透过文字表面的形式，直视文字下蕴含的深意，不但可以体会到书写者的心境，还能领略到文字里暗藏的玄机，并让人从中汲取到莫名的力量。或是丰富荒瘠的心灵，或是平复汹涌的愤懑，或是慰藉苦闷的孤寂，或是给予前行的动力……你没有读懂它时，它只是挤挤挨挨罗列的符号，没有温度，没有情感。当你沉入其中，那些深藏于文字下的能量，就会浮现，并被人汲取，成为人生路上的明灯，甚至影响一个人的一生。

有时，文字是你最忠诚的朋友。即使它落满尘埃，却仍能陪伴你挨过寂寞冷清的深夜或一段困顿的日子。它能陪你穿过乌云，披荆斩棘，迎接阳光。

有时，文字是一坛历经岁月的佳酿，飘逸着时光沉淀下来的厚重与香醇，历久弥香。只饮一杯，便醉了。醉在文字弥漫的醇厚里，那是他人永远无法体会的酣畅淋漓。

有时，文字是一个谜题。初看时，不懂其中意；待到明了其中意，便成了谜题里的人。扶额叹息后，才洞悉连那一声叹息，都早已书写在奇幻的文字中了。

有时，文字是一首乐曲。不同的文字，演绎着不同的乐章，或激昂，或低沉，或慷慨，或柔美，或飘逸……在浩瀚无垠的文字中，你总能找到自己心仪的乐曲，时时吟唱，幸福而知足。

……

所以，神奇的文字，有着太多的魔力，让人没办法不着迷，并沉溺于它的美妙。而更奇妙的是，这样真切而实在的感受，却是文字难以书写的。正所谓，只可意会，不可言传。

若你正迷茫彷徨，无所依无所爱，那么走近并爱上文字吧，它会给予你很多很多。它会慰藉你的困苦，会让你疲倦的身心得以舒展。

在文字的浩海里，乘一叶扁舟，迎风破浪，静看潮起潮落。那是任何的物质享受，都替代不了的巨大快乐。

巴根草

　　周末散步时，在公园的一处草坪上，我看到了久违的巴根草。惊喜之情溢于言表，似是忽在异乡偶遇老友，心中一时百感交集。

　　坐在草坪上，轻柔地抚摸着身边的那片巴根草，它柔软得像毯子。那满眼满心的纯粹的绿呀，牵动了我多少记忆。

　　巴根草，又名铁线草或牛筋草。在我的家乡，巴根草叫"gé bá"草，鲜活的方言，形象地表达出了这种野草的顽强生命力。它把根茎深深地扎进土地里，盘根错节，纵横交错，那是以簇以集体而存活的植物，仿佛众志成城的一个群落。当你用铲子使劲向下挖，便能听到切断巴根草根茎的声响："嘣——嘣——"一铲子挖出来，便看到一段段白色的根茎，像藕段似的交结在一起，难解难分。

　　拾起巴根草白色的根茎，放进嘴巴里使劲嚼起来，一股清淡的甜味弥漫在口腔，那是乡村的孩子们不可多得的"野味儿"。

　　对于巴根草这种随处可见的野草，不管是人们还是牛羊，几乎都对它视而不见。它既没有艳丽的花朵，也不会长成葱茏的风景，它们的根茎深深地扎进土壤，枝叶也紧紧地贴近土地。割草的孩子抓不住它，牛羊也不愿意光顾它。然而，它就像身下的土地一样默默无言，安静地生长，从春到冬，绿了又枯，枯了又绿，一年又一年。

　　巴根草实在是一种奇异的草，它长在田间小路上，路人踩踏，车子碾轧都无法阻止它长出一茬儿又一茬儿，好似体内蕴含着无尽的能量。

　　冬季，枯黄的巴根草在冰霜摧残下，像饱经沧桑的老人。顽皮的孩子们点燃干枯的巴根草，火就着风，熊熊燃烧。很快，一片枯黄的巴根草就烧得一片黝黑，露出烧黑的土地，光秃秃的。可是，冬去春来，一场春雨过后，密密麻麻的巴根草最先探出绿色的脑袋，向人们传达春的讯息，并迅速长成一片绿毯。

白天，我喜欢躺在巴根草的绿毯上，平视眼前浩渺的天空。辽阔的天空上白云悠悠，犹如无边的海洋，朵朵白云就是海洋里的鱼儿，它们肆意地变幻着形状。就是躺在巴根草织就的绿毯上，我第一次以别样的视角，看到了美丽的天空。那是与平素抬头仰望的天空，完全不同的模样。新奇的发现让我激动不已，我沉浸在那奇妙的世界里无法自拔。

而我家门外不远处的石桥边，那片茂密的巴根草就成了我的秘密乐园，它陪伴我度过了几年美好时光。躺在柔软的巴根草上，嗅着青草的清新，听着虫子的低唱，感受风儿的轻柔，看着云朵的变幻，什么也不想，心却是满的。

傍晚时，我喜欢坐在巴根草铺就的绿毯上，看着西天上绚丽的晚霞一点一点沉入村庄。失去色彩的村庄，在最后一抹晚霞的映衬下，好似一幅宁静的剪影画。直到夕阳失去光彩，夜幕降临，我才依依不舍地走向家。

下雨的时候，下雪的时候，大家都想起平时不起眼的巴根草了，都喜欢走在巴根草上，如此就能"把滑"，避免摔跤了。

当我求学离开家乡时，父亲曾语重心长地告诫我说："要做个像巴根草一样的人，不张扬，有韧性，耐得住冷清。"母亲教导我说："交友要慎重，不能只看外表，巴根草朋友才'把滑'呢……"

啊，不起眼的巴根草呀，原来你的身影，早就印在了大家的心中。

致重名的"我们"

像很多人一样，我也曾对自己的名字不满意，也曾多次埋怨父母没有给我取一个特别而好听，又富于诗意和内涵的好名字。虽则如此，到底也只是发发牢骚，没有较真到改名字的地步。

上学后，知道了很多同学的名字，其中不乏同名同姓的同班同学，也因此带来了很多不便，闹出了不少笑话。聪明的师生们，便想到了给重名的同学编号的办法。比如，一个王磊叫1号，另外一个王磊叫2号。

虽然区分开了，但被叫作"1号"的同学却心生别扭。因为在学校里，"1号"被用来指代厕所。"去1号吗"这句话，在亲密的同学之间广为流传。而被叫作"2号"的同学也不满意。因为在我们老家，"二条"或"二"是骂人的话，其意大约等同于"又憨又浑又倔的人"。

尽管老师颇费了一番口舌，解释说不管叫什么，其实都是一个符号，不过是为了和别人区分开罢了，没必要过于计较。但这样的解释，到底不能让重名的同学释怀。

这时候，我不禁暗暗得意：我的名字虽然普通，却从来没有遇到一个重名的。即使长大后步入社会，也没有遇到一个重名的人，更不要说同名同姓的人了。

后来，接触了网络，也曾搜索过自己的名字，特别是在"人人网"上，看到了很多与自己重名的人，他们有男有女，散布在天南地北。看着那些名字，我心中很是复杂，有惊喜，有探究，有好奇。忽然就想知道，那些与我重名的人，都是什么人，他们在哪里，做什么。他们这时是在开怀地大笑，还是落寞地走在人潮涌动的街头？是正春风得意，还是跌入人生的低谷而心生茫然？是正值青春年少，还是已两鬓霜白？我忽然对那些重名的人，产生了强烈的兴趣。我甚至在想，他们是否也曾怀着同样的心情，期待着与另外一个"我"，相识，相交，相知，相惜？

然而，那些雀跃的心思，在繁忙的工作和琐碎的生活里，被慢慢湮没了。我渐渐丢失了自己，也忘记了那些与我重名的"我们"。我们像蒲公英的种子，飘落并扎根于五湖四海。无暇自顾的我，哪里还有多余的心思，去想那些和我同享一个名字的陌生人呢？

在日复一日的平淡里，我终于明白：名字，真的不过是一个区分自己和别人的符号而已。一个懒惰的人，背着一个富贵的名字，也未必真能如愿。如果说名字还有别的附加意义，大概就是取名的人，对那孩子的期许和情感吧。然而，不管多么普通的名字，都有很大的概率与别人重名。因为，长辈给晚辈取名的时候，心思大约是相同的，情感大约是相通的。

这几年，在忙碌之余，我再次提笔，拾起抛掷多年的文心，读书写文。在一个又一个孤寂的夜里，或是别人刷屏欢乐的时刻，面对着不言不语的白纸或电脑屏幕，用熟悉的文字，堆砌出一个又一个，有着不同情绪，不同思量的文章。

那些文字，记录了我曾走过的路，看过的书，交过的友，向往的生活……它们不但是对过往的总结，也是对现实的铺垫，以及对未来的期许。

在搜寻我文章的日子里，我知道了一个又一个，与我重名的陌生人。他们中，有教师，有护士，有工程师，有公务员，有个体户……他们的名字，连同他们的事迹和业绩、职业和地域，一次又一次映入我的眼帘。每一次，我都欣喜于他们取得的新成绩，感动于他们曾做出的牺牲与奉献。

那些"我们"可能永远也不知道，远在千里之外重名的我，在默默地关注着他们，并为他们加油打气。

　　在知网等平台上，我看到了几个重名的人，发表了不同行业的文章或论文，有文学的、工业的、教育的……随着时间的推移，他们总有新的业绩出现。大家好像在较着劲儿似的，对比着哪个"我"进步更快，收获更多。

　　这大概就是"念念不忘，必有回响"吧。想来，那些与我重名的人，也早早地，默默地关注着其他的"我们"，并暗暗地祝福着，然后对自己说：看看人家，我也应该加油啊，不要辱没了我们共有的名字。我想说，我也是。让我们一起努力奋斗吧，那些不曾结识的，陌生的"我们"。

踏访古长城遗迹

重阳节，与一众好友前往平定县岔口乡，登杨树庄段长城。此段长城位于晋冀交界处，是内长城。据相关学者考证，"其原址是在中山长城与北齐长城基础上修缮加固而来，约两百里"。

一个多小时的车程后，我们来到了杨树庄。参差的窑洞傍山而建，金黄的玉米垛、火红的辣椒串、通红的柿子，点缀着古朴的村庄，彰显着丰收的喜悦。袅袅炊烟漫开，散在淡薄的晨雾里。偶尔，喜鹊在稀疏的枝头跳跃鸣唱，和着几声鸡鸣犬吠，打破了村庄的静寂。

一行人下了车，沿着山路缓缓而行。巍峨的高山遮天蔽日，清冷的秋意凉透入骨。路边的野菊花一簇簇的，在杂草丛中绚丽夺目，伴着些许秋风送来缕缕清香。粉色的、紫色的喇叭花，攀着野树杂草，在萧瑟的晚秋里，葳蕤依旧，开出一片绮丽的风景，令人心动。

山路崎岖不平，一边是悬崖峭壁，一边是深沟险壑。山坡上，枯黄的背景上，是一抹抹深红的霜叶，或一丛丛耀眼的野菊花，它们在秋风的锤炼下，迸发出璀璨的生命力，在广阔的天地里恣意奔放、热烈狂野，这是属于它们的时节。高大的白杨和桦树，立在陡峭的山坡上，挺拔俊朗，枝干直冲云霄，像忠诚的卫士一样坚守着足下的土地。

转过一道弯，视野顿时豁然开朗，万里江山犹如一幅富有层次感的画卷，冲进眼帘。层峦叠嶂中，一条蜿蜒的白练赫然入目，像一条长龙盘旋在崇山峻岭间，雄浑壮观，令人震撼。那，便是传说中的中山国古长城遗迹了。长城下面，是陡峭的山崖，崖石上尽是蓬勃的灌木丛和低矮的树木，几丛红叶像一团团火焰，在阳光下流动着光彩。几棵苍劲的松树巍然挺立，枝干伸向悬崖，根茎深深地扎进悬崖峭壁间的缝隙里。

我们爬到半山腰，就来到了长城遗迹。长城从一座高山的山腰间崛起，沿着山脊连绵而去。此段长城，两米多高，一米多宽，用山石垒砌，辅以土石填充。参差的山石经过岁月的冲刷，依然坚实，并彰显出时光的痕迹。走在长城上，只觉得神清气爽，仰望蓝天白云，平视长城内外山河，俯瞰村庄小镇，记忆中关于长城的印迹，随着秋风呼啸而来。那些残酷而激烈的战场，那些鲜活而模糊的面孔，那些悲壮而缱绻的诗句……像一条奔流不息的河流，裹挟着泥沙滔滔而来。长城两边，是凶险的沟壑。绵延向前的长城，就势而立于这天堑之上，成为古人保家卫国的屏障。

我们一路前行，在斑驳的山石中，在触手可及的生灵中，探寻古人留下的遗迹。这段长城的尽头，是深不见底的悬崖。连绵的长城，在此处骤然而止，像一个意犹未尽的感叹号，令人猝不及防。秋日的暖阳，和煦而温柔，照着绵亘的群山，照着山下的村庄，散发出金色的光彩，恬静而旷达，寂寥而幽远。霎时，时间似乎静止了。也许，在滚滚历史长河中，在某个宁静的秋日里，在阳光恍惚的时刻里，在长城上远眺的某个将士，也曾发出这样的感慨。

千百年来，长城像巨人似的，横亘在苍茫的大地上，看着芸芸众生，耕作与繁衍，热烈与冷寂，和平与战火，血汗和泪水……它是一卷悠久的史书，记载和见证了历史的车轮滚滚前行的印迹，承载了一代又一代国人寸土不让的决绝与血泪。它是一个无法磨灭的图腾，深深地烙在中华儿女的骨血里，时刻警醒国人和平来之不易，幸福来之不易。

深秋的清晨

深秋的清晨，天空迷离昏暗，整个城市，笼罩在一层淡薄的雾色中，像是一个睡意蒙眬的巨人，似醒非醒。

走出大门，身体立即被入骨的凉意包裹，吸入肺腑的空气像冷饮一样，在胸腔里流窜四散，汗毛竖了起来，鼻头也跟着酸胀，竟然有点初冬的意味了。于是，我赶紧开始慢跑，随着脚步的加快，凉薄的秋风在耳边掠过，带出轻微的风声。几片树叶在秋风中缓慢坠落，似乎带着对枝头的无尽眷恋，下坠的过程飘摇而犹疑。

原本青翠昂立的银杏在金风中，披着一身璀璨的金装，犹如沙场秋点兵时威风凛凛的将军；那随风作响的"沙沙"声，竟似卫士们的呐喊。墙壁上，曾经在春夏里流溢成一道绿色瀑布的爬山虎藤蔓，此刻变成了火红的海洋，于微风中掀起一波接一波的红浪。在阴冷的清晨里，灼热了我的眼。原来，经过风霜的绿叶，褪去青涩，竟然如此明艳动人。

花坛里，几株挺拔的大丽花昂然而立，赤红的艳丽，粉红的俊俏。它们硕大的花朵上沾着一层细微的水汽，更显花朵的娇嫩与华丽。然而，它们却不是柔嫩的花儿。它们从夏天开到深秋，看过了夏季的热烈，也体味到了深秋的清冷，它们是可以与秋菊并肩而立的，坚韧而优雅的花儿。

这时，不知谁家的狗，欢蹦着跑出来，快活地追着自己的尾巴打转，好像那是世间最欢乐的游戏。我被狗儿的欢快感染，心中泛起一股暖流，脸上漾起笑意。一瞥眼，看到住在一楼的一位白发老人，对着落地窗，独自一人悠闲地喝着早茶。此时，他眼前有茶，身边有景，当真惬意得很。而他不知道的是，他，连同他身处的风景，恰似一幅画，装进了我心中。

跑出小区后，我看到穿着橙色工作服的清洁工，已经结束了清晨的工作，扛着扫把向前走去。24 小时便利店的老板，正拿着抹布认真地擦着玻璃门，顶着两个浓重的黑眼圈，不时地打着哈欠。早餐店门外，蒸笼上冒着热气腾腾的白烟，空气中飘荡着小笼包的诱人香味……

马路对面，一个坚持晨跑的邻居冲我会心一笑，我微笑着点头，加快了跑步的速度。不久，离我仅有几步之遥的马路上，一只白色的鸽子悠然地踱着步子，在宽敞的马路上啄着什么，认真而投入，全然没有留意到自己已经进入我的视线。我停下脚步，看着那只漂亮又神气的鸽子越走越远，不得不跟它说再见。

这时，几个步履匆匆的上班族，快步走向附近的车站。车站周围，已经有几个人立在那里，不时地张望着公交车驶来的方向。

马路边，有序地停放着几辆出租车，车窗开着。司机或是刷手机，或是看着外面的风景抽烟解乏。对于他们来说，一夜的工作将要结束了。

离开宽敞的马路，拐进一条小区的巷道，那是被附近小区居民亲切地称作"早市"的菜市场。六点多的早市，正是红火的时候，新鲜的蔬菜和瓜果还沾着露水，清灵灵的，嫩生生的。买菜的多是上了年纪的老人们，他们的袋子里盛装着丰富多样的菜品，那是一家人一天的营养来源，自然马虎不得。一些严谨的阿姨，甚至戴着老花镜对着手上列出的清单，按图索骥地寻找自己需要的食材，那份认真投入的神情，让人心生肃敬。

而那些身穿肥厚衣服的菜贩，则手忙脚乱地招呼着自家摊位前的主顾们，快乐地忙碌着。我喜欢这个热闹并充满烟火气息的早市，它让我们明白一日三餐的来源和我们辛劳工作的意义。

提着精心选购的蔬菜，一路小跑着返回。这时候，身上早就被一团热气笼罩着，全身都热乎乎的，身上的毛孔都张开了。

望向东方，那里格外亮，太阳被云朵包裹着，周边的朝霞发出绚丽的光彩，让人忍不住想要多看几眼。太阳，就在层层云雾之中，一点一点地，爬了出来。

繁忙的一天，就这样开始了。

菜园

村里人很少买菜，因为几乎家家户户都有菜园。我家也有菜园，那是我家的"蔬菜基地"。

我家的菜园位于村头的石桥旁。父母经过一番辛苦，将那片巴掌大的荒地开辟出来，在周遭扎上一圈篱笆，并施肥修整，栽种上一家人喜爱的蔬菜品种。从此，菜园成了全家人的好去处，也成了全家人的心头宝。

小小的菜园，被母亲规划安置得井井有条。这一片种韭菜，那一垄种辣椒，那两垄种豆角……每一寸土地，都有自己的归属和任务，按照时令与气候，变换着容颜与姿态。春季，大蒜、洋葱、生菜、莴笋将菜园分割成几份。夏季，辣椒、茄子、豆角、黄瓜、西红柿，与空心菜、苋菜、油麦等绿叶蔬菜，挤挤挨挨地盘踞着菜园，青翠、浅绿、深绿、墨绿……色调不一的绿，一股脑儿地冲到你眼前，让你惊艳于这片小小天地的丰盛。秋季，瓜类蔬菜下来了。丝瓜、苦瓜、葫芦等，在各自的藤蔓间随风而动，展示着滚圆的身材。南瓜和冬瓜像两个吃撑了的小胖墩，服服帖帖地蹲坐在地上，任凭秋风再刚劲，也无可奈何。冬季，只有那些耐寒抗冻的蔬菜顽强地立在寒风中，为萧条的菜园增添几分绿意，如：菠菜、芫荽、蒜苗和油菜等。

因而，不管什么时候，只要去菜园里走一遭，它保证不会让你失望，更不会让你空手而归。

除了蔬菜，母亲还会栽种一些稀罕的物件，来丰富菜园的物种。几株可爱得让人咽口水的草莓，一丛开得姹紫嫣红的凤仙花，抑或是两棵金灿灿的向日葵。它们别致的身影和色彩，打破了菜园单调的绿意，吸引了大家的眼睛，也让每个去菜园溜达的家人，多了一份别样的期待与欣喜。

在等待果蔬成长的过程中，我愿意跟随父母付出一份劳动和汗水，并甘之如饴。在蔬菜长成之前，每种菜都有各自的丰姿，翠得可爱，茂得葱茏。每株叶片，也都有各自的特别，有针形，有心形，有掌形，有卵形……小小的菜园，仿佛一本丰厚的大百科全书，教我知识，也让我知道了世界的丰富多彩。

我喜欢挽着菜篮子，怀着雀跃的心情，一蹦一跳地奔向菜园。每次进菜园前，我都不知道那块小小的田地，会呈现怎样的美丽，会带给我怎样的收获和果实。那样的心情，就像站在一扇充满未知的大门前，既好奇，又憧憬。

每次站在菜园里，我都会深深地吸一口气，然后像个富足的国王一样，审视着脚下的土地，端详着土地上的每一株果蔬。红色的西红柿像一盏盏惹人怜爱的小灯笼，绿色的辣椒弯成了天边月，粉紫色的豆角花像是停驻在枝头上的蝴蝶……这片散发出蓬勃生机的土地，不禁让我回想起自己与父母一起流下的汗水和我们的殷殷期盼。每每看着菜园里呈现出来的缤纷色彩与丰硕成果，我的心中总是涌动着一股无法言说的满足和充裕，觉得自己是个幸福的人，付出有了收获，期盼有了着落。

我喜欢轻轻地掐着菜叶，悠悠地采摘着辣椒、茄子、豆角，慢慢地品尝丰收的果实，如此，就拉长了心中的喜悦。

心情烦躁时，我总是忍不住走进菜园。看着长势喜人的蔬菜，那些世俗的纷扰一会儿就烟消云散了。在我依依不舍地离开菜园时，那些烦忧，全忘却了。我不知这方小小的天地，为何竟有如此神奇的力量，竟能慰藉和平复我内心的嘈杂，陪伴我走过迷茫的少年时期。

时至今日，我才赫然发现，那片用篱笆攒起来的方寸之地，不仅满足了全家的口腹之欲，还成为我心中的一方净土，它滋润并丰富着我的身心。即使在远离故土的当下，每每想到它，仍觉得富足美好，淡然恬静。

邂逅一个村庄

今年春天，去附近的村庄采风。大家吃了午饭，才集合出发。一个多小时的车程后，就到了目的地。

那是一个相当规整的村落，村庄沿着山势铺张开来，房屋与庭院也依着地形修筑。远远望去，一排排的房子像一畦畦的庄稼，整齐地长在层层梯田里，错落有致，静穆中自有一丝灵动。房屋的颜色并不单调，有粉刷一新的雪白色，有略显沉闷的水泥灰，有透着肃穆的砖红色，还有朴实厚重的大地黄——那便是用土坯修葺的土房。几棵散落在村庄的高大挺拔的梧桐树，堆叠着浅紫色的花，连空气中也飘逸着淡淡的花香。这抹梦幻般的色彩，为村庄增添了几分别致的绚烂。

这个村庄，就像一条连绵的河流，让人在静默的建筑中，看出了时间的痕迹和岁月的沉淀。午后的暖阳，静静地泻下来，照在人身上，连毛孔都舒展开来，便觉得自己是个膨胀的发酵面包，慵懒而迷离。

莫名地，忽而惊觉眼前的村庄，和其他我见过的村庄一样，都有一种神奇的魔力。似乎只要人一进入它的领地，就觉得时间被拉长了，甚至停滞了。同时，之前压在身心上的重荷，一下子就消失得无影无踪。之前觉得烦躁郁闷的事情，也如天上的浮云随风而逝，更似曾经点水而去的蜻蜓。

跟着村长，我们参观了村委会和村里的观光项目，以及几处具有历史价值的老屋和历史遗迹。看着那些泛黄的黑白照片和历经沧桑仍屹立于世人面前的建筑和遗迹，心湖禁不住澎湃起来，不得不让人敬佩祖先的智慧和他们不畏困难、脚踏实地的奋斗精神。岁月带走了他们，却留下了他们用双手堆砌起来的成果。即使蒙着一层时光的尘埃，他们和它们，仍然令人敬畏。

村庄里没有什么人。坐在门口的大树下或石墩上晒太阳的，多是上了岁数的老人。他们半眯着眼睛，悄悄地打量我们一番后，继续合上沉重的眼皮，与周公相会去了。阳光透过不甚密集的树叶漏在他们身上，洒下或深或淡的光斑，时间似乎在他们身上凝固了。偶尔，有几个顽皮的孩子蹦跳着从我们眼前跑过，并洒下一串欢笑的铃声。在枝头上鸣唱的喜鹊和在地上觅食的麻雀，以及不期而遇的几声鸡鸣犬吠，越发让我怀疑自己闯入了桃花源。

时间，它还是有脚的呀。就在我们慢腾腾地用脚步丈量村庄的时候，就在我们的身心被这里的风吹得熨帖的时候，就在我们以为阳光不锈的时候——太阳的脚，宛如一只永不停歇的蜗牛，竟从南边挪到了西边。阳光不再和煦，变得阴凉了。

就在我怅然若失的时候，西天的太阳已经慢慢坠入远处连绵的高山，只留下层层耀眼绚丽的晚霞，燃烧着太阳最后的光彩。我们的脸上和大地上，洒下了一层金色的光芒。那是一日的太阳，在今天最后的停留。

大家坐在宽敞的庭院里，就着霞光吃起了农家饭：大馒头配烩菜和熬得软糯可口的小米红薯粥。饭菜虽简单，却滋养肠胃。和我家乡的饭菜很相像。一口一口吃下去，身体和五感好似找到了熟悉的记忆，一点一点地沉浸其中。闭上眼，仿佛回到了曾经的故乡。

饭后，大家欢畅地热闹了一回。围着农家庭院外熊熊的篝火，伴着火辣快活的音乐，大家自由自在地载歌载舞。耳畔播放的歌曲，仿佛逆流而上的大江大河，它穿越时空，像杂烩汤一样丰富多味。有伴随我们成长起来的儿歌，有曾激励我们砥砺前行的青春之歌，有曾让我们伤感甚至哭泣的情歌，还有闻所未闻的潮流新曲……听了几曲，竟似在熊熊的火光中，看到了曾经的自己，一路跌撞着成长起来，然后被时光雕刻修饰，终于长成今天的模样。

直到月亮高挂在夜空，寂寥地将银辉洒向人间，我们才依依不舍地返回。一路上，明净的月光下，是沉睡连绵的群山，它们像沉重的剪影，只有单调的基调，却绝不沉闷，肃穆而静默，无声地彰显着自己的轮廓。

深邃的夜空里，星星像萤火虫似的眨着眼睛，陪伴着明月。山脚下，散落的灯光里，演绎着不同的生活和故事。一个灯火，就是一种人生。然而，流溢的灯河，此时只有一种基调，那就是平淡的温馨。

一个多小时的路程，将我们从高楼林立的城市，带到了恬静平和的乡村。不过百里的路程，体味两种截然不同的生活，真好。也许，穿过城市的丛林，越过广袤的田野，从一种生活跳跃到另一种生活，体味另一种日子，未尝不是人生的一种修行。这短暂的行程，丰富了我原本贫瘠而单调的小城生活，期待下一次，与乡村相逢。

思乡是一种味道

前几天，母亲打电话说，远在南方打工的表哥可能是想家了，说特别想吃家里的香椿。挂了电话，母亲发了愁，虽说当下正是吃香椿的时节，可是她怕天气转热，快递邮寄到了南方，鲜嫩的香椿早就闷坏了。母亲的言辞中，满是无奈的伤感。

大姨故去多年，表哥也早已为人父。多年来，他为了生计奔波，背井离乡南下打工。想来，在孤寂的夜里，对着皓皓明月，望着家乡的方向，他必定心中波澜涌动，思乡情切。

当年，温和可亲的大姨很宠爱我们。每次到大姨家，她总是变着法给我们做各种好吃的。心灵手巧的大姨总有很多主意，除了难得的肉食，她总能别出心裁地，给我们端出一盘盘让人吞咽口水的菜肴，而香椿更是让大姨做到了极致。

大姨做菜精致，即使是凉拌香椿，也要先焯水去除青涩，然后依次加入各种调料。必不可少的，是撒上她自己制作的芝麻盐。孩子们都很喜欢吃大姨做的凉拌香椿。大姨还会做香椿炒鸡蛋、香椿饼、腌香椿和油炸香椿。它们的味道远胜凉拌香椿，也更得孩子们的欢心。

千帆过尽，沉淀在心头的，总是那些不经意的小事，比如这味道怪异的香椿。每到初春草木萌发时，看着枝头上那嫩生生的椿芽，便总会想着：家里的香椿长好了吧？奇怪的是，曾经最厌恶的凉拌香椿，现在反而觉得最是清脆爽口了。它不但沾着故乡和岁月的滋味，还混合着泥土的清新和自然之味，香醇浑厚，最耐咀嚼。

想来，表哥也是如此吧。我体恤母亲的不忍，更能理解表哥的心思。于是，赶紧在网上下单，给表哥和自己分别买了两斤香椿。收到快递后，热衷于厨艺的表哥，利索地弄了几个小菜：香椿炒鸡蛋、香椿拌豆腐和炒花生米。随后，他满是欢喜地在朋友圈发文晒照，说："简单小菜，美好生活，就是这个味儿。这就是家乡的味道，也是妈妈的味道。"

　　是呵，家乡最寻常、最朴素的吃食，总能直击人心。

　　说到香椿，一个好友说她是不吃香椿的，因为受不了那股特别的味儿。我笑着说，正是那股特别的，甚至难闻的味道，才是我们这些离家多年的游子的心头好。正是它，撩拨着我们的神经和记忆；正是它，连着天边的故乡，系着过往的岁月。

　　我想，不喜欢香椿的好友心中，必定也有一种特别的味道，是她多年来一直念念不忘的。那味道，一端连着她，一端连着她心中的故乡。果然，好友说她朝思暮想的，永远是家乡那独一无二的鱼腥草，它的美味非比寻常，凉拌最爽口，简直让人欲罢不能。

　　呵，又是一种怪异的家乡美味！

瑰丽的幻想，奇幻的世界

——读《夜晚的潜水艇》有感

　　这个夏天，陈春成的《夜晚的潜水艇》宛如一座空中之城，浪漫而深邃，带给我很多惊喜和沉思，让人心生恬静与平和。它好似在广阔的大海中，悄然前行的潜水艇，带我领略了一个个瑰丽的奇幻世界。

　　这是一本短篇小说集，全书由九个独立的故事组成：《夜晚的潜水艇》《竹峰寺》《传彩笔》《裁云记》《酿酒师》《〈红楼梦〉弥撒》《李茵的湖》《尺波》《音乐家》。光是看每一个故事的名字，就令人浮想联翩。九个故事，游走于古今中外不同的地域和环境，在现实与梦幻中穿梭，笔力老道，描写细腻而浑厚，引人入胜，令人回味。

　　这本书的作者拥有缥缈而丰富的想象力，用清幽而令人沉醉的笔锋，在现实世界中，挖掘出很多通往神秘之境的隧道。诸如，于深夜里在幻想的潜水艇里畅游的少年；深山古寺中失踪的石碑；可以书写旷世奇作的彩笔；可以被随意剪裁并作为广告牌的云朵；能酿造出使人返老还童奇酒的酿酒师；被视为宇宙意义的《红楼梦》；能穿透一切，令世间万物化为乌有的尺波剑；寻找到与自己的灵魂契合的歌声后，便化为灰烬的椋鸟……这些清新而灿烂的幻想，宛如哆啦A梦的口袋，随手拈来，营造出一个个绚烂缤纷的五彩世界。

　　而这样的世界，不但是孩子们所向往的，也是在平淡世俗的日子里日复一日的成人，所梦寐以求的世界。在那里，一切皆有可能，梦想皆可实现。在那些天马行空的描述中，在那些用文字铸造的世外之地，我们浮躁的心得以沉静，我们的灵魂有了着落。

本书作者细腻而敏感，书中每一句话都值得品味。很多看似简单的文字里，却隐匿着作者的深度隐喻。而那些背后的东西，往往才是作者想要表达的内容。若少了推敲与挖掘，那么也就少了很多读这本书的乐趣。那是一种无以言说的痛快，并夹带着莫名的伤感与失落。好似一个孩子在历经风雨后见到的彩虹，在他眼中一点点消失。而在现实生活中，我们不但需要经历风雨，更期待风雨后的彩虹，以及彩虹消散后的落寞与寂寥。因为，唯有如此，我们的心中才会再次升起期待，并于漫长的期待中，耐心地等待，磨砺并成长，隐忍并耕耘。

至于本书的文字，则充满灵动的意趣和想象，仙气缭绕，禅味清幽。很多文字读起来，简直是一首隽永的小诗，颇富韵味和哲思。比如：

"一些冰凉的音符，玉石质地，从楼梯上一级一级跳落下来。"

"黄昏先我一步而至，栖身在院中大榕树的枝叶间，像许多细碎的橘红色星星。"

"有的人注定会掉进某些事情里去，绕也绕不开。有的人就不会，一辈子活在洞穴和陷阱之外……"

"我一度拥有过才华，但这才华太过强盛，我没办法用它来成就现实中任何一种事业。一旦拥有它，现实就微不足道。没有比那些幻想更盛大的欢乐了。"

……

这样的书，这样的文字，很难用具体的文字形容它，因为语言的魅力，已在作者笔下尽显。多余的赘述，不过是相形见绌。

想来，有了《夜晚的潜水艇》，很多人可以度过一个清爽而斑斓的夏天了。

心中那片桃花源

今年暮春时，跟随先生回了他的老家。临行前，先生说这时山上的花开得正好，也正是桃花和梨花的花期；错过了，就得等上一年。而此时，我们所在的城市，不少花木早已谢了春红。

车子离开市区后，一路上，连绵起伏的高山向着遥远的前方蜿蜒，精耕细作的层层梯田裸露出黄色的土壤，很是显眼。偶尔映入眼帘的柳树，像一抹青翠的烟雾，点缀着黄色的大地和光秃秃的岩石。幽静的村庄里，散落着几株开得醒目的桃花或梨花，为村庄增添了春的气息和别样的雅致。

离老家越近，越觉得春意来得迟缓。高大的树木仍然光溜溜的，树枝上只露出一些芽苞。倒是那些长在路边和山崖上的野樱花，开得格外热闹，一簇簇一片片，远远看去，像是一团粉白色的云雾。在高不可及的崖壁上，粉紫色的野花开在云朵边，美丽极了，让人忍不住赞叹大自然的鬼斧神工。

沿途的村庄里，依山就势，散布着朝向不同的窑洞。窑洞旁边，屹立着各种花草树木，有娇艳的桃花、雪白的梨花、浅紫色的梧桐花……

下了公路，拐进一条狭窄的土路，那条土路上长着各色野花，几经周转延伸到公婆的庭院。山路又陡又窄，一侧是突兀的山石，一侧是悬崖，实在考验车技。

猛然间，一只灰黄的野兔从车前跃过，几个跳跃后就窜到了山谷里，没了踪影。先生一鼓作气将车开到庭院外，我一直悬着的心才终于放下来。听到响动，一直坐在院子里等待我们的婆婆，赶紧迎了上来。

走在碎石铺就的小路上，看着片片粉色的桃花，随着微微的风儿，飘洒在地面上、山谷里和我们身上。打理得井井有条的菜园里，一畦一畦的小葱和韭菜长势正好。婆婆说公公刚割了韭菜，等我们回来包鸡蛋韭菜馅饺子。

除了眼前几株开得正盛的桃花，十来米外，一树梨花如茫茫白雪，映入我们眼中。清雅沁香的淡淡清幽，随着飘落的花瓣扑鼻而来。"水晶帘外娟娟月，梨花枝上层层雪"，"月华今夜黑，全见梨花白"……如果说看到桃花，其灼灼的芳华让人怦然心动；那么看到梨花时，那令人陶醉的幽香与素雅，便让人心生仙意，忘却时光和自我。

我一时恍了神儿。竟不知自己何时，在这一树梨花前丢了魂儿。几只"嗡嗡"作响的蜜蜂，也被梨花淡然的香甜吸引，在花朵中流连穿梭，伏在花蕊上辛勤采蜜，丝毫不理会我们的目光。此时，我愿幻化成一只小小的蜜蜂，尽享梨花的馨甜。

进入院子，看到公公在水池边，用从山上引流下来的山泉水，认真地清洗着韭菜和小葱。山上的泉水四季长流，像小溪似的，不急不缓，淙淙而下。即使是凛冽的寒冬，也从不结冰，并在严寒中冒着热气，探手下去，是温润的。

我和先生各自搬了把靠椅，坐在融融的梨树下休息。我慢慢地翻阅着已经泛旧的宋词。在柔和的春风中，呼吸杂糅了几种芳香的空气，远眺连绵的高山，倾听那些隐匿在山林中的各种鸟鸣……此刻读一本诗词，是最相宜的。

那些早就烂熟于心的词句和词句中的风景以及背后所隐藏的悲欢离合，宛如一股清泉，汩汩滔滔，不疾不徐，此刻当我再次静读时，竟生出别样的情愫和感悟。

迎着暮春的阳光微微抬头，闭上眼睛，感受和煦的春光洒在身上，暖洋洋的。耳边是鸟儿的鸣唱，一唱一和，此起彼伏，它们不争不抢，悠然自得地展示着自己的歌喉，在空旷的山谷里，清脆空灵。淡淡的花香混合着野草和泥土的清香，一股脑儿地冲入鼻子进入肺腑，让人心旷神怡，飘忽若仙。偶尔的犬吠与鸡鸣声，又使人心生安然。

飘香的农家午饭，将我拉回现实，令我垂涎欲滴。蘸着醇厚醋香的韭菜鸡蛋馅饺子，清爽的豆腐拌香椿，酥脆的油炸花椒叶……纯天然的食材，经过公婆的精心烹制，慰藉了我们疲惫的身心。

午饭后，坐在梨树下，慢慢地品着一杯清茶。沉醉的春风让人昏昏欲睡。可是我却不忍睡去，深恐辜负了这山中的美景。明媚的春光穿过一树梨花，洒下斑驳的光影，照在身上，暖暖的，融融的。

看着眼前的美景，不觉想起了陶渊明和他的诗。是了，触目所及的一切，就是我心中的桃花源。

摆摊的父母

弟弟婚后定居在成都，东拼西凑贷款买了一套房子。跟随弟弟夫妻同住的父母，为了减轻小夫妻的压力，私下里想了不少主意，最后决定摆摊卖板栗。

冬去春来，一年又一年，在成都街头一隅卖板栗的父母，逐渐有了自己的生意经。

2012 年深秋，我到成都出差，有幸与家人短暂相处，也目睹了父母的摆摊生活。

那时，成都正值深秋，已经很有凉意了。晚上，逼人的寒气溢出来，往人的骨头里钻。父母摊位所在的菜市场仍然一片通明，人声鼎沸。对卖板栗的父母来说，夜晚来临，他们的劳作才正式开始。

狭隘逼仄的出租屋内，一直轰隆作响的炒锅占了整个房间的三分之一。除了一张窄小的床，房间里就是一些少得不能再少的生活用品了。灯光下，将要炒熟的板栗油亮金黄，在局促的房间里，散发出浓郁的香甜。

沉浸在劳作中的父亲笑意融融，他快速地用铲子铲出几颗炸开口的板栗，让我品尝。我剥开一颗大板栗，软糯中带着一丝馨甜与芳香。

"味道咋样？"父亲期待地看着我。

"好吃。"我发自内心地称赞，"从来没吃过这么好吃的板栗。"

父亲满足地吸一下鼻子，笑着说："我跟你妈商量过的：我们进货就要个头大的好货。有点小瑕疵的，我们都挑出来自己吃了。做生意和做人一样，得定规矩；定了规矩后，就不能坏了规矩。"

听着父亲的话，看着父母日益衰老的容貌和他们脸上让人无法忽视的坚毅与沉着，我忽然觉得眼前的两位老人，熟悉中竟有点陌生。

父亲帮着母亲将炒好的板栗，拉到已经摆好的摊位前，就返回去炒下一锅板栗了。

这时，摊位前已经围满了等着买板栗的人，他们手里举着钱争先恐后地拥簇着，生怕吃不到第一锅热腾腾、香喷喷的大板栗。母亲有条不紊地称重收钱找钱，一副稳坐泰山的模样。站立一旁的我，不由得手忙脚乱地打下手。

晚上十点多，第二锅板栗还有一大半。这时，凛冽的寒气浸染着身体，我四肢都僵了。父母催促我回出租屋休息，我却想陪着他们，陪着他们结束一天的劳动。

直到十一点多，一群叽叽喳喳的年轻人将剩下的几斤板栗买走，父母才松了一口气，开心地收拾东西。此时，街道上行人寥寥，路灯也瞌睡了，发出昏暗迷离的光芒。

回去的路上，我疑惑地问父母："为何要坚持卖完，就不能将剩下的板栗放到明天再卖吗？"父亲笑着摇头，以专业的口吻解释："板栗就是要在冷天趁热吃，才好吃，才够味儿；放得久了，就失去最好的口感了。"

"是哩！咱们在这里好几年了，虽然是小本生意，可也要尽力把它做好了，不能砸了招牌。"母亲跟着说。

看着父母认真的神情，我不禁笑了。他们不过是在菜市场上，租了几平方米的空地，既没有店面也没有招牌，何来"砸招牌"一说？

回到简陋的出租屋，父母郑重地坐在床边数钱。随着母亲一声惊叫，父亲凑过去，盯着母亲手中那张鲜红的钞票叹息起来：母亲收到了一张一百元的假钱！

母亲吸了吸鼻子，低下头将假钱放在一边，继续数。

我的心提了起来，这张百元假钞将老两口一天的辛劳化作泡影了。父亲说，当年第一天开张，就收到了两张一百元的假钱，他偷偷将假钱收起来替换后撕毁了，不敢告诉母亲，怕她一时想不开血压飙升起来。

　　母亲笑着说："我当时看你的神情，就猜了个八九不离十。第二天，我特意买了个小验钞机。可是一忙起来，谁还顾得上用验钞机？好在时间久了，就摸索出经验了……再收到假钱，咱也不怵了，该撕就撕，咱得对得起良心！"

　　想来，今晚那张假钱，应该是我在忙乱时收到的吧。意识到这一点，我愧疚不已。

　　夜里，我和母亲睡在出租屋里。父亲则冒着零乱的小雨，在寒冷的深夜骑电车回了弟弟家。因为第二天早上，他还要去弟弟家附近的冷库驮回新鲜板栗。

　　次日，阴雨连绵，雾蒙蒙的小雨没完没了。父母仍然像往常一样，在凛凛的寒气中，卖完了最后一个板栗才收摊。

　　回到出租屋，我已经冻僵了，母亲煮了一锅姜汤给大家喝。捧着热乎乎的姜汤，我生气又疑惑地问父母："既然天气不好，为何不休息一天呢？少赚一天钱，有什么关系呢？"我是担心他们年经大了，吃不消。

　　母亲转过身来，郑重地看着我的眼睛说："孩子，做小本生意和你们上班是一个道理，不能三天打鱼两天晒网由着自己，生意是自己的，可是口碑却是别人说出来的。你一天不在两天不在，慢慢就失去口碑了。"

　　母亲的话，让我哑口无言。

　　短暂的相处，父母以他们的身体力行，向我展示着他们的生意经和他们的操守，我重新审视了他们和他们的摆摊生活。猛然间发现，我所熟悉的父母，竟然多了几分陌生，但却让我对他们，格外多了几分敬意和尊重。

第 5 辑　四季之美

春芽

春天有种神奇的魔力，总能让人心生愉悦，并由衷地感受到生命的蓬勃昂扬，以及世间的美好。姹紫嫣红的缤纷花儿，自然是不可忽视的存在。从古到今，歌颂春花的诗句浩如烟海，令人心醉。不过，除了各色各样的花朵，满眼鲜嫩的春芽，也有着令人怦然心动的美。

初春时，树木的枝条上，那脆生生嫩油油的芽尖，焕发出来的盎然生机，只一眼，就让人心波荡漾，甚至沉醉。有的芽儿，已经有了成形的模样，只是色泽仍显生嫩，绿意还不够浓烈、不够深厚，绿色中带着些许嫩黄，好似毛茸茸的小鸡，可爱又有些许娇俏，让人心生怜爱。这便是"新绿"了，即所谓的"嫩黄初染绿初描"。正是这别致的色彩，昭显着万物萌发的清新，恰如诗人所言："绿嫩黄轻物物鲜。"

有的叶片，花骨朵似的包裹着，蜷缩着，像蜗牛一样不急不躁地缩在壳里安静蛰伏。也许一阵春风吹过，便悄然舒展叶片，绿意快速笼罩枝头，成为一片葱茏的绿云。一不留神，便错过了它的成长，往往让人心生遗憾，感慨时光的神奇和流逝。

生活在城市里的人，对季节的变换是迟钝的。因此，往往错过短暂的春芽。总是在不觉间猝然发现，原本干枯的枝头已经堆积的绿意。枝条上的芽苞，总让我怀念起家乡的初春。

在我的老家，一到春天，人们都要采摘树木上的芽尖，做成各样的美食，叫作"吃春"。多年前，大家生活清贫，勤劳聪慧的母亲们，每到春天，总要采摘各种春芽吃个新鲜，既丰富了一日三餐，也为单调的生活增添了期盼与调剂。后来，大家生活都好了起来，但吃春的习俗却延续下来。于是，枝头上的那抹春色，便有了另外的意义。

在我的印象中，每到春天，母亲总要采摘榆钱、香椿芽、枸杞芽、花椒芽、枸树穗……它们各有各的味道，也各有各的吃法。

枸杞芽用开水焯后，炒菜或凉拌都好吃。花椒叶用面粉拌和后，下油锅炸过，才能激发出它浓郁的香气来。在我们老家，枸树穗又叫枸棒槌，清洗后和上面粉蒸熟，浇上捣好的香油蒜泥，让人垂涎三尺。榆钱的做法，和枸棒槌基本相似。不过，榆钱可以生吃，有一股淡淡的甜味。

此外，母亲还喜欢用陈刺芽做凉拌小菜。农历三月，陈刺丛中点缀着朵朵雅致的白色小花，素净而单薄的花瓣簇拥着一团花蕊。这时候，嫩黄的陈芽儿生长正盛，柔柔弱弱的，很别致，与深绿色的枝干形成鲜明的对比，是一幅清新而生动的画："嫩绿衣衫添韵味，鹅黄羽裳展丰姿。"

采摘好陈刺芽后，开水焯过，用香油小葱凉拌，脆脆的，很有嚼头，且有一股淡淡的清苦，在唇齿与喉间弥漫。这时，看着孩子们蹙起的眉头，母亲总要说："人生五味，都得尝一尝，苦自然也不能例外。"

离开家乡多年，很少再吃到春芽了。奇怪的是，母亲曾经烹调出来的"春味儿"，却深深地烙在心间。只要一看到鹅黄色的春芽，那丝丝缕缕的味道便交织在一起，直击心窝。那，便是断不了的乡愁吧。

此时，我立在一棵春树前，欣赏着"黄芽一朵春"的郁勃，又想起了家乡的春芽和春味儿。

走，踏春去

当下，弱柳拂风，万物欣然，正是踏春的好时节。抛开一切，携亲伴友，走进春光里，感受大自然的蓬勃与盎然，实在是一件妙事。

踏春，又称为踏青、春游、探春和寻春等。中国自古就有踏春的习俗，富于诗意与浪漫的国人，在踏春中开拓了丰富的活动：赏花，斗花，赋诗，踢球，射柳，相亲，饮酒，荡秋千，放风筝……遥想当年，风雅的国人结伴踏春，在春风中衣袂飘飘，谈笑风生，该是怎样的惬意呀！那些生动的场景，在古人留下的诗词和图画中，可以窥见一二。透过历史的长河，历经岁月的变迁，依然令人心驰神往。

踏春时，与人结伴前行，三五成群，闹哄哄的，好似一群闹春的喜鹊，欢声笑语在空旷的田野或山林间响起。光是看这阵势，就让人振奋。正如陆游在其《春日暄甚戏作》诗中所写："桃杏酣酣蜂蝶狂，儿童相唤踏春阳。"没了那份喧嚣的吵闹与恣意，踏春的兴致便少了几分。

"闹春"一词，实在贴切得很。此时，走在空旷的野外，目之所视，皆是繁茂的生机。紧贴地面，铺着一层葱茏的野草，密密麻麻的，争先恐后地生长着。纷繁的绿意，摊铺在一起，是画家和作家都无法描绘和叙说得清的。在那片绿色的海洋里，点缀着各色的小花，灿烂的蒲公英，玲珑的紫地丁，雅致的点地梅，娇俏的宝盖草……还有很多叫不上名字的野花，姹紫嫣红的，或大或小，形态各异，丰富着撩人的春色。

无边的田野里，成畦的庄稼连成一片，墨绿的小麦，是一片绿色的大海；绚烂的油菜花，是一片璀璨的湖泊。平静而广袤的原野，成长着殷实而富足的希望，让人心生宁静与期待。足下，是沉稳朴实的土地，它厚重而博爱，承载着所有生灵的希冀与未来。这时，无声的大地，与所有绿色植被一起，散发着清新的自然之味，若隐若现，冲进人的鼻腔，刻在人的大脑里，成为无法人工复制的独一无二的气息。如果用色彩来描绘那种气息，那它一定是绿色的。

这时候，蜜蜂和蝴蝶也出来凑热闹了。它们流连在花丛中，飞到这儿，飞到那儿。只要它们一出现，不管是片刻的停留驻足，还是匆忙的飞翔，都为静止的风景增添了几分生动的情趣。"绿杨烟外晓寒轻，红杏枝头春意闹。"若是没有蜂蝶飞舞，郁勃的枝头或缤纷的花朵，怕是也会落寞吧？

若是幸运，还会在路途上，偶遇落英缤纷的杏花，或者一树飘着香雪的梨花，或者一片灼灼其华的桃花……袅娜而醒目，馨香四溢。

河流里，小溪里，清凌凌的流水潺潺地流着，清澈澄净，在阳光下闪着粼粼的波光，倒映着蓝天白云和水边的绿草野花。袅娜的春风，从水面掠过，温柔而细腻，夹杂着花草的芬芳。啁鸣的燕子飞过后，耳边仍回荡着它的欢唱。

和煦的春阳，随着时间，一点点西移，眼前的景致也在时光中变幻着。春光如此珍贵，总让人心生感慨，希望夕阳可以多停留片刻，留下眼前的风光。于是，便心生企望："为君持酒劝斜阳，且向花间留晚照。"

然而，夕阳终是留不住的。今日已过，那便期待明朝吧。希望寻一个风和日丽的日子，与知己再踏青山去，"两人携手语，十里看山归"。

又是一年好春光。你，踏春了吗？莫负春光，不如踏春去。

谁解春风

立春一过，便有了春意。谁最解春意，谁最先感知春天的到来，是春风。

春风是冬去春来的信使。冬天缓缓远去，春天姗姗而来，是春风吹起了春的号角。不知何时，凛冽威猛的寒风悄然消逝了，取而代之的，是温柔痴缠的春风。

春风一吹，天地就苏醒了，抖擞起来。阳光也明媚了，蛰伏在山河中的生灵也撒欢儿起来，草木悄悄地萌芽生绿，继而开花存果，将积蓄了整个冬天的能量绽放出来。即使伴随着无法回避的春寒料峭，在乍暖还寒中，春风却蕴藏着万物峥嵘的风范，让人心生期盼与憧憬。好像在人的心中，也暗藏着一颗悸动的种子，只要春风吹起来，那颗种子就破土而出。正如汪曾祺所说："二月里刮春风。风摆动树的枝条，树醒了，忙忙地把汁液送到全身。树枝软了，树绿了……"二月的春风，是希望的风，是吹绿生命的风。

因而，春风是神奇的，它是造物主手中充满了魔法的剪刀。经过它的裁剪，便有了春意盎然的桃红柳绿，便有了姹紫嫣红的满园春色。于是，也有了那些流传千古的诗句。"春风骋巧如剪刀，先裁杨柳后杏桃。""东风便试新刀尺，万叶千花一手裁。"是的，天地间万种生灵，除了春风，谁还有此等魔力，能将它们裁剪得这样恰如其分。

如此，春风注定是忙碌的。就像南宋诗人方岳《春思》诗所云："春风多可太忙生，长共花边柳外行。与燕作泥蜂酿蜜，才吹小雨又须晴。"

是呀，春风就像大地母亲的手，它总要照拂并顾及所有的孩子，才能安心下来，才能安静下来。

于是，不同的人，散布在不同地域的人，因着各种不同的际遇，面对春风，便产生了各种复杂细腻的情愫。"人面不知何处去，桃花依旧笑春风"中的春风，即使依然温煦明媚，却驱不散物是人非的酸涩与悲凉。"羌笛何须怨杨柳，春风不度玉门关"中的春风，即使没有吹过玉门关，戍边将士的心中却没有哀怨愁苦，反而是宽广豁达的。"野火烧不尽，春风吹又生"中的春风，则是激发生命顽强蓬勃的无尽希冀与力量。同样的春风，衍生不同的感怀与解析；不同的春风，品味相似的感触与情怀。如此，生命便有了丰富的底蕴，也便有了与人共鸣的通道。

一日里，春风也是多样的。晴天一个样，阴雨天又是一个样。晴天，白日的春风，是和煦温暖的，洒在人身上，让人心生慵懒。到了晚上，却是令人沉醉而又浪漫的。特别是在迷离的夜色中，伴着融融而皎洁的月光，像泉水一样倾泻下来，大地上笼罩着一层朦胧的纱，缥缈而梦幻，似梦境，似仙境。柔柔的春风吹过来，掠过大地，亲吻着大地上的万物，似摇篮曲一样温柔恬静，让人陶醉。光是被春风吹着，便觉得人生如此美好，世界如此美好。一个人沉在春风中，身心好似被圣水洗涤了一般，熨帖极了，滋润愉悦。若有爱人或知己相伴，即使沉默无言，也是美妙的。

春风总在广阔的天地里。走出家门，即使一路狂奔，风驰电掣，也总是被春风包裹着，浸润着，似乎哪里都有春风。春风，何止十里？共享春风，恰如同享一轮明月，其中妙处，岂可言哉？只是不知，春风不曾到何处，何处春风无人识？

春天来了，春风吹到你那里了吗？多面的春风，你捕捉到了几丝几缕？

聆听春雨

四季皆有雨水。但春天的雨，和春天一样别致，最富诗情画意。与春雨相逢，像禾苗一样接受甘露，大概是春季里无法回避的幸事。而聆听春雨，更是亲近自然、神游古今的风雅韵事。

春雨，到底挣不开春季的风韵。烟雨迷蒙中，天地一片氤氲，笼上了一层化不开的水墨色，缭绕成了仙境。淅淅沥沥的春雨，带着春季的清新与盎然，滋润着刚刚萌生的万物，亲吻着绿色的生命，怜惜着姹紫嫣红的花团锦簇。

密密麻麻的春雨，像无数线头一样从天而降，奏成疏疏密密的乐章。或急或缓，或浅或重，或密或疏，打在不同的物品上，演绎出不同的乐曲。有时如窃窃私语，有时如珠玉滚落，有时如春蚕群食，有时如离人垂泪……若是再添加一抹清冷的春风，那剪不断的雨雾里，便多了阴冷和清寂。而春雨，总是被风吹乱了阵脚，失了节奏的韵律，犹如心绪不定的游人踩在泥泞的陌路上，忽高忽低，忽左忽右，纷乱无章，随意南北。

然而，再纷乱的春雨，也没有夏雨的张扬，秋雨的寂寥和冬雨的凛冽。它像大地母亲一样，怀揣着滋润万物的慈悲之心和欢悦期许，总是轻悄悄的，"细雨湿衣看不见，闲花落地听无声"。它又是隐忍而克制的，是痴缠而绸缪的。因而，一场春雨，往往不易戛然而止。

霏霏的细雨是如此轻巧温柔，若坐于室内，只见无数的雨脚落下，却难以听到它们坠落的呢喃。或临窗而坐，或立于房檐下，或徜徉于细雨中，才能倾听春雨的吟唱，沙沙沙，淅沥沥，滴答滴答……在春雨中，树木越发郁勃，花朵更加明艳，空气中也散发着泥土的新鲜。一切，都是鲜灵生动的，令人愉悦，让人欢喜。

夜幕中的春雨宛如一首摇篮曲，温柔而细腻，总能轻易拨动人的心弦，让人追思过往，或忆往昔的华年，或思念故人。于是，记忆的闸门打开了，那些曾经微不足道的人和事，也像春雨似的，淅淅沥沥地编织在一起，弥漫着时光酝酿的香醇，令人心生恬静，温馨而幽远。

听雨时，可暂时抛开尘世的纷扰，在心中凿开一隅空白之地，于无欲无求中，亲近自然，追寻自我。因而，听雨时，除了心跳声，其他的一切人为之声，都是噪音。若是有一二知己相对而坐，听雨烹茶，焚香饮茗，那便是另外一桩美事了。

不过，伶仃一人听雨，更是妙不可言，思绪天马行空，随意驰骋。多一个人，便扰了听雨的心绪，犹如垂钓者凝视的水面上那猝不及防的投石。特别是春雨，人的声音大一点，就盖过了春雨的鸣奏。故而，聆听春雨，最适合孤寂的人，一人独听。古往今来，有多少关于听雨的诗句，都是诗人独自一人形影相吊时的所闻所见、所感所悟？

听雨时，身处不同的情境，怀揣不同的心绪，听雨的意境也是五彩斑斓的。听雨房檐下，听雨客舟里，听雨青灯下，听雨竹斋中，听雨古刹内；听雨打芭蕉，听雨透梧桐，听雨洒青荷，听雨润杏花，各有各的韵味，各有各的情致。唯一相通的，大概就是听雨声中感年华。

春雨，从古到今，它的甘泽滋润了多少生灵，又酿造了多少淋漓的诗句？翻开诗卷，那些关于春雨的诗句，穿越时空的藩篱，仍然各自缱绻，各自温婉，各自潇洒，各自欢喜……裹挟诗人们赏雨、听雨、淋雨的情境和他们的情志与人生。有多少关于春雨的诗句，就有多少幅春雨图，就有多少种听雨的方式。每一幅画卷，都闪耀着光芒，启迪着后来听雨的人。

聆听春雨，听的是天籁之音，听的是起伏的心绪，听的是遗失的过往和期许的未来。听一听春雨吧，只要雨声入了耳，上了心，总能在你的心湖上掠起层层涟漪，并有所悟，有所得。

清明遐思

初春才过，梨花风卷起千堆雪，这就到了清明。

清明是个特殊的日子，既是节气，也是祭祖日。这时节，"万物生长此时，皆清洁而明净"，大地一派欣欣向荣。

一场春雨恰恰落在清明前后，不仅润泽了万物，也触发了游子的乡思，激发了世人对先祖的深切缅怀。

纷纷细雨，将此前明媚的春光藏了起来。清冷的雨点洒下来，"做冷欺花，将烟困柳"。天地笼罩在迷离的烟雾中，人的心也被春雨淋得湿漉漉的。若是身处异乡，走在陌生的道路上，心中总是怀着几分凄然。"清明时节雨纷纷，路上行人欲断魂"这诗句，总会在脑中浮现。

淋着春雨，一边体味千年前诗人的处境，一边禁不住想念清明时家乡的烟雨迷雾和清明前后一家人的繁忙，或是有条不紊地祭奠祖先，或是与家人团聚踏春游玩。于是，心中的怅然，就如眼前凄凉的春雨。

也许，正是人们清明时的忧思，结成了一张网，将大家对亲人的想念积聚在一起，悬浮在空中，这才有了天上的阴云，继而有了清明时那淅淅沥沥的春雨。每一滴洒落人间的雨水，都是谁对谁的思念呢？

缠绵的春雨，串起了一段段湿答答的过往，而微凉的梨花风慰藉了欲说还休的心事。放眼望去，一边是不可回溯的往昔，一边是冷暖交替无法逆转的季节变换。满眼的新绿，满眼娇艳欲滴的姹紫嫣红，都在无声地提醒着我们：季节轮回，时光更迭，终究是谁也无法改变的自然规律。漫长的人生旅途，恰似一江春水东流去。要走的，终究挡不住；该走的，永远握不住。

平日里岁月静好，全家和乐。只有到了清明，在纷纷细雨中，面对祖先的墓碑时，大家才会抛开一切尘俗的纷扰，沉思生死这个人世间最沉重的话题。垂垂老矣的父母，犹如一堵饱经风霜的墙壁，为我们遮风挡雨。只要有他们在，我们永远是孩子，仍然可以撒娇卖萌。因此，父母在，人生尚有来处；父母去，人生只剩归途。

一年一度的清明，让我们卸去一身尘埃，直击灵魂，追问那些平日里因为琐事，而不曾面对的拷问：我们来自哪里？我们该如何面对人生的两端？我们又该如何度过这未知的一生？

想清了这个问题，也就明白了"清明"的深邃与厚重，也便明白了人生。若将人生分为几段，那便是曾经、当下和未来。如何对待它们，也就是如何对待人生了。

跳出个人情感的藩篱和拘囿，抛开浓烈的悲切和哀戚，再看清明，便有了别样的内涵。正如"清明前后，种瓜种豆""植树造林，莫过清明"之类的农谚所言，"清明"也蕴含着不尽的生机与希冀。

一个节日，两种情丝；一边是过往，一边是未来。走进清明，在深切地缅怀先祖之后，也要好好地想一想，怎么度过接下来的每一天，如何做一个"清洁明朗"的人，才能不负韶华，无愧人生。

山泉长清

"滴答——"

"叮咚——"

"哗哗——"

是什么声音，响在我午夜的梦乡，一扫我连日的疲倦？哦，原来是久违的山泉啊，到底是它想念我了，还是我想念它了呢？

搬到市中心前，我所居住的小区挨着一个村庄，村庄依山而建，山里有山泉水。一年四季不分寒暑，只要得空，我和先生就一同蹬着自行车，带着水桶，穿过村庄到山里打泉水。一路上的风景，随着时节变幻，山泉也因而呈现不同的情致。

那里，泉水四季长流，水质清洌甘甜。即使在凛洌的寒冬，泉眼也汩汩滔滔，从未断流。而且，那儿的泉水特别的甘甜，生喝冷饮最能体会到它那特别的滋味，咂摸一番，的确有点甜。泉水烧开后，少有水垢，用它煮出来的粥特别软糯，用它泡出来的茶更加香醇。冬季，泉眼上笼着一层氤氲。用手试探，泉水是温润的，像春风拂面般柔和；掬起来喝几口，清甜舒爽，甚是酣畅。

因此，前来打水的人，络绎不绝，从早到晚，从春到冬。

沿着那条唯一通向村庄深处的水泥路，一边走一边欣赏着公路两侧零落的山石树木，心胸也跟着开阔起来。村庄里不时传来鸡鸣犬吠和村民乡音浑厚的言语，袅袅炊烟飘荡在空中。恍惚间，总觉得自己误闯进了桃花源。各家各户庭院前的空地上，栽种着应时的花卉和蔬菜。雏菊、凤仙花、大丽花，小葱、韭菜、香菜，和着野生的花草，显示着大自然的盎然。

走到公路尽头，就看到一条淙淙的溪流缓缓而下。除了冬季，溪流边总是长着茂盛的野草和野花，春夏时常有蜂蝶飞舞，也常有不知名的飞鸟在溪边驻足饮水。

一路上，总会遇到打水的人，有的去，有的回。绵延的山路上，总有洒下的泉水，像标记似的，指引着前去打水的人。

沿着崎岖的小路走到溪边，踩着铺在小溪里的石块，小心翼翼地来到泉眼处，汩汩的泉水从厚重的山石缝中喷涌而出，滔滔而下，砸在下面的小水潭里，溅起颗颗珍珠后，汇聚成一股潺潺的溪流。

小水潭里的泉水，清澈明净，水底的沙石清晰可见。捧一汪泉水，洗把脸，喝两口，望着周边的高山峡谷和层层梯田，听着耳边的清泉流淌和清脆鸟鸣，顿觉一切凡尘琐事都消散了。若是遇到三月桃花开，放眼望去，缤纷的桃花散落于村庄和山谷，那才叫美呢！

其实，这里的四季各有风韵。春蓬勃，夏葱茏，秋丰硕，冬冷冽，每一种韵味，都足以让人品味咀嚼。

然而，随着时光的流逝，这个村庄里的人越来越少了。锈迹斑斑的铁锁，陪伴着庭院内外疯长的野草以及无人采摘果实的果树。鸡鸣犬吠和袅袅炊烟，也消逝在无法倒回的时光里。只有那永不停歇的山泉，依然不分昼夜地唱着歌，有时激越，有时低沉，有时欢快，有时凝噎……年年岁岁，岁岁年年，不知疲倦地唱着关于时光的歌谣。

一只飞过山谷的鸟儿，它清脆婉转的鸣叫声落入山涧，引来山泉的和唱，激起颗颗晶莹的珍珠，在阳光下，闪着璀璨的光芒。

"山中有流水，借问不知名……恬澹无人见，年年长自清。"四季长清的山泉呵，你曾经滋润了谁的身心，如今又在谁的梦乡浅唱低吟？

梧桐花下思故乡

那天路过一个小区，隐约间嗅到一缕花香。抬头看去，几棵高大的梧桐树上，堆叠着浅紫色的花朵，一团团一簇簇的，像飘逸而浪漫的云朵，衬着灰褐色的树干和枝杈，越发显得繁盛风雅。

和煦的春风，送来阵阵馨香。那熟稔的香气，瞬间将我包裹。猝然间，平静的神色下，心湖被春风拂起层层涟漪。越发浓烈的芬芳，将我的思绪，带回阔别已久的故乡。

每一个微不足道的村庄，都有不为外人所知的地标。故乡所在的村口，有两棵不知年岁的梧桐树。树下，是一口常年泛着绿苔的老井。那口老井，不知道滋养了多少代人；那两棵梧桐树散发出来的芳郁，不知道让多少人魂牵梦绕。

曾经，一代又一代的乡邻，在梧桐树下打水洗涮，闲聊话桑麻。曾经，那团梦幻般的紫色云霞，沁进了多少人的心扉。每年春天，梧桐花丝丝缕缕的芳菲，于无声中，沁润了村民质朴单纯的心灵。那两棵梧桐树，便成了村民心中的地标。外出的人，远远地看到它们高耸云天的身姿，就知道到家了。

沿着马路向村中走去，总能看到挺直的梧桐树。每当春末梧桐花开的时候，整个村庄都弥漫着梧桐花的清香，紫色的云烟这一片那一团，好看极了。一串花枝，好似一串铃铛，又好似一串喇叭，在风中摇曳，演绎着春的乐章。整个村庄，也因那抹清雅的云霞而变得梦幻雅致。和着鸡鸣犬吠，错落有致的村庄，确乎有点"桃花源"的意味。

梧桐树，绿叶疏朗，高大挺拔，风采奕奕，该是树中的君子。所以，有传闻说凤凰非梧桐不栖。《诗经》有言："凤凰鸣矣，于彼高岗。梧桐生矣，于彼朝阳。"

梧桐花，有着自己的独特之处。花朵硕大，是淡紫色泛着白边的渐变色，像梧桐树一样旷达，要开就开得盎然恣意，不扭捏，不矫情。在花团锦簇的春光中，淡雅端庄，不艳丽，不妖娆，自有一种让人无法忘却的雅致。而梧桐花的香气，既不浓烈，也不隐蔽，是一种恰到好处的清香。

一枝枝的梧桐花，像排列整齐的卫士，井然有序地绽放着，从而拉长了花期。一朵梧桐花在枝头尽享春光后，它便从容地离开高高的枝头，随着"啪"的一声响，坠落在地，果敢而无畏，既不留恋那高扬的枝头，也不自惭形秽。不过须臾，花朵上淡雅的色泽，便迅速氧化，褪去曾经的繁华，化作护花的尘埃。它，简直是花中的伟丈夫！

相比同色系的，琐碎而郁结的丁香，梧桐花无疑是明朗而爽快的；相比同样是花中豪杰，张扬而热烈的木棉，梧桐是淡泊名利的。如此，以梧桐花的性格来看，它真的像家乡的质朴淳厚的乡亲们，辛勤耕耘，遵循自然法则，终生默默稼穑，如黄土一般坚毅朴素，像梧桐一般屹立于巍巍大地。

离开家乡多年，我见过很多异乡的梧桐花，和故乡的梧桐一样的风骨，一样的清雅。它们多在村庄或城市的居民区，默默地陪伴着人们，春天绽放，夏日送来凉爽的绿荫。而我每一次见到梧桐，都会引起对童年和故乡的怀念，那些曾经的美好也再次浮上心头。

再见梧桐花，心有千千结。一样的花朵，一样的花香，不一样的心绪。回不去的故乡，在梧桐花香中悄然浮现。

蔷薇花下行

当群芳消歇，万绿连接成帷时，蔷薇就开了。

蔷薇是夏天的花，颇有夏天的气质，艳丽招摇，铺张浓烈。

它一头连着暮春，一头连着盛夏。一架蔷薇，便可陪伴人们度过一段漫长的时光。

每年初夏，曾在春光里随风飘摇的姹紫嫣红，几乎都凋谢殆尽了，放眼望去，到处是绿色的海洋，翠绿，深绿，浓绿，墨绿……闯进人们的眼睛。这时，在春风中积蓄已久的蔷薇，像是姗姗来迟的美人，冲你莞尔一笑后，瞬间展现她那夺人心魄的美。浓重，炫目，在你猝不及防时绽放，浓妆华彩地呈现在人们眼前，像个风情而妖娆的芳华女子，毫无忌惮地展示着自己的盛装，并随风散发缕缕幽香。

缤纷的蔷薇，绝不是单调乏味的，它有浓艳的红色，有娇柔的粉色，有雅致的黄色，还有清新的白色……各种不同的色彩混杂在一起，不但不突兀，反倒多了几分斗妍的意味。它们各自展示着自己的韵味，张扬着各自的美，既不在意他人审视的目光，也不理会其他花朵的绚丽。每一朵不同色彩的蔷薇，每一朵不同仪态的蔷薇，都有其不同的美感，不同的风骨，犹如芸芸众生，一花一世界。

美丽的蔷薇，不知芳心向谁许，故而醉态不能支。蔷薇的花丛，不像月季那么挺拔，她像个软糯的女子，需得一架篱笆或支架才能尽显其万千姿态。蔷薇的花朵，不像玫瑰那么繁重沉硕，她像是裹着单薄华裳的邻家女子，眉眼间尽是化不开的风情。

貌似娇柔的蔷薇，绝不是待在温室的花儿，它的美是恣意而张扬的，咫尺之地圈养不出灿烂的蔷薇。绚丽的蔷薇总是越过庭院或栅栏，将葳蕤的枝条化成一道亮丽的花墙，在风中摇曳，像是一汪流动的五彩瀑布，它以绿色的枝蔓和斑斓的色彩，吸引着路人的眼眸。

特别是在高楼林立的城市，蔷薇更是令人动容的花。它为灰色的街道或巷子，增添了盎然的生机，浓艳的色泽胜过彩绘，"不摇香已乱，无风花自飞"，怎么看，都是一幅难以言状的画卷。随着日光推移，那幅画卷自动变幻着光与影的奥秘，一时与另一时不同，"浓淡叠参差"。而静立于蔷薇架下的赏花人，便与花架相融，成为另外一幅画。

闻香而动的蜜蜂们，嗅着蔷薇的芬芳而来，它们在花丛中流连穿梭，为本就热闹的蔷薇架，增添了几分生机与喧腾。蔷薇是不怕喧闹的。你看，那葱茏的枝条早就越过了篱笆，缤纷的花朵带着馨甜，向来去匆匆的路人们，抛洒着自己的妩媚和馥郁。

不过，你看或不看，它都未必在意。它只为自己盛放，只为自己热烈。然而，即使你匆匆路过，那一架的蔷薇花香，却悄然盈满了你的袖。你身染一缕芳香，却不自知。

我常常凝视一架蔷薇，想要追寻一个答案：是谁于何时，缘何栽种了这架蔷薇？待到长成如此繁盛模样的花架，栽花的人和蔷薇，都经历了不少风雨吧？料想，栽花的人，肯定深谙蔷薇的禀性。也许，那不知姓名的园丁，也和蔷薇一样，心怀芳郁，并期望那份芬芳飘散四溢，让路过蔷薇花架的人沾染芬香。

想到这里，不觉莞尔一笑。故意在蔷薇花架下多停留了片刻，并期待着"香云落衣袂，一月留余香"。

立夏，春未尽

时间是无声的沙漏，它长着一双隐形的翅膀，在我还未来得及赏遍春色时，它就飞走了。单调的日历，它也长着脚，总是在那些冰冷的数字上跳动，从不回头。

看着沉默的日历，我的心向下坠去。在早春时，我曾许下愿望：我要在春阳里观灼灼桃花，并酿造一壶桃花酒；我要在春雨中品杏花，并写下一首绮丽的小诗；我要在月光下赏梨花，体会"梨花院落溶溶月"的意境；我要追着春柳中的归燕，去拜访它的故居……可惜，全没有实现。我像一只背壳前行的蜗牛，终日沉浸在无边的琐事中。蓦然回首，春天就走了。如此，便觉得自己辜负了春光和春色，也辜负了自己的眼睛和心田。

如今，眼中尽是各样的绿。只是那绿仍是清新的，还不够深厚浓烈，但已经有了万绿成帷的趋势。眼看着，夏天已经逼近了，春天到底是走了。

立夏这天，应好友之邀，去了距市区百十余里的好友故乡。车子开出市区，眼前便是广袤的黄土高原，远近的山脉堆叠成或深或浅的图层，错落有致的梯田在眼中漫开。绿色覆盖着山脉，葱茏的生机令人欣喜。在绿意也遮不住的悬崖峭壁上，裸露着不同色泽的层层岩石，彰显着岁月的纹理，在绿意的衬托下，突兀而醒目。那些岩层，不知经历过怎样的日月轮转与人世沧桑，更不知它们看过多少次春夏交替。

这是一个普通的村落，村民早就整体搬迁。除了好友偶尔返回老家逗留，重温曾经的生活，再也没人踏足故地。举目四望，看到几处早已破败不堪的窑洞，在肆意生长的树木中露出残垣断壁。几棵高大孤寂的梧桐树，枝头上堆着忧郁的紫花。

车子停在院门外，大家稍作休整后，便在好友的带领下，沿着野草蔓延的山路，向大山中走去。临行前，好友故作神秘地对大家说："今天是立夏，我却要送给大家一份春天的礼物，保证让大家欢喜。"众人一番猜测均被否定，大家的心被吊了起来。

走过一口废弃的老井，野草已将它淹没，只有陈旧的辘轳忠实地守着它。崖壁上，几棵别致的崖柏扎根在峭壁上，甚是惹眼，却只可仰望远观。

蹚过野草蔓延的山路，爬上一段参差的台阶，映入眼帘的，是一块平整的土地，整齐地栽种着一大片梨树。此时，梨花缀满枝头，宛如春雪压枝，雅致而冷艳。在片片绿叶的陪衬下，更见高洁。真是"玉树琼葩堆雪"。走进梨园，恍如置身漫天飞雪中，只是这雪花散发着馨香的芬芳。这，才是真正的"千树万树梨花开"。

在立夏已至的 5 月，怎能不叫人欣喜若狂？若不是蜜蜂"嗡嗡"地穿梭在花丛中，若不是身边有一众人，怎能不让人怀疑自己误入洞天仙境？毕竟此时，百花早已谢了春红，"人间四月芳菲尽"。

一番徜徉后，寻一处空地，摆上茶具，几人围坐一起，品茶赏花。任梨花飘摇若雪，拂了一身还是。周身香气四溢，连茶水都多了一缕清香。恍惚中，自己仿佛也成了一朵梨花，洁白素净，自有一缕花香。

今年立夏，梨花枝上层层雪，慰藉了春来春又去的伤感，注定成为一生中难以忘怀的奇幻历程。这是难得的奇缘，也是自然的恩泽。

时光如水，落花漂流，往事沉寂。只望来年，不负韶华。

凤仙花

　　花儿也和人一样，是有属于自己的气质或风骨的。有的花，看起来就是通身的富贵，比如牡丹；有的花，触目间尽是清爽的高洁，比如荷花。而有的花，则是一派小家碧玉的鲜活，比如凤仙花。我一直以为，凤仙花应属于乡间的花，是充满世俗的烟火气的。似乎离开了广袤的乡村，很少能看得到它的影子。

　　偶尔在小城的巷陌里，看到几株鲜活的凤仙花，挤在小小的花盆中，绽放鲜艳明媚的花朵，不由得心情愉悦。慢慢踱步向前，眼睛却舍不得移开那盆凤仙花。那些生机盎然的凤仙花，带着热烈而葱茏的烟火气，让人觉得亲切又温馨。单是看着那些凤仙花，就让人心生安然。甚至不由得在心中揣度：那个把凤仙花养得如此鲜活的人，必定是个面目亲善和蔼的人，她必定热爱人生，热爱现世生活中的一日三餐，且心中自有一片芳郁的天地。

　　这时候，我总是想起故乡的夏天，那些开在房前屋后的如火如荼的凤仙花，自是一抹不可忽视的景致。好像乡村，才是凤仙花的天下。那些遍布房前屋后和菜园的凤仙花，在炎热的夏天开得像夏阳一样喧腾热闹。那么多品种的凤仙花，赤色的，粉色的，白色的，杂色的，单瓣的，重瓣的……各有各的特色，各有各的别致。不过，我最喜欢的，还是大红的凤仙花，不管是单瓣的，还是重瓣的。因为心中莫名地觉得，只有这样艳丽的色泽，才担得起凤仙花那惊艳的名字，才配得上赤日炎炎的夏日里那份喧腾与热烈。

乡下人养的花，也和乡下人一样的脾气，粗糙朴实，不娇气不高贵，凤仙花就是这样的花儿。春天里一把种子撒下去，一场春雨过后就冒了头，通体都是鲜润的，水灵的，洋溢着盎然的生机。而在凤仙花曾开放的地方，无须人打理，自会在春雨后长出一片葱茏的凤仙花芽苗，挤挤挨挨的一大片。甚至，在不曾生长过凤仙花的地方，也生长着葱翠的凤仙花。这大概就是凤仙花自己，将种子弹跳到了那边去。也许，还有风的功劳。总之，凤仙花有着顽强无畏的生命力，就像它生长的土地一样，就像与它为邻为伴的乡下人一样。

　　而凤仙花的功能，也是多样的。除了能染就一双亮丽醒目的手指，还具有活血通经、祛风除湿、解毒杀虫等功效。大姑娘小媳妇老太太们，除了要用凤仙花包指甲，还会摘取凤仙花，泡酒或风干，以作他用。以凤仙花为药引的各种偏方，也总是很灵验。

　　炎炎夏日，正是凤仙花灿烂的时节。在乡村，房前屋后或菜园里，总有凤仙花的影子。有凤仙花的地方，就有人居住，就有浓烈而安稳的世俗生活。朴素的一日三餐和日出而作、日落而息的田园生活，因着夏日里的凤仙花，而多了一番别样的滋味，是鲜活和生动，更是淡然寻常的日子里，少有的，也不可忽视的点缀与调剂。这，也便是生活的态度。

　　你看，夏日里，迎着傍晚的彩霞，孩子们，大人们，挽着篮子，蹲在房前屋后或菜园里，在青翠的凤仙花枝叶间，双手像蝴蝶似的上下翻飞，采摘姹紫嫣红的花朵，静谧中透出几分灵动与闲适。那个瞬间，似一幅画，刻在我心头，是无法消弭的故土情怀。

夏赏牵牛

　　清晨散步时，无意间瞥到马路边那片荒地上的牵牛花又开了，青翠的藤蔓攀着周遭的树木和杂草，于荒芜中绽放成一幅绚丽的画卷：有娇媚的粉色，有纯粹的白色，有忧郁的蓝色，有艳丽的红色……它们热烈奔放，恣意烂漫，宛如一座开放的花园。

　　这片荒地上的牵牛花，总是从初夏开到深秋。虽无人打理，却遵从时令，开得率性而喧闹。一年又一年，像是遵守某个约定，执着地坚守着足下的土地，不仅为那片繁杂的荒地增色，还绚烂了路人的眼眸。

　　每日路过那片流溢的风景时，心中总是被一种说不清的情愫感动着。青翠的枝蔓上擎起的多彩喇叭，总让人心生喜悦与昂扬，觉得一天都是愉悦的。

　　"秋赏菊，冬扶梅，春种海棠，夏养牵牛。"因而，于骄阳似火的夏日里，看着那一片片、一簇簇繁盛蓬勃的牵牛花，当真是件欣慰而烂漫的事。从炎炎夏日到清爽深秋，它们斑斓的色彩，朴实的花朵，错落有致，蔓延成一幅生动的风景。

　　在乡下，似乎没有人特意去栽种牵牛花。大约是因为太过普通的牵牛花说不上稀奇，更谈不上尊贵吧。寻常巷陌，荒山野地，篱笆墙上，总能看到它们的身影。不知是谁在那里洒下了它们的种子，也许是风吧，也许是雨吧，也许是鸟儿吧……只要一场春雨，牵牛花就破土萌芽了，不娇贵，不矫情，就像它深深扎根的土地一样朴实。心形的叶片，婀娜的藤蔓，是它未开花时的特征。在绿色的海洋中，毫不起眼。但它若是连成一片绿色的海，密织成一面碧色的墙，单单是那片绿，便让人心生欢喜，只想在暑气浓烈的夏日里，一头扎进那片葱茏的绿意里。

等到一开花，各样色彩的牵牛花，像一朵朵被吹响的小喇叭，欢欣鼓舞地吹奏起生命的赞歌，纵意而张扬，尽情地展示它的美丽，释放它的芳香。每一朵花都在欢歌，每一朵花都在尽享短暂的灿烂，向阳而开，旋即凋零。你来或不来，你见或不见，它都要开放，分秒必争，不肯错过花期的一时一刻。今天盛放的那朵，也许明天便再也找寻不到。接连绽放的牵牛花，一朵又一朵，是欢歌的接续，也是生命的绵延。

我想，那一面面绿色的旗帜，那一扇扇绿色的墙壁，那一汪汪绿色的瀑布和点缀其上的妍丽的牵牛花，一定在无声地呐喊："开得再灿烂一些吧，开得再明媚一些吧！"只有如此，才不辜负一年的等待。等到太阳偏转，不久前还在怒放的小喇叭们，便毫不眷恋地收敛闭合，谢下枝头，为下一朵花的开放积蓄能量。

这样的花儿，谁不喜欢呢？这样的姿态，谁不欣赏呢？遵从自然的规律，遵循生命的乐章，既有沉寂的期待，又有亮丽的绽放和从容的谢幕。如此，便是圆满。如此，小小的牵牛花能赢得众人的赞颂，也就不足为奇了。无论是"绿蔓如藤不用栽，淡青花绕竹篱开"的朴实，还是"篱落牵牛又著花，摘花心在鬓先华"的娇俏；无论是"竹引牵牛花满街，疏篱茅舍月光筛"的恬静，还是"楚女雾露中，篱上摘牵牛"的浪漫……不仅抒发了诗人们丰富的情思，还引发了后人无尽的遐想。

小小的牵牛花，质朴的牵牛花，不仅带给我们异样的景致和欢愉，还引人深思，关于生命，关于时光，关于气度……

浅秋

立秋一过，便有了些许浅淡的秋意，然而还不够浓烈。如果说深秋是一盏酽酽的红茶，那么浅秋便是一杯清淡的碧螺春，清凉中透着几分爽朗，算不上清冽。

触目所及，仍然如炎炎夏日一般，是明晃晃的烈日与接天蔽日的绿意，以及偶尔的蝉鸣。于是便恍惚了，觉着今年的夏日，似乎拉长了。

然而，一早一晚间，空气中的凉意像秋水一般，早已在不经意间降了几个基调，浸染着裸露在外的肌肤，并像藤蔓一般，顺着皮肤钻进骨头缝里，让人蓦地打战，忍不住打个喷嚏，说一句："天凉了呵。"

秋雨缠绵时，冰冷的雨水狠狠地敲打着玻璃窗，与狂风一起肆虐枝头。仍然眷念着枝头的绿叶被吹进雨水中，辗转一番后，离开它立足的那寸土地。雨水像珠子一样甩打在荷叶上，发出清脆的"啪啪"声，水珠在荷叶上四散开，又聚拢来，最终凝成一汪水银，荷叶终于承载不住，水银洒进池水中，再也寻不见。一场秋雨后，荷叶的边缘泛了黄，看着有些憔悴。

那些在盛夏里炽烈开放的花儿，大都凋谢了，在枝头挂着仍然青涩的果实，期待在阵阵瑟瑟的秋风与连番凄凄秋雨后，抛去青涩变馨甜，成全一粒种子的梦想。

聒噪的知了仍在繁盛的绿叶间，唱着单调而古老的歌谣，它的歌声少了盛夏里的亢奋与激情，倒显得无力而执着了。这时候，草丛里，田野间，却是蚂蚱和蟋蟀等秋虫的好时节，它们白天在绿草间跳跃，晚上在星空下低吟。于习习秋风中，唧唧吟唱，撩拨着谁的心弦。

　　湛蓝的天空，悠远而辽阔，清澈得像一块毫无瑕疵的蓝宝石，更像一汪无垠的海洋。悠然的白云，就是海洋里的鱼儿，它们优哉游哉地飘荡着，不时地变幻着队列，似是顽皮的孩子，它们与风嬉戏，与飞鸟相伴。

　　几片泛黄的叶子，在秋风的裹挟下，打着旋儿坠进公园的水池里，惊动了几条游弋的小鱼流窜奔逃，搅动了池水，泛起层层涟漪。水池里，莲蓬早就熟了，莲子落进水中不知所终，只留下干瘪灰暗的壳，衬着满池子青黄相接的荷叶，到底有了几分萧瑟。

　　风催云动，红日西坠。举目望夕阳，"山映斜阳天接水"，翠峰连绵处，飞鸟归巢；耳畔边，秋虫唧唧，一弯残月挂在高楼边，似乎触手可及。

　　虽是浅秋，却有无尽的诗情画意。帧帧画面，都在古人的诗句中舒展开来："秋风秋雨索人诗，云放千山翠色奇。"

野菊花开冷香来

　　进入深秋，大地便呈现一派萧条。百花谢了枝头，形容枯槁。即使草木仍有绿意，然而那绿意却染了萎靡与颓败，没了春天的生机与夏季的炽烈。此时，"寒花开已尽，菊蕊独盈枝"，正是赏菊的日子。

　　菊花品种繁多，色彩斑斓。多数菊花都颇有"花中君子"的风姿，清瘦雅致，不骄不媚，很有风骨。不论是一枝花的孤寂，还是"冲天香阵透长安，满城尽带黄金甲"的铺张，菊花都和热烈无关，与喧嚣无缘。只有野菊花，是个例外。

　　野菊花，是最不像菊花的菊花。它们是丛生的，一簇簇一片片，连绵逶迤，金灿灿的色彩冲进你的眼帘，像一片金色的海洋，妖娆而炫目，浓重而奔放。在枯黄的山坡上，在空旷的田野里，在陡峭的山石间，招摇而别致，像凡·高的《向日葵》那般明艳张扬，绚丽狂野，直击人的心灵。在清冷的深秋里，像跳动的金黄火焰。

　　然而，当你蹲下身来，仔细地端详时，却发现，每一朵小小的野菊花，都是那么的朴实纯净，简单纯粹，既不矫揉造作，也不风骚娇艳，就像深山里奔泻不止的清泉那般清澈，又像它根下的土地那般朴实稳重。它既没有诱人的甜腻，也没有艳丽的色彩。简洁的花瓣，单调的色泽和苦涩中隐约的清香，是它最大的特征。那隐隐的清香，带着一丝清冽，甚至是清苦，那是经过寒露浸透的冷香。

　　野菊花，以集体和个体的姿态，分别诠释了热烈奔放和素净清雅这两种迥然不同，甚至截然相悖的韵味，着实有趣。

261

野菊花，是最像菊花的菊花。陶公一句"采菊东篱下，悠然见南山"，道尽了悠然的田园之乐和飘逸的隐逸情趣。没人追问，陶公所采之菊，为哪个品种哪种色彩。我曾多次暗自揣度，大约是野菊。或者说，只有野菊花，才能道尽陶公心中所想，才能淋漓地体现那种无言以表的情怀与超脱。

你看，在无垠的野外，野菊花像商量好似的，热热闹闹地绽放了，漫山遍野，随风飘摇，把山野都点燃起来了，似一片黄色的烟火。你不在，它们是如此热闹；你来，它们不卑不亢。连同辽阔的田野和山坡，成为深秋里明丽而持久的一幅画。

野菊花的习性和特征，决定了它只能是生长于野外的花，而不是在逼仄的庭院里，更不是在局促的花盆里。那样的环境，养不好野菊花，更养不出它的风韵。但是在野外，即使是在贫瘠的岩石里，野菊花也能开出炽烈的花朵。诚如古诗所云："晚艳出荒篱，冷香著秋水。忆向山中见，伴蛩石壁里。"

漫山的野菊花，也许是大地进入冬季前的最后一次繁华。在瑟瑟秋风中，伴着明媚的秋阳，空旷而静默的山野中，寂寞的路边，开着一丛或一片清雅的野菊花，像油画一般灿烂，瞬间就吸引了路人的目光，让人抛弃尘俗纷扰，只为这一抹色彩而惊艳，只为这一簇繁花而倾心。野菊花的海洋，飘逸着恬淡的幽香，沁人心脾，让人心中一片澄明。拈一朵野菊花在手，插一束野菊花在鬓间，悠悠地吟诵一首菊花诗，只觉得天高云淡，神思旷达。有如此盛景，不负深秋。

离开那片花海，衣衫上便沾染了野菊花的气味，淡淡的苦涩中夹着一缕隐隐的清香。将采来的野菊花，插进花瓶，整个房间便立即生动起来，空气中也飘逸着一缕山野的清新，那便是深秋的味道。清新中隐约有冷香，那便是野菊花的气息。

香甜的秋天

如果用味道来形容秋天，那就是"香甜"。

依然焦灼的烈日在秋季里，释放着最后的热情，催熟着所有青涩的果实。空气中散发出浓烈的果香，浓郁芬芳，丝丝缕缕的馨香冲进人的鼻腔，提醒人们即将到来的丰收。秋天，是收获的季节。那些香甜的气息，或淡或浓，便是收获的号角。

秋天的风，它是有色彩的，被它亲吻过的植物，很多都从青翠的绿色，变成浓烈的金色和灼热的赤红，那厚重的色彩，漫山遍野地渲染了辽阔的大地，使人强烈地感受到沉甸甸的收获即将到来。闭了眼，一幅接一幅丰收的画面在脑海中翻转。沉重得犹如叹息一般的红高粱压弯了腰，像一面面丰收的旗帜；黄澄澄的谷穗随风摇曳，翻起迷人的金色波浪，饱满的穗条上散发出成熟而谦逊的气息；肥硕的玉米饮了秋风这盏酒，笑得露出了金灿灿的牙齿；路边的山枣树上，鲜红的枣儿颗颗浑圆饱满，散逸出隐隐的香甜，像天上的星星一样，吸引着孩子们的目光……

果园里，挂在枝头的红苹果像女孩红扑扑的脸蛋。红彤彤的柿子像灯笼一样招人喜爱，黄灿灿的梨像一个个可爱的葫芦娃……不同的果园里，飘荡着不同的果香，连周边的空气里也弥漫着香甜，让人满心欢喜，连毛孔也舒展开来。

就连不起眼的野草也跟着香起来，甜起来，它们像是积蓄了一年的力量，想为缤纷的秋天献出绵薄之力，为丰裕的秋天添加一分别样的馨香。于是，割草的孩子身上、镰刀上、竹筐里，全都散发着野草的芳香和清甜。

田间地头，缠绕在庄稼秆上的马泡成熟了，像一个个耀眼的金球；青色的羊奶瓜像一串串翡翠；紫色的野葡萄密密麻麻地攒成一团，像紫黑色的眼睛……每一种野果，都有其各自独特的滋味，在唇齿间和喉咙里弥漫消散，并在脑海中留下烙印。

溜进田野的孩子们，在一条田沟里点燃野草，将采摘下的一把黄豆，几根玉米和带着泥土的红薯，埋藏在火堆下烘烤。不大一会儿工夫，就闻到了豆香，接着是玉米"噼里啪啦"的炸裂声，再接着是红薯钻进鼻腔的甘甜……它们依次在空气中，泛起清晰而独特的味道，混杂在一起，交织成一曲醇厚的丰收曲。就着无际的田野和广袤的苍穹，孩子们口中的食物，似乎更香甜了。

丰厚的大地孕育出的不计其数的生命，似乎都想在金秋里，在一年的轮回结束前，将生命的精华浓缩成一个最美好的味道：香甜。而所有的种子，在被埋进土壤后，也都怀揣着这个梦想，为了这美好的味道，饱经风霜，不畏雨雪。

如此，香甜的秋天，便是一个时令的结束，也是新生的起始。

残荷之韵

深秋，浓烈的肃杀之气扑面而来。被凉风秋雨摧残的荷塘，更显颓败与凋零。偌大的荷塘，稀疏零落着曾经的情影，枯黄而残破的荷叶，像饱经沧桑的老人，蜷缩着皱巴巴的身体而自惭形秽，或是匍匐在冰凉的水面上，或是擎着干枯的荷叶随风摇曳。偶有一枝尚显绿意的荷叶，却在沁凉的秋风中，瑟瑟发抖。折断的荷秆，肆意倾斜；干瘪的莲蓬，随意地下垂。

荷叶下的流水，在秋风中，脉脉地流动，泛起无尽的涟漪。水中，曾被荷叶保护的鱼儿，无畏地探出脑袋，吐起一串泡泡后，奋力钻进残荷下。灰色的麻雀仍在荷塘上，啁啾地鸣唱，细小的爪子紧紧地抱着失了生机的荷秆，试图唤醒沉睡的荷塘。残破的荷叶上，滚动着顽皮的水珠，在阳光下，闪着晶莹的光芒，让人心神恍惚。

恍惚中，是春阳下小荷才露尖尖角的喜悦，是夏日里连成翠海的惊艳……时光像看不见的沙漏，竟在我们迷离中悄然远去了，它褪去了荷塘的绿意，收回了荷叶的婀娜与荷花的娇艳，只留下一池嶙峋的荷叶与荷秆，无声地展示着时间这把迟钝的刀子，积蓄起来的力量。正是："菡萏香销翠叶残，西风愁起绿波间。还与韶光共憔悴，不堪看。"

如此情景，在凉意入骨的深秋里，令人不忍看，又不忍移目。细看后，这片衰败的荷塘，犹如束之高阁的诗卷，多年后方能体味书中的诗意。那种令人心颤的美，需要经过时光的沉淀才能体味，就像一杯经历岁月的陈酿。这样的美，以及美中深藏的韵味，需要反复咀嚼，才能深得其味。

这样的美，需要一颗恬静的心，以及发现美的眼睛和洞悉人生后仍怀揣美好的心灵。如此，这片残荷，竟似有了生命，犹如历尽沧桑后骤然相逢的老友，相顾无言后，你轻轻地微笑着说："呵，你也在这里呀。"如此，这片荷塘便生动起来，便有了生机。

再看时，满目疮痍的荷塘，竟有了别样的风韵。残破的荷叶，横斜的荷秆，也有了禅意。因为荷叶的残败，水面上露出了片片浮萍。这时，整个荷塘竟像一幅有了留白的国画，画面也因有了留白而富有韵味。秋风拂动，水面生寒。好一幅美妙的秋荷图！

繁华消尽的荷塘，没了蜂蝶的聒噪，没了游人的喧嚣，显得枯瘦清冷。萧条单薄的荷，褪去了曾经的一身铅华，形容枯槁，在微风中，兀自独立。似看透人间盛衰的智者，茕茕独立，默默地承受凄风苦雨，倔强地挺立着铮铮傲骨。残缺与孤寂之下，是静默的内敛与守望。即使枝叶颓败，仍怀揣着期待与希冀。因为，脉脉的流水下面，是纵横交错的根茎，是翌年的新生与轮回。惨淡的身躯中，孕育着来年的再次繁茂与喧嚣，艳丽与热烈，赞美与诗歌。

因而，与其说是时光消散了荷塘的风姿，还不如说是荷塘收敛了自己的绚丽，将昔日的曼妙、繁盛、盎然隐藏在身下的绿波中。孤寂的残荷在风中起舞，似在无言地诉说着曾经的前世与今生以及来世的约定。

如此，甚好。繁盛时，铺张而热烈；消歇时，沉静自得。即使身形憔悴，干枯的风骨依然如诗如画，可歌可泣。等到秋雨连绵时，听着冰冷的雨滴频频敲打残荷，或缓或急，或高或低，恰如人生的起伏。人生百般滋味，恰似四季荷塘，也当如四季荷塘。

杲杲秋阳

　　深秋的暖阳，明媚而温柔，醇厚而恬淡，让人觉得格外亲切。它既没有夏日焦灼的沸腾，也没有冬日凛冽森森的冷酷，恰似一杯清晨温度正好的热水，入口暖心，下腹暖胃；又似一杯历经岁月烹煮的酒，香醇中透着甜蜜，回甘悠远。

　　"深秋"一词，入目间便觉身凉手冰，似乎天地都被无边的清冷与萧瑟包裹，心也跟着身体畏缩了，像一只蜷缩的蚕蛹。翻开古诗词集，关于深秋的名章，大多蒙着一层阴沉与萧条，甚至是荒芜与肃杀，郁郁之气扑面而来。不忍细读，不敢细品。一旦沉浸在那些跨越岁月而沉淀的诗句中，便心生寒意，向下沉坠，如入秋潭，久久不能回神。

　　所以，在草木凋零的深秋里，在满目悲凉的秋色里，还是要抽空走出来，沐浴着温柔的秋阳，让它温暖你的身体，让它慢慢融化被古诗句冰封的心，让它鲜活起来，让它跃动起来。

　　秋阳没了夏日的威力，它面色温和地看向大地，想要冲破空中的凉薄。它拼尽全力，只能在一天中维持短暂的时光，将那份难得而恰当的温暖洒向世间万物。那种像黄金比例一样美好的温度，带着淡淡的慵懒与迷离，照在人身上，人也跟着迷离起来。

　　蓦然间，我似乎穿越了时空，回到了童年，坐在被秋阳笼罩的庭院里，垂涎地看向红灯笼似的柿子树。秋阳在树叶间，洒下斑驳的光影，被微风轻轻地吹着，光与影便跟着荡漾起来，像粼粼的波光，又像我们曾经流失的时光。

不一会儿，我就听到秋霜融化的声音，"簌簌"地滴水。身体也暖融融的，像发酵的面团一样，蓬蓬松松地涨了起来。闻自己一下，温馨而舒展，有太阳的味道，有时光的味道，也有自己的味道。这个味道，久违了。这个味道忽然就袭击了我的心，猛然觉得幸福而感动，知足而欢悦。蓦然间，曾经和这个味道相关的一切影像，如洪水一般汹涌奔来……

　　立在喧嚣的街头，仰望终于可以直视的阳光，便觉得幸福极了。曾经被世俗的纷扰所裹挟向前而疲惫不堪的心，猛然间抖落了一地的尘埃，像一粒饱满的种子，经过雨露的滋润，瞬间破土而出，开出热烈又盎然的花儿。不觉便想到了刘禹锡的诗句："自古逢秋悲寂寥，我言秋日胜春朝。晴空一鹤排云上，便引诗情到碧霄。"那些开在心间的花朵，便是涌荡在我心中的诗情。

　　项安世《秋怀》诗云："秋水迢迢诗思清，秋阳杲杲道心明。谁人得似秋光巧，画出山斋杖屦行。"确乎如此，杲杲秋阳，慰藉了我漂泊的心灵。

　　举目望秋阳，我拥抱暖烘烘的自己，沐浴在温和的阳光里，我掬起一抹秋阳，藏在心中。

红叶灼灼秋意晚

"寒露惊秋晚"，寒露一过，便是深秋了。这时节，秋景瑰丽，漫山遍野尽是霜色流丹的红叶，像灼目的火焰一样热烈，那是大地在冬日前最后的张扬。

红叶树为赏叶类树木，主要有枫树、黄栌、槭树、栎树、梨树、火炬树等树种。入秋后，叶片经风霜而变红，鲜艳夺目，成为秋季不可辜负的盛景。西汉时，司马相如在其《上林赋》中提到"华枫枰栌"，此四种树木皆是深秋时，不可不提的赏叶树木。故此，有人提出：汉朝时，我国已有深秋赏红叶之风俗。唐朝诗人杜牧"停车坐爱枫林晚，霜叶红于二月花"被传诵后，红叶更为历代文人雅士所青睐。

赏红叶，定要看好时令。早了，叶片尚有绿意；迟了，叶片虽鲜艳，却没了润泽之意，干巴巴的，失了那份动人的鲜润与生机，难免扫兴。

寒露后，于天高云淡之日，邀三五好友，抛去尘世烦扰，远离尘嚣，或漫步于红叶缤纷的通幽曲径，或攀登于极目远眺的高山，看秋风飒飒吹动林木，看红叶尽染灼人眼眸，看秋色斑斓如霞似锦。

远远望去，层峦叠嶂里，一簇簇，一片片，浅红、桃红、深红、暗红、紫红一股脑儿涌现在你眼前，堆叠在一起，连成一片灼热而丰富的红色海洋，在失了苍翠的枯黄背景下，如火如荼，热烈奔放。这样的色彩，与二月花的艳丽不同，它深邃而超然，像饱经沧桑的智者，淡然而沉静，清冷中透着一股飘逸与洒脱。

细看，漫山树木似喝了深秋这壶陈酿，醉了脸颊，晃了身形。秋风微曳时，片片红叶恋恋不舍轻轻飘落，树木下，小路上，溪水里，到处是落下的红叶。有的已经干枯，暗红的叶片仍然彰显着它最后的惊艳；有的叶片仍红润亮泽，却带着深秋的凉意。坠落的叶片，铺在树木周边，像层层软绵的地毯，经雨雪摧残后化成滋养树木的肥料。

行走于红叶掩映的树木间，看着一片片红叶，或深或浅，或大或小，或枯干或鲜润，或完整或残缺……这些不同的红叶，是一个个鲜活的生灵，令人惊叹，叫人叹息。

"寒山十月旦，霜叶一时新。似烧非因火，如花不待春。"在这瑟瑟的秋意中，只有这无边的如火红叶，才能驱散掉浓重的清凉以及无尽的秋思。

走累了，便稍作停歇。沿着溪流，择一高大的红叶树旁坐下。头顶蓝天白云，就着微凉的秋风，晒着软绵的秋阳，品着温润的茶水，看红叶随风悠悠飘扬，望红叶缓缓随流水奔逝，或谈笑风生，或振林高歌，或静默不语，都各有妙处，无以言表。这情景，恰似张宗苍所作《白云红叶图》，须臾恬淡宁静的片刻，便令人回味无穷。

晏几道也曾对着红叶感叹，说："红叶黄花秋意晚，千里念行客。飞云过尽，归鸿无信，何处寄书得。"我拾起片片红叶，抚摸它清晰的脉络，直视它被风霜浸染的灿烂，感触凉薄的秋意，满载而归。

我要在片片红叶上，写下行行诗句，将北国的浓浓秋意，将我心底的相思，寄给南国的好友。让那片灼灼的红叶，带去我淡淡的思念。

秋韵

"秋风起兮白云飞，草木黄落兮雁南归。"秋，来了。

时间过得真快，恍惚间，葱茏绿叶即变枯黄。岁月在四季中流逝，人生浮沉随风月而动。

灿烂春花历经春雨滋润和夏阳炙烤，终在秋风里长成饱满的果实，沉甸甸地坠在枝头，无言地诉说时间沉淀下，一粒种子破土而出后，体验过的韶光，以及在深秋过后，它即将面对的未来。时光，诠释了一粒种子的一生，也成全了它历尽繁华的理想。然而繁盛之后，直面的，必是孤寂和萧瑟与寂寥中漫长的等待和蛰伏，期待着下一个全新的轮回。否则，曾经的缤纷与热烈，怎能凸显它的价值？

花丛中，田野里，马路两旁的树木，都显出了浓烈的秋意。成熟的果实，凋零的枝头，飘落在地面上随风翻转的枯叶以及凉薄的空气，南飞的大雁和秋虫的鸣唱……眼中所见，耳中所听，似乎都脱不开无法触摸的清凉。是了，空中弥漫的凉意，便是秋天的信使。

连成海洋的树木，早就感知了秋意，于是释放出所有的能量，希冀在叶片落尽前，展现最后的风姿。看漫山遍野，曾经纷杂的绿色调色盘，在秋天变幻了色调，变得热闹而惊艳，金灿灿的黄色和灼热的红色，形成鲜明的对比，迷了人的眼，燃了人的心。匆忙而过的路人们，留下一串串惊叹和目光里的星光。那惊叹声中，有对自然由衷地讴歌，还有对生命轨迹的折服。

凉风扫动落叶，轻盈的叶片飘荡在秋水上，惹起一阵涟漪。脉脉的池水，清凉澄澈。曾接天蔽日的荷叶，枯萎殆尽，零乱地立在水面上，或匍匐在水中，让人心生悲戚。几只欢腾的麻雀，在枯叶间跳跃腾挪，叽叽喳喳地叫着，真是不知闲愁的痴儿。水下，肥胖的鱼儿悠然地游荡着，不时吐着水泡，全然无视季节更迭的肃然。

当零乱的细雨在秋风的裹挟下，像珠子一样敲打着残荷，甩出"啪啪"的声响时，躲在观荷厅里避雨的我，蓦地想起了李商隐的诗句来："秋阴不散霜飞晚，留得枯荷听雨声。"时光似乎在此时停驻，相隔千年的历史长河，我仿佛看到李义山冲我淡然一笑。猛然间，便洞悟了刘禹锡"我言秋日胜春朝"的深意。

雨过天晴，天空清明高远，广袤恬淡似蔚蓝大海，悠悠白云随风变幻，聚拢来又散开去，正如它身下微如尘埃的人生，却有人生无法相比的飘然与随意。这世间最惬意的事物，大概就是云了吧，既无定形，也不可捉摸，无喜无悲，全然自得。或聚或散，或热闹或孤寂，全都可以描绘成一幅画，或书写成一首诗。

这时候，最欢快的要数秋虫们了。它们躲在枯黄的草丛中，不知疲倦地唱着古老的歌谣，白天也唱，夜晚也唱。伴着它们的歌唱，有人沉沉入睡，有人一夜无眠。有人从它们的歌声中听到了秋声，有人听到了相思，有人听到了乡愁……

落红成泥更护花。万物凋零，只为展现姹紫嫣红之后的殷实与丰厚，只为积蓄能量，开启新的征程和希望。

踏雪寻梅

在苦寒的严冬里，冰封的心中，总是期盼着一点诗情画意，以温暖畏缩的身心。于飞舞的雪花中，踏雪寻梅，折梅吟唱，该是多么惬意又诗意的事情呢！

雪和梅，这一动一静的两种事物，是寒冬给人间的馈赠。于凛冽的冬日里，遇着一样，便觉得是莫大的福泽。雪让人心思澄明，梅让人生趣盎然。若是有缘得见梅花在飞雪中怒放，必是一桩幸事。

不管是腊月迎寒盛开的蜡梅，抑或是冬末春初遇暖绽放的梅花，与雪一相遇，便发生了剧烈的化学反应，将雪的纯粹无瑕与梅的凛然傲骨和绚烂绮丽生动地结合起来，它们互相映衬，从而成就了自己，将各自的独特风采体现得淋漓尽致。原本，"梅须逊雪三分白，雪却输梅一段香"也可以这样理解，它们是互相成就。白雪和梅花相逢后，乱琼碎玉般的皑皑白雪的素洁冷清，凸显了梅的高洁风韵；而梅的生动别致又彰显了雪的纯净无瑕。

白雪堆砌在干枯的梅树上，枝头上盛放的花儿，在冰冷的白雪中露出醒目的色彩。于冷色调中点缀着几粒亮丽的花朵或花苞，在冰雪中昭示着盎然的生命力与坚韧的品格，犹如冰与火的融合，迸发出令人心醉的张力和格调。只看一眼，便心生诗情，和着漫天飞雪，诗意飞溅，暖流涌动，只觉得冰雪消融春意萌生。

只是，如此盛景，须踏雪寻访，方能体会此中意味。因为，梅是孤傲的，它躲开了春夏秋的热闹和喧腾，避开了蜂蝶的聒噪，便只想在僻静的一隅，安静地绽放。在喧闹的市井里开放的梅花，怕会心生苦闷吧？

于漫天的飞雪中，与一二知己，抛却尘嚣，携手寻觅梅花的芳踪。在苍茫的天地间，看着飞舞的雪花欢快地飘落下来，听着风声在耳边呼啸而过，踩着"咯吱咯吱"的雪，感受着沉睡的万物在脚下蛰伏。一时只觉得，天大地大，自然有章，万物有序。

猛然间，一番辛苦有了犒劳，在荒原，或古道，或古宅，一树盛放的梅花落入眼中，没有早一步，也没有晚一步，在白雪的映衬下，绚丽的色彩格外夺目。飞雪，一片一片堆在梅花枯瘦的枝干上，停留在已经盛放的花蕊中，包裹住尚未盛开的花蕾。那些含苞待放的花儿，似是沉睡在雪花编织的毛毯里。轻灵的雪花，像精灵一样婀娜旋转后落定，亲吻着梅树的枝干和花儿，诉说着来自天国的语言和秘密。隐约的缕缕暗香，飘浮在周遭，若隐若现。

站在雪梅前，心怀诗意的人不敢吵嚷，怕惊吓了雪与梅的窃窃私语。只是静静地看着，看着，心头便随着飘洒的雪花，落了一地的缤纷。白雪衬着明媚的梅花，斑斓美艳，不可方物。似是桃花源地，却又多了几分圣洁与清奇。

那些关于雪的，关于梅花的诗句，像活泼的鸟儿跳跃而出。轻扬地吟哦，在静寂中悠扬飘荡。雪花听了，快活起来，下得更紧了；梅花听了，抖一抖身上的白雪，探出雅致的身躯和鲜活的花朵。人和雪梅，相向而立，相看两不厌。便觉得，如此足矣。时光，无声地流逝；人与雪梅，各生欢喜。

待天色暗了，便折一枝梅花，踏雪而去，留下一串足迹和几声吟唱，淹没在风雪中。身后，雪中的梅花依旧妍丽娇俏，它在雪中笑。

掸一掸身上的雪，心生期待。梅花依旧在，只待来年雪。

冬天的味道

很多人厌恶冬天，觉得冬天过于凛冽，让人缩手缩脚，连身体也好像有了一层无形的壳儿，使人变得沉闷而呆滞。可是，很多美好的事情，却是非冬季不可的。

茅盾说："我就觉得冬天的味儿好像特别耐咀嚼。"是的，冬天的味道，是需要咀嚼一番后才能领略的。我最喜欢的，是童年时老家的冬天。

清晨，走出房间，清冽的空气瞬间侵蚀入骨，呼出的白气一片氤氲。村庄和田野也时常隐在雾色中，犹如潜伏在浩渺大海上的船舰，行人也好似踩在迷宫里。于是，多年常走的路，便觉得多了几分神秘与疏离；走路时，也多了几分新奇与探究的意味。

待到雾气散去，干枯的树枝上，总有喜鹊或麻雀鸣唱，为孤寂的冬日增添几分鲜活。这时，筑在高枝上的喜鹊窝，很是显眼。成群结队的麻雀，为了觅食越发大胆了，时常飞进庭院里啄食鸡群吃剩的食物，它们凌乱的羽毛因营养不良而失去光泽。

厨房的玻璃窗上，总是蒙上一层漂亮而精致的冰花，有的像羽毛，有的像云朵，有的像花草，有的则是对称的六角形……各有情趣，各有风采。这是冬天冻出来的窗花，这是大自然的鬼斧神工。

这时，厨房成了一家人最爱去的地方。红彤彤的火苗舔着锅灶，温暖着厨房。在烟雾缭绕中，早饭做好了。香甜的红薯粥，就上萝卜白菜或几片咸菜，瞬间将温暖和能量传递到全身，再走到寒冷的空气中，竟觉得好像穿了一层热气腾腾的盔甲。

将火盆搬进堂屋，围着火盆摆上一圈椅子和板凳。不一会儿，邻居或亲朋，一一进了屋，欢声笑语便从房间里溢出来……女的都做着针线活儿，男的负责拉话，说着些天南海北的稀奇事，逗着一圈儿的孩子们嬉笑。

孩子们嘴馋，不时从厨房里拿一些食材：花生、黄豆、粉条、红薯、馒头……放在火盆边，或是埋进火里，烤起来，一边烤一边吃。烤粉条最有趣了。将一根硬邦邦的粉条放进火里，只听到"刺啦"一声，粉条就从灰黑色的硬棍变成了白胖子，还散发着一股焦香。孩子们也不怕脏，吹一吹灰，就塞进了嘴巴。

将近中午，火盆凉了，人就散了。

"下午还来呀！"主人发出邀请。

"来呀！"大家应和着。

午饭，冬季最常吃的自然是面条了。最好吃的面条之一，要数芝麻叶面条了。用油炸的朝天椒和蒜末浇上去，又香又辣又美味，直热出一头一身的汗。汗一出，全身舒爽，那是与夏季闷出的一身臭汗，迥然不同的感觉。

午饭后，太阳暖和了，北风也温和起来。带着饭后的慵懒与迷离，搬上一把椅子，靠着墙角，对着太阳眯起眼睛。时间一点点过去，身体一点点舒展。透过稀疏的树枝望上去，冬日的天空因为清冽而变得清澈又明净了。

这时节，正是吃冰糖葫芦和糖人的好时候。货郎们担着货担，走街串巷地吆喝。一串诱人的冰糖葫芦，或一个惟妙惟肖的糖人，足够孩子们炫耀一个冬天了。

最有趣的，自然和雪有关。

下雪的夜里特别安静，万籁俱寂。第二天推开门窗：呵，好一个冰雕玉琢的白色世界！庭院里，狗和鸡群早已在洁白的雪地上，留下一串串别致的图画。深深地吸一口气，空气清冷却新鲜。踩着积雪，"咯吱咯吱"的声音，像乐曲似的，怎么听怎么舒心。

饭后，小伙伴们相约着堆雪人、打雪仗，或者在池塘里滑冰，或者比赛吃冰凌，或者在雪地上打滚、滑雪……衣服鞋子湿了以后，赶紧跑回家去放在火盆上熏烤，穿上刚烤好的松软热乎的棉鞋，就像踩着一个烧好的山芋，那感觉，无以言表！

大人们总要忙着收集干净的初雪化水，用来泡咸菜，或是来年夏季作消暑的饮品。雪水当真是极好的东西，它的滋味很是独特，带着大地的清新。

远眺被大雪覆盖的原野，大人们总要说一句"瑞雪兆丰年"。果然，每年大雪后的春天，麦子总能茁壮成长。

冬雪

冬天，不见一点儿雪，总让人觉得遗憾。雪一来，蜗牛一般蛰伏自闭的心，便悠悠地伸出触角，膨胀开，棉花似的柔软而舒展。

雪，实在是个奇妙的东西。晶莹的雪花，有着别致的形态，总是在你还来不及看清它的模样时，就悄无声息地融化成一点水，让人惊诧于它的神秘。柳絮似的雪花纷纷扬扬地落下来，让人分不清，一片雪花与另一片雪花的不同。雪花，和野草一样，是依存集体而存在的事物；该赞美的，不是一片雪花。

雪像个隐秘的使者，它总是趁着漆黑的冬夜，悄无声息地，将天地雕砌成一个银装素裹的世界。当人们打开门窗后，看着眼前的一切，总是不由得赞叹它的鬼斧神工和雷霆之势。它让单薄的树木和远山，变得丰腴起来；它让灰色的土地和干枯的河流，变得神秘起来；它让人们悬浮漂泊的心，得到片刻的宁静与舒展；也让深藏于土壤下的种子，有了跃跃欲试的期待。

雪是造物主送给人间的精灵，也是大自然制造出来的最大的浪漫与慰藉。在飞舞的雪花中，人们的心灵会得到洗涤，曾经的误解与错过会得到谅解或释怀。它还会让人们擦亮眼睛，明白自己的真心与诉求，割舍堆积在心头的负荷和难填的欲望。

在萧瑟苦寒的冬日里，我期盼一场大雪，用它增加大地的厚度。

望着灰蒙蒙的天空，我心头一动：一场大雪，正蓄势待发。